蹚过
青涩的河

余从 著

北方文艺出版社

图书在版编目（CIP）数据

蹚过青涩的河 / 余从著. -- 哈尔滨 ： 北方文艺出
版社，2024. 9. -- ISBN 978-7-5317-6309-3

Ⅰ. Ⅰ247.5

中国国家版本馆CIP数据核字第2024N7M628号

蹚过青涩的河
TAGNGUO QINGSE DE HE

作　者/余　从

责任编辑/王　爽　　　　　　　特约编辑/陈长明
装帧设计/汲文天下

出版发行/北方文艺出版社　　　　邮　编/150008
发行电话/（0451）86825533　　经　销/新华书店
地　址/哈尔滨市南岗区宣庆小区1号楼　　网　址/www.bfwy.com

印　刷/河北赛文印刷有限公司　　开　本/880×1230　1/32
字　数/186千字　　　　　　　　印　张/8
版　次/2024年9月第1版　　　　印　次/2024年9月第1次印刷

书　号/ISBN978-7-5317-6309-3　　定　价/68.00元

《我们仨》，鸡仔作于 2017 年 4 月 8 日

青春是一抹暖阳，热情奔放；青春是一泓清泉，清澈甘甜；青春是一株鲜花，热烈芬芳。青春虽然美得像一首诗，但也苦，也涩。从懵懂到睿智，由稚嫩走向成熟，成长的历程也是阵痛的过程。

鸡仔如约遭遇青春期，在迅速长大的同时，也遇到了很多烦恼。如何帮助孩子平稳过渡，在青春的小溪中撷取欢乐的浪花，虎爸做了思考与尝试。经历后才知道，破茧化蝶的过程竟如此美好。

——题记

目录

一、灰色的天空（楔子）

窗外，雨淅淅沥沥下着，轻柔而温润。大地携着花草树木一起分享这甘霖的盛宴，或是"嗞嗞""嗞嗞"细品，或是"咕咚""咕咚"畅饮。小草探出脑袋张望，柳树吐出嫩芽舞蹈，一切都绿得鲜亮。

又是一个春，满目都是生长的气息。睡梦中的鸡仔辗转反侧，进入青春期后，身体的变化令他躁动不安。"咯吱""咯吱"，那是骨骼生长的声音，个子突然蹿高，手脚不断长大。鸡仔担心某一天起床洗脸时，看见镜子里的自己和虎爸一样长满胡须，他讨厌嘴巴周围莫名其妙地冒出黑色。"嗞嗞""嗞嗞"，那是大脑神经在加速发展，思考力增强了，眼界提高了。鸡仔突然发现，多彩的世界不知被谁的大手涂成灰色，他看什么都不顺眼，别人怎么做都不顺他的心意。

"儿子，起床啰。儿子，起床啰。"兔妈已经和往常一样，准备好了早饭：面包、白粥、煮鸡蛋加牛肉。牛肉被切成薄片，整齐地躺在白瓷盘子里。刚刚加热过的面包，金黄发亮得要冒出油来。稀稠正好的白粥冒着热气，剥去壳的鸡蛋光洁白亮。这些食物都将被鸡仔填进肚子里，转化成营养，让他铆足劲地长，怎么也得超过一米八五吧。看着自己的杰作，兔妈在心里嘿嘿地笑。

"唰"，篮球离开鸡仔的手掌，在空中划出一道优美的弧线，眼看就要进入篮筐。突然，一声狮吼把他从美梦中拽了出来。鸡仔非常生气，眉毛拧成一个疙瘩，又翻了一个身，装作没听见。"喔

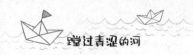

喔喔，天亮了哟。"兔妈温柔的呼唤声越来越近。"还没睡醒呢！"鸡仔嘟囔了一句，仍不愿睁开眼睛。"小懒虫，再不起床，要迟到了！"兔妈着急地催促。"真烦，知道了，这该死的上学。"潜伏在心里的上千只蚂蚁又开始奔跑，鸡仔烦躁极了，可学还是得上的，他勉强把眼睛撑开一条缝，慢吞吞地摸索着穿上衣服。

鸡仔摇摇晃晃地把双腿从卧室拖到卫生间，迷迷糊糊地刷牙，无精打采地洗脸。吃早餐时，他耷拉着的脑袋，吃一小口，就伸手挠一下身上，就像有一只可恶的虫子在他身上不停地蠕动。"儿子，快点吃呀，来不及了！"兔妈嘴角上扬。"哟，头发翘起来了，赶紧梳梳。"兔妈转身从卫生间拿来沾了水的梳子。"烦死了！不吃了！"鸡仔忍无可忍地扔下筷子，脸拉得老长，翘起的嘴里似乎还嘀咕着什么。"你说什么？什么态度？"虎爸脸色变了。"没、没说什么。"鸡仔昂着头，但涣散的目光中流露出惶恐。"你——"儿子最近经常莫名其妙地顶撞大人，虎爸脑门一热，小眼睛瞪得圆圆的，正欲发火，一想赶着去上学，就克制住了。"不吃拉倒，走吧。"虎爸气呼呼地开门。"不吃早饭怎么吃得消，长身体呢，车上吃。"兔妈清澈的大眼睛里有忧伤之色，她塞了两个好丽友派给鸡仔。见虎爸真的生气了，鸡仔不敢再造次，赶紧背上鼓鼓囊囊的书包，跟着出门。

一夜的春雨洗净万物，太阳刚刚露出红扑扑的脸蛋，大地镀上一层金色。上学路上，虎爸强压住怒火，车跑得飞快。可总有车在路上慢悠悠地晃，任你喇叭长鸣。虎爸瞪圆眼睛，盯着前方，余光环顾左右，小心地在车流的夹缝里超过一辆又一辆，手心都沁出了汗。车内静得令人发慌，鸡仔斜靠着后座，一边吃好丽友派，一边茫然地看着窗外。他想，再好的风景看过上千遍，也是要吐的，希望快点儿到学校。时光拖着慵懒的脚步，缓缓向前。漫长的八分钟后，学校门口，虎爸阴沉的脸上浮现出一缕淡淡的愁云，怒火不知何时已经灭了。"拜拜！"儿子将要开始一天的学习时光，爸爸和以往一样，跟他说了一声再见。鸡仔没有回话，下车后，头也不回地大步走向校门。金色的阳光里，鸡仔瘦弱的背影被拉长，像一根细竹竿，个子拔高了好多，就是不见长肉。虎爸心头涌起一阵怜爱。唉，说好了不发火，又没忍住，一大早孩子就没有一个好心情，他不禁深深地自责。他把手伸到窗外，托住一缕阳光，希望这明媚的阳光能消散鸡仔心头的阴霾。"爸爸，再见！""爸爸，我会让你以我为傲！"虎爸耳畔似乎又响起了那甜甜的稚嫩的声音，眼前似乎又浮现出那圆圆的可爱的笑脸，鸡仔背着印有史迪仔图案的小书包，蹦蹦跳跳地投进阳光里……

　　学校门口，鸡仔看见了同班同学小朱。小朱是他的好朋友，浓眉大眼，个子比他略高，比他胖一些，是标准的帅哥，人缘很好。鸡仔把头扭开，可是已经晚了。"鸡仔，你怎么哭了？"小朱关切地问。"没有，可能是沙子迷了眼。"鸡仔用手擦了擦，鼻子还有点儿酸。他知道早上是自己不对，虽然兔妈和虎爸很唠叨，但也不能总是和他们对着干。他也想道歉，可就是说不出口。唉，管他呢，混一天算一天吧。鸡仔把脸拧成古怪的样子，伸出双手，和小朱一路追打着进了校园。

　　上课最枯燥，也最自由。老师索然无味的讲解令鸡仔心烦，但他有屏蔽了声音的自由。屏蔽后就有趣了，看着老师一张一合的嘴唇，鸡仔想到了被圈在鱼缸里的红鱼，滑稽的样子几乎让他笑出声来。有时，鸡仔也会想起小学的学习生活，那时他是班上的尖尖，课堂上踊跃发言。尤其是数学课，那就是他展示风采的舞台，他还获得一个"方程小王子"的雅号。那时，他可谓人见人爱，花见花开，老师喜欢，同学羡慕。但是，上初中还不到一年，

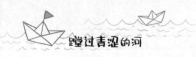
几次考试后，鸡仔的成绩已经滑入不入流的行列。年级五十名、一百名、一百七十名、三百名……成绩一路下滑。鸡仔对学习更加失去兴趣，除了数学课还有点儿感觉，其余主课大都在神游。不扯了，还是神游快活。

鸡仔看着黑板旁边的白墙，他喜欢看那里，每次都能看到不一样的画面。鸡仔发现那片白缓缓地动了，就像小河里的水。一会儿，起伏越来越大，撞在墙角，掀起了巨浪。突然，巨浪变成了一头白色的雄狮，它一阵狂吼后，拳头狠狠地打击着墙缝。那缝随着它的拳头进退，丝毫没有损伤。雄狮暴怒地撞击，结果裂成碎片，散落一地。碎片又滚到一起，重新组合形成一支利箭。利箭射向墙缝，又碎落一地。下课的音乐惊扰了鸡仔的思绪，墙还是一片白。

副课上，他更加快活，不高兴时就睡觉，高兴时就和同学来一场粉笔头大战。历史老师总是沉浸在悠悠历史中，一本书遮住了四方脸，一副黑色边框的方形大眼镜蒙住了眼睛。嘿嘿，那些如闪电的粉笔头，老师自然是看不见的。鸡仔又有了展示的舞台，他天生就是射击能手，毫不夸张地说，想砸你的左脸，绝不会砸到你的右脸，每次开战都是小朱求饶。不知是谁向班主任告了密，在他的强压下，粉笔头大战夭折了，但扔扔纸条、说说悄悄话、做做鬼脸，还是没有问题的。

在校的时间总是短暂的，从这节课到那节课，神游还没有结束，嬉闹意犹未尽，似乎一转瞬就放学了。回家的路漫长，鸡仔内心充满矛盾，想回家又怕回家，家里除了温暖，还有无尽的唠叨，甚至是责罚。一向文质彬彬的虎爸，最近不知怎么了，竟然和写字杠上了，还拿出鸡仔小学时写的字，对他说，现在要写得和以前一样。能一样吗？现在作业这么多，再说了，那呆板的一笔一画，都是傻头傻脑的小孩子才写的，哪有现在的龙飞凤舞来得酣畅淋漓？但是重写确实要命，关键虎爸还陪着，小眼睛透过黑色半框眼镜，一直盯着，不认真一点儿交不了差呀。一来二去，鸡仔感到灵魂被关进了囚笼，多次发誓要把这囚笼撕碎，但总是无疾而终。

"澜庭嘉园到了，请前门上车，后门下车。"公交车的广播打断了鸡仔的思路，他觉得多余而可笑，谁会前门下车，后门上车，那不是脑袋被车门夹扁了吗？下车后，鸡仔被淹没在浓浓的夜色中，没有人知道一百米的距离，怎样让他花去了十分钟的时间。小区的花花草草见到鸡仔蹦跳的身影都很害怕，说不定就会挨上一脚，那种痛无处诉说。昨天，可怜的月季就被卡断了嫩绿的脑袋。

"儿子，回来啦！"兔妈笑脸相迎，"你先做作业，等爸爸回来就吃饭。"看来兔妈是老了，这不明摆着的事吗？鸡仔心想。他瞄了一眼，兔妈额头上还真多了几道杠杠。作业还是等等吧，鸡仔想趁这段时间玩玩从小朱那里借来的指尖陀螺，在学校没玩过瘾。他打开文具盒，没有；掏掏衣裤的口袋，没有；检查书包隔层，还是没有。"哪里去了？"鸡仔有些恼火。"找什么，儿子？"兔妈问。鸡仔没有理睬，继续在书包里翻着。"咔"，虎爸打开家门，听了兔妈的提问，也感到奇怪，跟着问了一句："找什么？""找魂！"鸡仔不假思索地丢出两个字，砸在虎爸的心里。"你……"虎爸气得包都掉到了地上。"开饭啦，开饭啦！"兔妈赶紧递了一个眼色，并不停地摇头。鸡仔一看形势不妙，丢下书包，溜到餐桌边，埋头吃起来。

晚饭的餐桌静得让人害怕，鸡仔狼吞虎咽，匆匆吃完，去房间写作业了。"跟儿子好好说，别发火。看，今天晚饭不是吃得很快吗？"兔妈小声地说。"唉！谁又想呢？只是太……不说了。"虎爸叹了一口气。

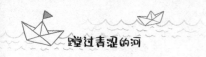

　　鸡仔抱着一堆书走出房间，放在餐桌上。无须多言，这是让虎爸检查作业了。虎爸翻开已经卷了角的语文练习册，发现课堂作业的错误较多，想知道原因，于是问："主要错在哪里？""你不能自己看吗？"鸡仔不以为然。"什么态度，我自己看，还用你说！"虎爸的火气又冒了上来，"看看你课堂作业上的字，你能认出来吗？重写！""我不，来不及把字写好。"鸡仔涨红了脸，紧握着两个小拳头。"我不管，必须把字写好，哪怕写到半夜，我陪着你。"虎爸更气了，严厉地说，不容半点儿质疑。

　　鸡仔无可奈何地流下了眼泪，虎爸说到做到，没有办法讨价还价了。作业本上那些东倒西歪的字，仿佛在看着鸡仔笑，笑他可怜，笑他胆小，笑他自作自受。鸡仔更加伤心了，一边做着作业，一边不停地擦着眼泪、鼻涕。

　　虎爸嘴硬，可看了儿子这样，揪心似的疼，已经不知道该如何教育。青春期这个奇怪的家伙，他曾经听过它的恶名，不承想鸡仔十四岁撞上青春期后，会如此叛逆！上网查，也是徒劳——都是理想的教育状态，再说每个孩子都不一样，是难以复制的。他咨询了周围的朋友，大家都说没有那么严重，也没有任何经验可以借鉴。初中阶段特别重要，无论如何，孩子都必须教育好，否则长大就废了。都说陪伴是最长情的告白，虎爸决心"闭关"，即放弃一切工作之余的时间，陪伴鸡仔读书、写作、娱乐，认真研究孩子的特点，以生活、学习习惯为突破口，有针对性地开展教育。

　　窗外，灰色的天空没有一点儿星光，万家灯火陆陆续续闭上了眼睛。虎爸的思绪飞向了遥远的苍穹，在那浩瀚深处，苦苦寻求教育的良方。

二、遭遇叛逆期

"开饭啦！都来尝尝我的新品清蒸鸦片鱼。"兔妈兴致勃勃地喊。"OK。"虎爸关掉了电视，起身伸了个懒腰。

两菜一汤，一如既往。一盘番茄炒蛋，红黄交融，番茄已成泥状，可见火候功夫到家了。一碗冬瓜海带汤清澈透亮，如丝的绿带漂浮于几近透明的冬瓜薄片之间。一盘清蒸鸦片鱼香气四溢，黑色的鱼身上点缀着几根翠绿的香葱，鲜嫩白皙的鱼肉从划开的口子间露出，令人垂涎。

"这哪是菜呀，明明就是艺术品！""咔嚓"，虎爸拿出手机拍了照片，看看，似乎又不满意，"兔妈，这边站，花围裙整理一下。对，太美了。"他一边指挥，一边记录下唯美的瞬间。"兔妈厉害！给你点赞！"虎爸咽了咽口水，连声说。"不要太夸张，满意就多吃点儿，还拍照，烦得厉害。"兔妈看似满不在乎，但喜悦之情已在甜蜜的语气中流露。

"让我先尝一块。"虎爸夹了一块鸦片鱼，放到嘴里，鲜美、嫩滑、爽口，"太好吃了！儿子，快来吃妈妈蒸的鸦片鱼。""哦。什么鸦片鱼啊，黑不溜秋的，又没有土豆丝。"鸡仔漫不经心地走到餐桌前。"你这孩子，哪能天天吃土豆丝，再好的菜总吃也反胃呀。这鱼不错，尝一下。"兔妈和颜悦色地把一大块鱼夹到鸡仔的碗里。

也许是因为色彩搭配得诱人，也许是因为味道鲜美，虎爸、

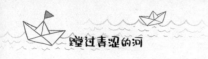

兔妈胃口大开，吃得津津有味。那块鹉片鱼被鸡仔拨过来，翻过去，慢慢剔出一块鸡皮。自从看见兔妈不吃鸡皮起，鸡皮、鸭皮、鱼皮、猪皮……一股脑儿地被鸡仔拒绝。一口，一口，再一口，鱼总算吃完了，碗里的饭又被他搅来搅去。他心不在焉地东瞧瞧，西看看，一会儿挠挠头，一会儿抓抓背。不知过了多长时间，应该很久了，鸡仔想，他狡黠地偷偷观察虎爸和兔妈，等待说话的时机。"儿子，再来点儿番茄炒蛋，这是你的最爱呀。"鸡仔正要开口，被兔妈抢了先。"兔妈，你这鹉片鱼是从哪里学的？"虎爸又打断了鸡仔刚要出口的话。

"不就是'下厨房'吗，谁不知道呀！"鸡仔有些着急了，"别说话，都别说话。爸爸、妈妈，跟你们说一件事。"他停顿了一下，又挺了挺胸，"听好了，我已经进入叛逆期了，请你们不要再对我指手画脚。"虎爸差点儿被一口饭噎住。只见鸡仔一脸严肃地噘着小嘴，眼睛瞟着吊灯，握筷子的右手小拇指轻轻地颤动，双腿左右晃动。虎爸只顾品尝美味，竟没有注意到儿子的情绪变化，兔妈也被这突如其来的情况惊得目瞪口呆。

番茄炒蛋拌饭，酸酸的，还不错，鸡仔三下五除二吃完了。"我做作业去了。"他把碗一推，吹着小口哨，小鼻子向上翘起，一副趾高气扬的样子。嘿嘿，你们傻眼了吧，哑口无言了吧！真得感谢老师，叛逆期，好词！呵呵，你们还有什么办法？叛逆期真好！鸡仔暗自得意。

看着鸡仔瘦小的背影消失在房间，虎爸、兔妈面面相觑，半天说不出话来。"什么情况？不服管了？青春期怎么了？为何如此叛逆？"他们有数不清的问题。"你听听，叫我们不要指手画脚，什么叫指手画脚？父母的教育叫指手画脚？"虎爸顿时没了胃口。"唉，这不是青春期吗，别和孩子一般见识。"兔妈说。"那怎么办？你看看他这个阶段的表现，成绩一落千丈，处处顶撞大人。不教育吗？"虎爸说。"当然不能听之任之，但你要有耐心，要有科学的方法。"兔妈说，"子不教，父之过。孩子交给你了，好好想想，相信聪明的虎爸一定行。"兔妈抛了一个温柔的媚眼。"不要给我戴高帽子，我才不上当呢。"虎爸嘴上说得硬气，可心里乐了。"呵呵，呵呵。"兔妈轻声地笑，笑得意味深长。

晚饭后，虎爸泡了一杯茅山青峰。他喜欢一边喝茶，一边让自己如夜空一般宁静。静能生慧，宁静时往往是人思维最活跃时。走出尘世的喧嚣，放空自己，上观天地，下视内心，于无中生有，拨开乌云见日月。虎爸已经不记得是从哪里读到的这些句子，也许是自己看完某篇文章的感悟。独处的时候，他的确写出了一些还能发表的文章。

黄绿的叶片在水中快速翻腾后，慢慢下落，像优雅的舞者，一片片立在杯底。升腾的热气抱着茶香氤氲开来，茶的绿色如游丝散开，很快把水洇绿。虎爸浅呷一口，第二泡茶有些苦涩，但回味又有些甘甜，对孩子的教育不也正是如此？鸡仔步入青春期，时常出现一些让人无法预料的言行，反叛已经成为必然现象。也许只有经历这些风雨的洗礼，他长大后才会更加成熟稳健。虎爸想，对鸡仔的这些问题，不用过于担心，可也不能放任自流；面对叛逆现象，必须见招拆招，科学的引导能帮他少走弯路。

第三泡茶味道更纯，浅绿的色泽，淡淡的清香，口感极佳。虎爸端起茶杯抿了一大口，顿觉神清气爽。他背靠沙发，眯起眼睛，走进了白色的世界，像是雪地，又像是云中。他独行，没有方向，没有目的地，一直走。那不是鸡仔吗？他就像刚才说话时的样子，抓耳挠腮，目光游离，假装镇定，说明他还是心虚的，可能还没有完全弄明白叛逆期是怎么回事。虎爸又回想了一下鸡仔说的话，

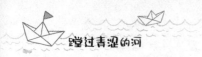

逐字逐句地破解。茶越喝越淡，虎爸脸上的笑容却越来越浓，小眼睛里放射出自信的光芒。

"儿子，过来，爸爸有话对你说。"虎爸轻柔却坚定的声音传到鸡仔耳畔。"什、什么事呀？你、你说吧。"鸡仔的声音颤颤巍巍地飘了出来。"过来说。"虎爸没有半点儿商量的余地。呵呵，这家伙真的心虚，虎爸微微一笑。"来了，来了。"鸡仔发现空气凝成了一堵墙，下一秒他会碰得鼻青脸肿吗？他连做几个深呼吸，然后鼓足勇气，在墙上打开一扇门。他不知道自己是怎样穿过近十米的惊涛骇浪的，终于在虎爸身旁坐下，强装的笑容掩饰不住内心的战栗。

"你刚才说的话，我要纠正一下。人在成长过程中，没有叛逆期一说……""不对，我们老师说有。"还没等虎爸说完，鸡仔立马反击，小拳头握得紧紧的，脸色微红，呼吸加快。他听见了自己的心跳声，千万不能输，千万不能输，不要怕，不要怕，他暗自给自己打气。

"别着急，先听我说。你不是看过《人体历险记》的漫画了吗？上面对人的一生是怎么划分的？"虎爸慢条斯理地问。"婴儿，幼儿，儿童，少年，青年，中年，老年。"鸡仔不假思索地脱口而出。《人体历险记》是我小时候最爱看的，太熟悉了，这能难得倒我？鸡仔在心里暗自笑。"里面有叛逆期吗？如果有叛逆期，那什么时候是顺应期呢？"虎爸追问。"没有，不知道。那老师怎么这样说，老师说的会有错？"鸡仔耷拉着脑袋，身体瞬间矮了一截，像泄了气的皮球。

"老师也没说错。"虎爸笑盈盈地说。"那、那是怎么回事？"鸡仔满腹疑惑。"确切地说，应该是叛逆现象。"虎爸说得有些神秘。"什么是叛逆现象？"鸡仔好奇地问。"在从少年向青年过渡的阶段，也就是你现在所处的阶段，好多孩子对父母的教育产生逆反心理，有时甚至故意唱反调，这种情况比较普遍，所以在心理学上称之为叛逆期。但也不是说所有人都这样，还有很大一部分人是乖巧听话的，不能一概而论。"虎爸说。"哦，原来这样啊。"鸡仔若有所思。

"你知道他们为什么会产生叛逆现象吗？"虎爸反问。"不知道。"鸡仔抓抓头。"其实并不是因为他们变坏了，而是因为他们的独立意识和自我意识日益增强，他们迫切希望摆脱父母的监护。他们反对父母把自己当小孩，而以成人自居。虽然自我意识发展了，但由于缺乏生活经验和知识积累，他们还没有形成完整、正确的人生观、世界观和价值观。喜欢与人争论，但常常论据不足；喜欢怀疑，却又缺乏科学的依据；喜欢发表见解，但又判断不准；喜欢批评别人，却又容易片面；自我控制能力还差，常常无意识地违反纪律。他们感到或担心外界忽视了自己的独立存在，叛逆心理因此产生，他们便用各种手段、方法来确立自我和外界的平等地位。明白了吗？"虎爸问。"不太明白。"鸡仔的眼睛瞪得老大。"简单说吧，就是你们这么大的孩子已经有了自己的想法，但很多想法是不正确的，又不愿改正，面对父母的教育，就产生了逆反心理。"虎爸眼中闪过一丝得意，心想火候差不多了。"原来是这样啊。"鸡仔似懂非懂地说。

"现在你知道该怎样做了吗？"虎爸乘胜追击。"知道了，什么事都听你们的。"鸡仔像只斗败的公鸡。"乖孩子，其实你可以，也应该有自己的想法。"虎爸摸着鸡仔的脑袋说。"真的啊？"鸡仔眼里放出惊奇的光。"但你要善于学习，提高自己辨别是非的能力；善于反思，不断改正自己的错误。否则，爸爸妈妈还是要管你的。爸爸上次推荐你看的《爱的教育》，就是一本好书，

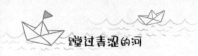

你可以多看看。"虎爸笑了，"你现在可以对自己生活、学习上的事自主安排，遇到问题，及时向爸爸咨询。心里有什么想法，一定要告诉爸爸，爸爸会一直守护在你身边，帮助你改正错误，直至你成为真正的男子汉。""老爸真好！你放心，我会做好自己的。"鸡仔欢快地跳了起来。"我回房间看一会儿书，这个星期把《爱的教育》看完。"他蹦蹦跳跳地进了房间，留下一串快乐的音符。"没问题，你的时间你做主。"虎爸咧嘴笑了。

"这爷俩乐呵啥？让我也开心一下。"兔妈的声音从厨房传来。"没啥，这是我们的秘密。"虎爸、鸡仔异口同声。"老一套，就你俩秘密多，我才懒得听。"兔妈撇了撇嘴，笑意却已在嘴角漾开。

喧闹的城市渐渐安静了，只有星星在夜色中调皮地眨着眼睛。"哗哗哗"，卫生间里传来流水声，兔妈上前一看，鸡仔正用手指在鼻子上揉搓洗面奶。洗面奶膨胀起密集的泡沫，他的鼻子成了白色。"哟，今天洗漱怎么不用我叫你了？多揉揉，可以少长黑头儿，注意把耳朵也洗干净。"兔妈觉得奇怪。"放心吧，你可以检查结果。还有，明天早上也不用你叫我起床了，我已经调好闹钟了。"鸡仔兴奋地说。

"爸爸、妈妈晚安！"洗漱完毕，鸡仔上床睡觉了。黑色瞬间填满了房间，房间也融入了静悄悄的夜。舒适的床垫，温暖的被窝，轻轻的鼾声，今晚一定会有一个美美的梦。

什么情况？这孩子平时睡觉都要磨蹭好半天，今天咋了，灯也不用帮他关了。"你们刚才到底说了什么？儿子今天大变样了啊。"兔妈问虎爸。"嘘，小声点儿。这个是秘密，不能说。"虎爸神秘地眨眨眼。"来劲了，是吧，快说。"兔妈一把拎住虎爸的耳朵。"饶命，饶命！我说，我说！是这样的……"虎爸的呢喃细语，像窗外轻柔的风，又像兔妈在钢琴上弹出的优美的旋律。

　　夜更深了，虎爸、兔妈小声说笑的声音穿过窗户，飘向浩瀚的天际，星星也跟着笑了。

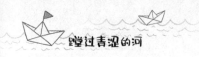

三、虚无的繁华

　　"鸡仔，出去溜达一圈，都下课了，别假正经。"小朱拉着鸡仔的胳膊，拽着他出去。"兄弟，不是不陪你，只是……唉，不谈了。"鸡仔满脸愁容，心事重重。

　　"什么情况，谈恋爱了？"小朱满脸诡异地凑到鸡仔的耳边，轻声问。"乱扯什么东西！"鸡仔冷着脸，翻了个白眼，他最讨厌别人这么说。"瞧你，开玩笑啦。那你到底是为什么事犯愁？因为语文考试？"小朱耸耸肩。"唉，可不是呗，这次考试落到班级二十名了，回去怎么交代？虎爸的脾气，你是知道的。星期天和你打羽毛球的事，可能也要黄了。"鸡仔唉声叹气。"那可不行啊，这都说好了，你不去，我怎么办？让我想想……有办法了！到外面去说。"小朱鬼头鬼脑地眨了眨眼睛。看来有戏，鸡仔呆滞的眼神倏地放出神采，他知道小朱平时鬼点子多，小眼睛一眨，什么难题都能解决。"慢点儿，等等我。"鸡仔霍地跳出座位，紧跟小朱的脚步，一阵风似的飘出教室。

　　厕所西北角，阴暗幽闭，高大的箬竹的枝叶围成了一堵密不透风的墙，枯黄的败叶在地上贴了一层又一层。箬竹被微风挠得沙沙笑，完全没有听见小朱在鸡仔耳畔嘀咕了什么。"行吗？被发现了怎么办？"鸡仔有些担心。"把'吗'字去掉。放心，我试过多次了，从没有出过问题。实在不行，你做两手准备，可以这样做……"小朱眼睛里自信的光芒照亮了这个角落，也点亮了鸡仔的目光。"OK，不愧是铁哥们，关键时刻能帮忙。"鸡仔拍拍小朱的肩膀，呵呵直笑。情绪是会传染的，看着两个学生的笑颜，箬竹笑得更欢了，还扭起细腰，挥动手臂。

小朱突然一拳打在鸡仔的屁股上，拔腿就跑。"敢偷袭，逼我使无影脚了。"鸡仔猫着腰，飞起一脚。"哗啦"，箬竹结结实实地挨了一脚，浑身颤抖。两片泛黄的竹叶如江上的扁舟，飘飘悠悠地落下。"哎呀，躲得好快！"一招不中，鸡仔拉开步子，紧追不舍。"哈哈哈！"在回教室的路上，他俩的嬉笑声洒落了一地。

"叮咚""叮咚"。"儿子回来啦。"虎爸笑盈盈地开了门。"爸爸，妈妈。"鸡仔一进门便弯着腰低着头换鞋，声音是从地面上蹦起来的。"哟，今天蛮有礼貌嘛，给你点个赞。"兔妈乐得扬起嘴角。"我去房间写作业了。"鸡仔把换下的鞋放整齐后，迅速钻进房间。"儿子，前几天的语文考试，你考得怎么样？"虎爸坐在客厅沙发上，不紧不慢地问。该死，怕什么来什么，虎爸可真是厉害。不过还好，虎爸今天好像心情不错，连叫了两声儿子，而不是直呼名字。"不知道，老师还没有说。不过有个好消息，今天英语默写一百分。"鸡仔稍稍迟疑后，一口气说完。他连做几个深呼吸，狂跳的心稍稍平静。他想，应该没有破绽吧，且听听虎爸怎么说。"哦，不错，继续保持。"虎爸果然没有追问语文成绩，顺利过关！虎爸也不过如此，真要感谢小朱，报喜不报忧这一招果然高明。

"丑八怪啊，能否别把灯打开……"伴随着鸡仔的歌声，浓浓的快乐气息从房间溢出，一拨一拨又一拨，它们飘啊飞啊。虎爸和兔妈的心也随之舞动，满满的幸福感。"儿子，今天好心情哟！轻松愉悦的家庭氛围真好！"兔妈露出了酒窝。青春期真是个可怕的东西，家里被它折腾得阴云密布、寒气逼人。幸福原来是会醉人的，兔妈闭目微醺。她暗自下决心，要对儿子多多鼓励。"瞧

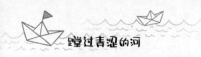

这小子，默写得个一百分就这样嘚瑟……"虎爸也哼起了歌。

自从得到小朱的真传，鸡仔学习没了压力。他尽情地玩，从没有如此轻松过，甚至常常半夜笑醒。课堂上，他想玩就玩。历史课上，他加入了粉笔头大战，精准的射击令小朱无计可施。数学、英语课上，就和邻近的小伙伴说说悄悄话。语文课真要命，最多只能冥想，想想烤鸭的味道，想想羽毛球如何放球，想想孙悟空七十二般变化。

人间四月，春暖花开，处处一派欣欣向荣的景象。周末，鸡仔约了小朱去打球。虎爸举双手赞成，应该趁着大好春光出去运动，不能一直闷在家里。午后，阳光密密地落在米色的地砖上，又高高地弹起，空气中还有淡淡的花香。

"兔妈，儿子最近表现不错嘛，语文两次考第一，数学一次第一、一次第二，英语也都排在前十名。"虎爸慵懒地靠在沙发上，稍胖的身体微陷在软软的靠垫中。"知道了，就是想让我夸夸你呗，都是你教导有方。"兔妈伸出一个大拇指。"没有实际点儿的奖励？"虎爸把目光移到兔妈的脸上。"行，晚上必胜客！"兔妈想了想说。"好！鸡仔喜欢吃。吃完再看一场电影吧。"虎爸直起身子。兔妈和虎爸击掌敲定。对他们来说，鸡仔的学习是最大的事，成绩好了，一切都好说。以前要求的补充作业被束之高阁，看电影、吃必胜客、打羽毛球……只要鸡仔有要求，全部满足。

吃得好，睡得好，玩得好，这不是"三好学生"吗，鸡仔沾沾自喜。他觉得自己确实优秀，也没下多少功夫，成绩还不赖，大概是天资聪颖的缘故吧。当然，平时考试，虽然多次考砸，但那都是意外，有时不也能考到第一、第二名吗，只要虎爸不知道，完全在自己的掌控之中。期中考试时，只要认真一点儿，再细心一点儿，三个字：没问题！晚上睡不着时，鸡仔常常这样告诉自己。

　　时间从不为谁而停留，期中考试说来就来。"儿子，明天就期中考试了，自己再好好把学过的知识梳理一下，特别是政治和历史，争取打个翻身仗。"虎爸做考前总动员，"考试的时候，要注意细心审题，认真答题，重点还有写好字……""别再唠叨了，让儿子自己复习吧。"兔妈端来了一盘削成片的苹果。"老爸，放心吧，我已经做好准备了，政治和历史一定不会差。"鸡仔咬了一片苹果。"什么情况？"虎爸好奇地问。"暂时保密！"鸡仔神秘地说。"别烦儿子了。"兔妈白了虎爸一眼。"好好好，只要能考好就行。"虎爸闭上了嘴。

　　鸡仔悠闲地翻开语文书，二郎腿晃一晃，"哗哗哗"翻过几页，来一片苹果，再翻翻，又拿出封面破损了的英语书。兔妈曾责怪鸡仔不爱惜这本书，书角卷起也就算了，连封面都破损了。虎爸则戏称，一定是读得太多了。"爸爸，还是告诉你吧。"鸡仔忙碌了一会儿说，"你看。"他打开政治书，书上密密麻麻地记着笔记。"怎么写得这么乱？"虎爸看了说。"你不懂，原来的笔记都作废了，这些都是我今天在学校里抄写的。"鸡仔的眼里闪烁着自信的光芒。"为什么？"虎爸感到奇怪，若是让鸡仔重写作业，他不稀里哗啦地大哭一通才怪，怎会自己主动重写？"嘿嘿，这是我们班'学霸'的笔记，政治、历史我全抄写下来了，有了它们，考试还用愁吗？"鸡仔笑了。他想，"学霸"都是九十五分以上，他考九十分以上应该不成问题吧。"嗯，嗯。但也不可掉以轻心哟。"虎爸说。

　　"时间到了，同学们，停下笔，试卷留在桌上，出考场。"音乐声刚刚响起，监考老师便下令了。窸窸窣窣的声音响起，同学们陆陆续续走出教室。还有两句，还有一句，水笔飞快地扭动身躯，犯了眩晕症似的吐出一圈黑色线条，那些线条龙飞凤舞地

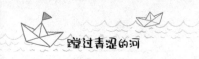

搅在一起，形成了看着像字，却又看不清是什么字的图案。终于写完了，鸡仔最后一个走出教室。

最后一场考试结束了，宁静的校园瞬间沸腾，追逐打闹的学生比比皆是。难道都考得很好，这些没心没肺的家伙，鸡仔边走边想。"鸡仔，考得怎么样？"小朱跑过来，把手搭在鸡仔的肩膀上。"还好吧。"鸡仔说，"政治、历史，时间太紧了，哪里来得及找答案啊。""是的，确实很紧，大家都说来不及。"小朱说。"是嘛，我说呢。"鸡仔松了一口气，"监考老师也太严了，下课铃声刚响就要求停笔，幸亏我写字快，若是最后一道大题没写完,那就惨了。""是不是胖胖的、戴眼镜的贾老师？"小朱问。"对，就是她，假模假样！"鸡仔愤愤地说。"她啊，听说头发也是假的。"小朱神秘地眨眨眼睛。"别瞎扯了，你考得怎么样？"鸡仔看着小朱，心里慌慌的，他希望小朱考得好，似乎又期待小朱考得差。"唉，不太好，语文和数学已经知道好几个错误了。"小朱叹了一口气。"考过就算了，不想了。"鸡仔的那点儿担心全部消散。

放学音乐响起后，老师将期中考试的榜单张贴在墙上。"本次考试，可谓冰火两重天，冰的是少部分同学成绩下滑严重，火的是优秀的同学发挥出色，三位同学进入年级前十。大家看看自己所处的位置，回家好好反思成败的原因，写一篇总结。"班主任淡淡地说。字字句句在鸡仔的耳中炸雷，他想，自己是火吗，总不至于是冰吧？可他分明感觉老师严厉的目光落在他身上……

寂静的教室突然喧闹起来，鸡仔把思绪从另一个时空收回。老师已经离开教室，同学们一哄而上，潮水一般涌向榜单。鸡仔忐忑地把自己融入潮水，顺势漂流，一、二……二十六，班级排名二十六！鸡仔傻眼了，这可如何是好？才半个学期，怎么就掉队如此严重，成绩一落千丈？不应该啊，凭自己的基础和实力，应该不至于此。嘈杂声突然消失，鸡仔心里空荡荡的，游走在空荡荡的另一个时空，就像一粒没有灵魂的尘埃，随风飘散在天地之间。

作为鸡仔最好的朋友，小朱也傻了眼。他恨自己，当初不该给鸡仔那样的建议，那只是为了救急的把戏，自己也难得用一次，没想到鸡仔竟当了真，甚至把他也骗了，陶醉于虚无的繁华，一旦破碎，无可挽回。看着鸡仔失魂落魄地回到座位，小朱想去安慰，可是说什么呢？他又想招呼鸡仔一起回家，再想想，还是放弃了。要坚强啊，鸡仔。小朱看了鸡仔一眼，独自默默地走了。

窗外，淅淅沥沥的小雨无声地飘落，在树叶上聚集成一颗颗晶莹的水珠。水珠摇摇晃晃地落在地上，碎成无尽的伤痛。教室里只剩下鸡仔一个人，还有那些排列整齐、默不作声的桌椅。他坐在那里，佝偻着身子，目光黯然，悔恨、耻辱、担心交织在一起，眼泪不停地滴落在课桌上，湿了桌面的大半部分。"傻眼了吧，回去怎么向虎爸交代？早知今日，何必当初？谎言终究只能欺骗自己，哈哈哈。"鸡仔听见泪水里的另一个鸡仔在嘲笑自己。够了！鸡仔霍地站起来，奋力抹去课桌上的泪水。事已至此，只能面对，如实向父母坦白，亡羊补牢，为时不晚，不还有期末考试吗？他咬咬牙，决心从今天起，一定脚踏实地，发愤图强，重新夺回自己应有的名次。

鸡仔擦去眼角的泪水，背起沉重的书包，纤瘦的身影消失在蒙蒙细雨中。

鸡仔——

前一秒天马行空，后一秒撕心裂肺，超越极限的突变扯下了我的几滴眼泪，滴在了那支考试专用笔上……

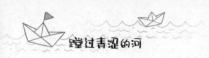

我扫视着榜单，那时候的心情，所有人都懂——灵魂挣扎，好似下一秒即将脱离躯壳。终于，我看到了自己的名字，如此显眼！我尽力将目光向右移，于是更加刺眼的数字闪了出来：年级二百七十九名！瞬间，心脏如停止跳动一般，一种欲哭无泪的悲伤涌上心头，我努力克制自己，不让自己崩溃。可是，我只剩下一个冰冷的躯壳，心神游荡天外，而我的"死党"却考进了班级前十名。以前的豪言尽失，我浸泡在苦水中，都快烂透了。

我的脑海中突然拼成了一幕记忆："我觉得应该可以进前十吧！"我颇有自信。"我大概在十五名前面……"同桌缓慢地吐出了几个字。我却在那儿乐个不停，认为考试必然成功，以为天上掉下的硕大馅饼正好落在我张开的嘴巴里，然而……

现实将梦残忍地撕成碎片。我失魂落魄地走在回家的路上，而那天正好阴雨绵绵，我被悲哀缠得无法呼吸。

我带着一身寒气，回到家中。原先的温暖早已从门缝中溜得一干二净，我揪住了一个桌角，像揪住一个面目狰狞的魔鬼，大惊，猛地缩回来……父母的叹息与苦口婆心，在我的眼里却是狂风暴雨，每次都淋得我浑身战栗，到最后我已泪流满面。

晚上，我在昏暗的灯光下写作业，心里五味杂陈，悔、恨、痛、苦、悲，如一枚枚定时炸弹，随时可以将我炸得尸骨无存。

写着写着，泪水还是止不住地流下来。我放下笔，好好地反思一切……原来，我一直活在梦中。自从七年级上半学期期中考试排第八名之后，我就一直生活在自己编织的梦中。总以为自己天资聪颖，是屈指可数的"天才"，变得飘飘然，如气球一般，外强中干，最后一道闪电将它炸得粉身碎骨。梦中的五彩缤纷被现实的锤子击成了无尽的悲伤。不过也只有这次，让我从梦中回到现实——自己只不过是只昂首挺胸装大气的老鼠而已。

　　我无路可退，只有勇于面对现实，在现实中努力成长，力求争得一席之地。

　　东方，一缕阳光照亮天空，那是现实中的温暖希望！我，不再身处梦中！

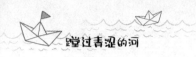

四、青春的迷途

夜色悄悄拉开了帷幕，路灯、车灯、霓虹灯……闪耀着登上舞台。熙熙攘攘的人，行色匆匆地穿街过巷，有的想赶回去爱抚一下家中乖巧可爱的孩子，有的想靠一靠父母温暖的臂弯，有的想品尝美味的饭菜，路的那一头儿是温暖的港湾。

鸡仔呆立在人群里，东西南北，车辆穿梭的街道，每一条都似曾相识，可又似乎隐隐透着让他害怕的气息。哪一条才是回家的路？鸡仔索性坐在马路牙子上，路灯把他投影成一个不起眼的点。像他这样不思进取的顽皮孩子，有谁会在意他的存在？

不知从哪个方向吹来一阵风，一片叶挣脱了树枝的束缚，飘落在鸡仔的脚边。落叶泛着颓败的黄，孤零零地躺在冷漠的水泥大街上。鸡仔鼻子一酸，俯下身，想把落叶捧在手中。他细长的手指刚要触碰到落叶时，叶被风拖着，飞向马路中央。一辆车呼啸而过，叶被碾压后从车轮下被风卷起，又是一辆车……叶伤痕累累，跌跌撞撞地在鸡仔的视野消失。

夜色渐渐变浓，路上的行人慢慢稀少，喧闹的城市安静下来。"汪汪——"一只棕色小狗歪着头好奇地看着鸡仔，黑宝石似的眼睛在路灯下闪光。这是一只泰迪，鸡仔想，没有比这更像毛绒玩具狗的狗了。小狗头上编了两条辫子，四只脚上还穿着白色皮鞋。"小狗，你是调皮地逃出来的，还是不认识回家的路了？"鸡仔问小狗。"汪汪汪——"小狗摇摇尾巴。"你能听懂吗？"

鸡仔眼里闪着泪光。"妞妞，干吗呢？过来。"一位穿着红色长裙，头发盘得高高的女人在不远处喊。"汪汪——"小狗摇摇尾巴，转身跑了。鸡仔心中一阵剧烈的痛，回家的路在哪里？他漫无目的地四处游走，背上的书包越变越大，像小山似的压得他喘不过气来。

"鸡仔，鸡仔……"远处隐隐传来了虎爸、兔妈的呼唤声。一股暖流涌上鸡仔的心头，他的眼泪奔涌而出，是爸爸妈妈，他们来找他了。"哎，爸爸，妈妈，我在这里。"鸡仔想大声呼喊，可喉咙像被什么东西堵住了，发不出一点儿声音。

"鸡仔，鸡仔……"那声音越来越清晰了，沙哑中含着撕心裂肺的痛楚。鸡仔看见爸爸妈妈向自己走来。虎爸神情严肃，兔妈泪流满面，他们就在路对面，互相搀扶着，跌跌撞撞，一路寻找，一路呼唤。鸡仔想叫，可叫不出声；想奔跑过去，可小山似的书包压得他动弹不得。他只能眼看着爸爸妈妈离去，拼命地挥舞双手。"啊！"他终于喊了出来。

"孩子做噩梦了。"兔妈帮鸡仔重新盖好被子，帮他擦去额头上的汗水。鸡仔睁开眼睛，原来是一场梦。找不到回家的路是多么可怕，离开爸爸妈妈是多么无助，鸡仔蒙着被子痛哭不已。"别怕，别怕，妈妈在呢。"兔妈柔声安慰。

鸡仔感觉妈妈的声音特别温暖，自己长大以后渐渐淡忘了这种感觉。

"明天还要上学，赶紧睡吧。"兔妈轻声细语。"好，晚安。"鸡仔又睡了。"晚安。"兔妈关上了灯。

兔妈走后，鸡仔辗转反侧，无法入眠，晚上发生的一幕又浮现在眼前。

虎爸和兔妈已经吃过晚饭，虎爸坐在沙发上看书，兔妈练习

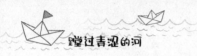

弹琴，鸡仔还在晃悠悠地啃着排骨。

半小时过去了，兔妈练完琴，见鸡仔还没吃完，不禁有些恼火："快点儿吃，我要洗碗了。""快不起来了，我吃的排骨太多。"鸡仔满不在乎。

兔妈上前一看，被啃过的排骨上还残留着好多肉，更加恼怒："多长时间过去了？肋骨都啃不干净！多大的人了？"鸡仔仍一副无所谓的样子，最后一块排骨只吃了一半便丢在桌上，面无表情地走进房间。

"看看，什么态度？什么表情？回家也是这样，灿烂的笑容哪里去了？"兔妈真的生气了，瞪了虎爸一眼。虎爸一看情形不对，必须出山了。"儿子，怎么回事？回家为何这样？"虎爸放下书，走进房间问。"没什么。"鸡仔不想理睬。"没什么，怎么不开心？"虎爸继续问。

"我不想回家。"鸡仔说。虽然声音极小，虎爸却听得清清楚楚，这五个字如细得看不见的利剑，剑剑刺中他的心脏。虎爸感觉眼前一黑，差点儿倒下，吃力地扶着墙，脸色煞白，大口喘着气。鸡仔吓坏了，惊恐地看着。"再、再说一遍，回家为何这样？"虎爸声音颤抖地问。"就是放学、放学路上没遇到开心的事。"鸡仔知道闯祸了。"刚才说的，不是这句。"虎爸语气坚定。"我不想回家。"鸡仔轻声说。"声音大点儿，是男子汉就要敢作敢当。"虽然有心理准备，但那五个字仍然使他摇晃。"我不想回家。"鸡仔泪如雨下，"爸爸，其实不是这样的，我只是随便说说。"

虎爸停顿了片刻，他知道自己必须冷静，不能乱了方寸，此时正确选择教育方法，对儿子改正错误，乃至今后成长，都至关重要。"这可不能随便说啊，儿子。"虎爸的语气明显和缓了许多，"金窝银窝不如自家狗窝，只有家才是最安全、温暖的地方。家是什么？它不仅是一套房子，更重要的是，这房子里有爸爸、妈妈和你。你好好回忆和爸爸妈妈一起生活的细节，可以是一个动作、一句话或一个眼神，再认真判断想不想回家，写一篇作文告诉我。"虎爸快速做出了应对，以前的教育肯定有问题，弥补缺失才是最重要的，先摸清具体情况吧。书面表达是最好的方式，面对面交谈，儿子可能说不出内心的真实感受。

"好的。"鸡仔的声音已经沙哑。看着虎爸离去时踉跄的背影，他真想给自己一个大嘴巴，虎爸这次是真的伤透了心，还会像以前一样一次次原谅自己吗？鸡仔佝偻着背，倚靠着冰冷的墙，感觉血管里流动的血液是冰冷的，从心脏向四肢蔓延，手脚慢慢僵硬。恐怖的阴寒之气，透过肌肤向空气扩散，房间里阴森森的。鸡仔奋力拖动双腿，机器人一般僵硬地移到书桌旁。

书桌上立着一个透明边框的水晶相架，里面镶嵌着一张三个人的合影，是四年前的夏天虎爸兔妈带着鸡仔去浙西大峡谷游玩时拍的。那时鸡仔看上去还很稚嫩，圆圆的脸蛋十分可爱；兔妈长发飘逸，牛仔吊带裙透出活力；虎爸还没有隆起的小肚腩，背着鼓鼓囊囊的双肩包，包里装的都是鸡仔爱吃的零食。背景是郁郁葱葱的树林间，一条细长的瀑布倚着山石倾泻而下，如一条风中舞动的白练。这张全家福勾起了鸡仔美好的回忆，回忆里兔妈无微不至的关爱、虎爸全心全意的呵护，那一幕幕都定格成一张张照片，照片里的鸡仔是那样幸福。

眼泪又一次流了下来，但眼泪是甜的，带着温度。这暖流迅速涌向全身，它是融化冰雪的阳光，是驱散寒凉的春风，房间也温暖起来。鸡仔打开笔记本，不假思索地奋笔疾书……

孩子渐渐长大，心却越来越远？虎爸遥望着窗外。"嘀嗒""嘀嗒"……时间一分一秒走过，灯火把夜闪耀得伤痕累累，而夜以

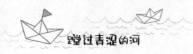

深沉的爱包容，只因为灯火是夜的孩子。哪有孩子不愿回家的，一定是他感觉不到被爱的温暖，虎爸陷入了深深的自责中。他细细回想，最近儿子确实学习负担比较重，自己也没有和他好好交流。兔妈坐在钢琴前，双手举起，迟疑片刻后又放下。她不知道该弹什么曲子，甚至完全不懂得弹奏技巧，这是一个合格的音乐老师吗？兔妈看了看窗前凝望夜空的虎爸，微微张开嘴唇，却没有声音。虎爸此时一定十分难受，该和他说些什么？是为儿子辩解，还是希望他想开？然而，最终一句话也没说。

半小时后，鸡仔拿着笔记本走了出来，脸上还挂着泪珠。他低着头，没有说话，小心翼翼地把刚写的作文递给虎爸。在鸡仔含泪的眼里，虎爸看到了懊悔。他抽了两张面纸，轻轻地帮鸡仔把泪珠揩净，还是那张俊秀的脸。"让我先看看。"虎爸拉鸡仔坐到他身边。真暖和！多么熟悉的感觉，就是小时候伏在爸爸背上奔跑的感觉！鸡仔心里暖暖的，身体不由自主地向虎爸靠了靠。

"嗯，首先表扬，写得不错，'迷途'这个题目起得好，心理刻画细致，情感真挚，描写生动，是篇难得的好文章。你看，这段环境和心理描写都很传神。"虎爸连连称赞。"呵呵。"鸡仔有些不好意思地笑了，作文能得到虎爸的表扬很不容易，他可是写作高手。

"其次，我要向你道歉，最近对你关心得太少，学习负担压得太重，这是爸爸不对，现在就改。"虎爸一脸真诚，这是发自内心深处的声音。"不，不，是我错了。"鸡仔傻傻地笑了。

"最后呢，爸爸也明白了你的意思，你不想回家，并不是不要家了，而是和学校相比之下的简单想法。在学校有很多同学和你玩，你很开心，回家后只剩下作业，一个人孤零零的，确实枯燥。这是正常现象，我能理解。"虎爸说。鸡仔连连点头。

"给你讲一个小小的童话故事。寒冷的冬天，一只蜗牛天天爬到树叶上晒太阳。刚开始，它能感谢太阳的温暖和树叶的舒适。有一天，太阳病了，请了一天假。蜗牛生气了，因为它感到寒冷。又有一天，树叶因长期承受蜗牛的压力，终于劳累过度，枯萎了。蜗牛更加生气了，因为它很难找到更加舒适的地方。你觉得蜗牛对吗？"虎爸抛出问题。

鸡仔想了片刻，说："我觉得蜗牛不对，如果没有太阳，它永远得不到温暖；如果没有那片树叶，它也感觉不到舒适。它不能生气，应该感恩才是。"

"说得很好。"虎爸竖起大拇指，"可蜗牛并不会认为自己有错，它一直享受着太阳无私给予的温暖，享受着树叶无偿赋予的舒适，时间长了，它反而认为是应该的，对太阳和树叶的付出熟视无睹。其实，天下所有的爸爸妈妈就像那太阳和树叶，把自己全部的爱都给了他们的孩子，有的孩子却把那些爱的举动当作平常事，有时甚至产生逆反情绪。但无论怎样，那都是爱，天下最无私的爱。"

哪一条才是回家的路？在纵横交错的十字路口，鸡仔分辨不清方向。"叔叔，澜庭嘉园怎么走？""阿姨，澜庭嘉园怎么走？"鸡仔着急地追问匆匆过往的行人。可没有一个人回答，甚至都看不见他的存在。为什么不认识回家的路了？该怎么办？鸡仔无助地瘫坐在路边。

突然，一只大鸟从天空盘旋着落在鸡仔身边，羽毛金灿灿的，眼睛就似两颗黑宝石。这么大的鸟！鸡仔吓得连连后退。"嘎嘎"，大鸟看着鸡仔叫了两声，又蹲在了地上。声音怎么那么熟悉？是兔妈深情的呼唤！"妈妈！我要回家！"鸡仔爬到大鸟背上，让它送自己回家。"嘎嘎"，大鸟站了起来，唰地张开金色的翅膀。"呼呼呼"，翅膀有力地扇动，闪出一道道三米多长的金光。飞起来

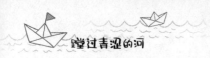

了！飞起来了！地面越来越远，大树越来越小，高楼也在脚下了。大鸟驮着鸡仔稳稳地飞向远方。

一路上，鸡仔看见了爸爸妈妈，看见了一家人幸福的一幕幕：年幼学走路跌倒时，妈妈投来鼓励的目光；旅游探险时，爸爸用有力的臂膀挡住危险；睡觉淘气时，妈妈半夜帮着盖好被子；第一次野外烧烤时，爸爸的脸庞被燃不着的炭熏黑；生病时，妈妈急得流下泪水；做完作业时，爸爸仔细检查并耐心地讲解……父母的爱就藏在生活的点滴里。

回家喽，爸爸妈妈正在门口笑盈盈地招手。"咯咯咯"，睡梦中鸡仔笑出了声。

鸡仔——

"我不想回家"，早已泪流满面的我拖着哭腔，用低得几乎听不见的声音说出了这五个字。我倚在黑暗的墙角，靠着墙的背已佝偻得不成样子，没有任何一束光能够照亮我的心扉，里面只有无奈和痛楚。

没想到随意一句轻飘飘的话竟如一记重锤，砸碎了父亲钢铁般的心。父亲永远不会想到自己一心疼爱的儿子，竟然说出了那样的话，那心情怎一个"悲伤"能表达？

说起来，还是因为那次黑暗的期中考试。面对成绩一落千丈的我，父母要求严格了，以前的纵容，还有对我的缺点的包容，荡然无存。只要我一犯错，父母就会立刻指出，可我始终改不了。面对他们的唠叨与责备，我想逃避却无处可逃。我感觉家的温暖突然间被那黑暗吸走，空气是凝固的，连床单都冰凉如铁。

书桌前，我就像那盏灯似的不能动弹，泪喷涌而出，而我却并不知道为什么哭，可还是止不住眼泪，仿佛只有这样才能减少

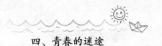

一点儿悲伤。夜色已浓，我只有与泪水为伴，在那抹晶莹中舔舐流血的伤口。

忽然间，客厅传来了父母的长叹。我的眼泪又情不自禁地流下来，原谅我，爸爸妈妈，儿子不懂事，不经意间的胡言乱语刺伤了你们的心。

窗外，无数盏灯点亮心扉，那柔和的灯光倾诉着对夜的爱。在那璀璨里，我突然看见爸爸妈妈慈爱的笑脸，看到了温暖的一幕幕，眼泪再一次滑落，顺着脸颊沿着嘴角流到嘴里，是甘甜的，如一泓清泉，使我得到滋润，全身都被温暖包裹。

家的温暖和爸爸妈妈的爱比钻石还要珍贵，或许有时会被这样那样的阴霾笼罩，但只要用心去擦拭，它就会折射出美丽的光芒。我悉心收集起钻石之光，迷失时，用它照亮心扉，照亮前路。

五、时光的尘埃

　　"最近的家庭作业不算多，你要把每天零星的时间利用好。要知道，生命的可贵之处在于每个人都只有一次，时间对于每一个人来说都是最珍贵的，花再多的钱也买不到。而我们所能掌控的就是当下……"检查完家庭作业，虎爸又开始喋喋不休地说教，他想用良言金句这个紧箍咒来规范鸡仔皮猴子般的言行举止。

　　"还买不到呢，我有的是时间，太无聊，想卖没人要。"鸡仔眼睛看着虎爸，思想却已在太空神游。"要是能有孙悟空的本领就好了，变个假人做作业，真身偷偷溜出去玩。"

　　"儿子，听清楚没有？"虎爸见鸡仔目光涣散，知道他又在开小差。"知道了，我会好好学习的。"鸡仔的这句话最管用，不管虎爸说什么，都能接得上。"知道就好，知道就好，去看一会儿书吧。"虎爸露出微笑。"好吧。"鸡仔转身跳回房间。他嘿嘿一笑，虎爸也是好糊弄的，说了什么，其实他一句也没有听到。

　　"你这个傻子，儿子的心都跑到国外了，你还叽叽咕咕地说教。"兔妈瞪了虎爸一眼。"你知道什么，对孩子的教育要有等待花开的从容。"虎爸瞥了她一眼，孙猴子能翻出如来佛的手心？

　　"还等待，有那个时间吗？初中、高中就这几年，一晃就过去了，考不上好一点儿的大学，今后怎么办？还从容，花儿枯萎了怎么办？"兔妈越说越激动。"唉！"虎爸叹了一口气，他无法反驳，因为内心也觉得兔妈说得对，现实是残酷的，理想遥不可及。

　　"老爸，书看完了，我睡觉了。"鸡仔偷偷看了一会儿漫画，窸窸窣窣地爬上了床。"嗯，做个好梦，晚安！"虎爸关掉了灯。"晚安！"被子蒙住了鸡仔的脑袋。

　　一天的枯燥学习终于结束了，鸡仔背着书包晃悠悠地走到公交站台。天黑得似乎特别早，路上行人很少，公交站台上只有他一个人。迟迟不见8路公交车驶来，脚印在站台画了几个圈后，鸡仔百无聊赖地对着站台边的花岗岩练起了绝招无影脚。"哎哟，是谁来找我啊？"一脚踢出，花岗岩里竟然走出一个人，又不是人。他有着人的身体和四肢，狐狸的脑袋，长着棕色的毛，尖尖的嘴巴周围有一簇白毛，圆溜溜的眼睛特别大，还拖着一条长长的尾巴。

　　"妖怪。"鸡仔吓得目瞪口呆，两只脚如灌满了铅，无法动弹。"不要怕，我不是妖怪。我来自卡拉星球，是精灵族的，叫咒杀，不会伤害你，你是来卖时间的吗？"咒杀说。"卖、卖、卖时间？真有人要？"鸡仔惊魂未定，声音颤抖不止。"当然，你是鸡仔吧，你们班的小朱和胖胖都卖过时间给我。"咒杀竖在脑袋上的耳朵转了转。"你知道我的名字？他俩卖过时间给你？"鸡仔将信将疑，不再那么害怕。"这个世界没有我不知道的，我的生意可好了，你们学校好多同学都卖过时间给我。看，我都记录在这个魔方里。"咒杀拿出一个魔方。魔方手掌大小，是透明的，里面有闪着光的星辰在转动，鸡仔在里面看到了小朱、胖胖等一些同学的面孔。

　　"怎么卖？贵吗？"鸡仔有了兴趣。"价格不一，根据你所卖时间的长短，白天一个小时两元，晚上一小时一元，一天四十元。"咒杀的圆眼睛里闪着古怪的光。"怎么交易呀？"鸡仔问。

　　"你问到点子上了，是个聪明的学生。我做生意一向买卖公平，童叟无欺，但不能反悔，事先说明，时间卖了之后，你就没有了。卖掉的时间里，学习生活中你将由你的影子代替，但实际上你什

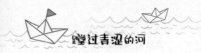

么都没有做。"咒杀回答。

还有这等好事，明天有两场考试，卖了正好，要不先试试，鸡仔想。"那就、那就明天早晨七点至下午五点，共十个小时，卖给你吧。"他说。"成交，给你二十元。还有，这支钢笔给你，你若是想卖时间了，只要旋开笔盖，我就会出现。"咒杀说完就消失了。鸡仔看那钢笔，蓝色的，和平常的钢笔没有任何不同之处。二十元就在手上，他买了一杯奶茶和一块三明治蛋糕，吃得很开心。

回到家，鸡仔没敢说放学遇到的事。第二天早晨醒来，鸡仔迷迷糊糊的，忽然想起卖时间的事，以为是一个梦，可钱和蓝色钢笔都在文具盒里。回想起来，他有些担心，不知道接下来会发生什么，还有些后悔，可什么都做不了。

虎爸开车送鸡仔到学校门口，时间是早晨六点五十分。"儿子再见，考试时细心点儿。"虎爸忍不住提醒，尽管知道这是废话。"爸爸再见。"鸡仔下了车，心扑通扑通直跳。忽然，一道白光闪过，天地漆黑如墨。

"鸡仔，今天考得怎样？"放学路上，小朱面色疲惫地问。怎么？一天过去了？鸡仔只记得早晨进了校门后看见小朱在打扫卫生，其他什么都不知道了。还真有影子帮助上课和考试，哈哈哈，我不真是孙悟空了？不对，比大圣还厉害，还能挣钱，就是不知道考得怎么样。"发什么呆，问你话呢。"小朱提高嗓门，对鸡仔的腰被捅了一下。"哦，不太清楚。走，请你喝奶茶。"鸡仔很开心，心想自己有的是时间，就有花不完的钱。

第二天，分数出来了，鸡仔的数学成绩全班第一，语文成绩全班第三。虎爸和兔妈十分开心，去必胜客吃了晚饭。"看，我提醒有功吧！"虎爸扬扬得意。"去去去，这是儿子聪明加勤奋。"兔妈朝虎爸翻白眼。呵呵呵，鸡仔乐个不停，影子还真不错，值得表扬。也许是吃得太撑了，鸡仔躺在床上翻来覆去睡不着。他心想，这时间浪费了可惜，不如卖掉，还能挣点儿钱。鸡仔拿出蓝色钢笔，旋开笔盖。

"上次交易还满意吧，这次想卖多少时间？"咒杀如约出现在鸡仔眼前。"是的，很满意，我的影子怎么这么厉害？"鸡仔还沉浸在喜悦中。"不是影子厉害，你自己考也是这个结果，影子只是代替你做了而已，它没有任何思想、意识和知识储备。"咒杀的两只耳朵转了转，"这次卖什么时间？""哦。"鸡仔其实并没有明白，管他呢，只要结果好就行，"今天晚上的八个小时吧。""八小时？可以，但你要想好了，卖了就是你一晚上都没有睡觉。"咒杀眼睛眯成一条线。"没关系，我有的是精力。"鸡仔不以为然。"成交，这是八元。"咒杀爽快地付了钱。

"咯咯咯，儿子，起床了。"兔妈像往常一样学鸡叫。鸡仔感觉刚睡下，眼睛怎么也睁不开，在兔妈的反复催促下，才摇摇晃晃地起床。吃早饭时，他还在打盹，甚至差点儿把粥打翻。"怎么回事，还不清醒。"虎爸瞪了一眼。课堂上，鸡仔不住地打瞌睡，被老师多次点名，同学们都笑翻了。鸡仔十分生气，下课时一个人偷偷溜到厕所西北角的箬竹下，拿出蓝钢笔，旋开笔盖。咒杀又出现了，鸡仔把白天剩余的八小时卖掉了。

吃晚饭时，鸡仔还是萎靡不振。"这孩子不会是病了吧，让我摸摸。"兔妈有些担心。"懒王病吧。"虎爸认为，好好的，不会突然生病。"妈妈，我想睡觉了。"鸡仔假装身体不舒服，作业也没做，美美地睡了一觉。

从此，鸡仔隔三岔五地卖时间给咒杀，只是再考试时，不如第一次那么幸运了，一次比一次差。虎爸、兔妈百思不解，虽然鸡仔一次次悔过，但他们已经对他失去了信心。期末考试，鸡仔

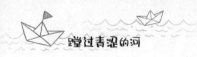

不敢自己考，期盼影子给他带来好运。可希望彻底破灭，他因为经常缺课，成绩已经沦落为倒数，无法面对父母的期待。直接长大吧，彻底去掉读书的烦恼，蓝色钢笔笔盖再一次被旋开。

"鸡仔，准备卖多少？"咒杀圆溜溜的黑眼珠一转。就到我结婚的时候吧，鸡仔想，反正小时候的生活没有什么意思。"十年吧，一年一万四千六百，共十四万六千。"咒杀露出了狡黠的微笑。"成交。"鸡仔话音刚落，又一道白光闪过，天地漆黑如墨。

"鸡仔，快把水泥拎过来。""鸡仔，砖用完了，再搬些过来。""好嘞。"鸡仔顶着烈日，已经累得筋疲力尽，堆积如山的工作怎么也干不完。他身上的衣服全都湿透了，黑色的T恤上泛着一层白色的盐霜，蓬乱的头发上沾满了水泥灰，手上的老茧很厚，仍被砖磨破几处，还渗着血。鸡仔常常抱怨命运不公，这个工地力气出得最多的是他，待遇最低的也是他。以前的同学小朱，现在是高级工程师，平时难得到工地转一圈，工资却是他的十倍。每次小朱跟他打招呼，他都觉得自己被嘲笑，恨不得找一个地缝钻进去。

每天回到家，泡一个热水澡，是鸡仔最幸福的事。浸在浴缸里，一股暖流涌向全身。这段时间，还不用听任何人的指使和唠叨。

"鸡仔，这是小朱送来的资料。见你总是回避他，他就送到家里来了。好好复习，今年争取考取建造师资格。小朱说，拿到证，就不用那么辛苦了。"晚饭时，兔妈苦口婆心地说。"你一定行的，我看好你。"妻子跟着附和。虎爸没有说什么，鸡仔从兔妈的口中得知，过去的十年，虎爸因为他，性格都变了，头发也几乎全白了，在他结婚前就发誓不再管他。

物价飞涨，咒杀给的十四万六千元根本不经花，这几年上电视大学的培训费就占了大半，生活上他主要还是靠父母。这是自

34

己想要的生活吗？想逃避的学习，到头儿来还是没逃掉。虎爸绝望的眼神、兔妈的苦口婆心、妻子的温言软语，都让他无颜面对。他白天忙碌了一天，晚上专心学习，很有起色，虎爸也变得开朗了些。

建造师资格考试成绩出来了，鸡仔差一分，到底没考上。几年的努力再次付之东流，想到家人殷切的希望和小朱热情的帮助，鸡仔绝望地呐喊。他不能再庸庸碌碌了，必须做人上人，哪怕付出一切，蓝钢笔盖又一次被旋开了。

"又想到我了，老朋友。"咒杀乐呵呵地说。"我需要一百万，你说要多少时间？"鸡仔不想拐弯。"这么多，让我算算，哎呀，时间太长了。这样吧，看在你是老客户的分上，给你一个高价，三十年，你看咋样？"咒杀说。"成交。"鸡仔眼睛一闭，心一横，管不了那么多了，与其这样活着，还不如死去。还是一道白光，但比以往每一次都更亮，鸡仔似乎被点燃。

"水，水。"鸡仔很想喝水，用尽气力喊，声音却很微弱。"来了，来了。"妻子用汤匙给他喂了几口水。白天花板、白墙、白床单、白被子，鸡仔吃力地睁开眼睛，发现自己躺在病床上，正挂着吊瓶。他能清晰地听见盐水滴落的声音，那无色的液体顺着左手上的静脉缓缓地流进身体，比冰还要寒冷。鸡仔感觉周身寒彻，心与肺都要被冻住了，几乎不能呼吸。他挪动着右手，想要拔出针管，可这样的力气也没有了，几次努力都失败了，他累得直喘气。"快别乱动，这药是进口的，可贵了。"妻子轻轻地帮他拍拍胸口。

我这是怎么了？鸡仔努力回想，隐约听见医生和妻子的谈话。他得了罕见的怪病，身体加速衰老，就像时间被人抽走了，无药可治，最后将器官衰竭而死，从住院治疗到现在已经用去一百万。他看见自己瘦骨嶙峋，干枯的手上满是褐色斑点。

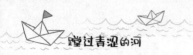

"爸、妈，你们来了！"妻子让虎爸、兔妈坐下。虎爸和兔妈都已是满头白发，沧桑的脸上布满了皱纹，背也佝偻了。"医生怎么说？"虎爸声音有些颤抖。"快、快不行了，可能过不了今晚。"妻子小声抽泣。

兔妈再也忍不住了，坐到病床边，握着鸡仔的手，泪如雨下。泪晶莹透亮，滴落在鸡仔的手臂上，是热的，一股暖流迅速涌遍全身，那颗冰冻的心融化了。鸡仔感觉到了温暖，吃力地睁开眼睛，看着兔妈慈祥的脸，露出浅浅的笑意。在兔妈清澈的眼睛里，他看到了浓浓的爱，不知为何，以前一直没有发现。他也看到了自己的影子，那是自己吗？稀疏的头发已经全白了，没有一丝血色的脸上堆满了皱纹，颧骨高高地凸起，脸上的肉像被刀剔过，深深凹陷的眼睛阴森森的，几乎就是恐怖的骷髅。

鸡仔多想扑到妈妈的怀里，享受那熟悉的温暖，可没有一点儿力气。就要死了吗？他回想自己的一生，童年是那样令人留恋，明媚的阳光下，他和虎爸在草地上踢足球，兔妈递上毛巾，送上饮料，欢快的笑声犹在耳畔。可少年以后呢？却是一片空白。他不知道在初中、职业学校、电大的学习过程，没有恋爱、结婚和做父亲的感受，不清楚给父母带去了多少创伤和不眠之夜。

"生命的可贵之处在于，它对每个人来说都只有一次，时间对于每一个人来说都是最珍贵的，花再多的钱也买不到。而我们所能掌控的就是当下。"这时，鸡仔才理解了虎爸所说的话。从十五岁那年卖掉时间起，他就不存在了，他多想重新活一次，让人生更有意义，可是咒杀能把时间还给他吗？

鸡仔吃力地看着床头的蓝钢笔，已无力旋开。他想把卖掉的时间赎回来，他想知道为何自己五十多岁就如此老态龙钟，可是他已不能旋开蓝色钢笔盖。

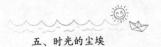

就要死了吗？就要死了！鸡仔感觉瞳孔在放大，看到的光线却越来越暗，身体陷进一个巨大的旋涡，似乎听见了哭声。他想说话，张着嘴却发不出一点儿声音，于是拼命地挣扎……

啊，原来是一场梦！鸡仔猛地睁开眼睛，被子已经被拧成一团，他浑身都被汗水打湿。真的是一场梦吗？鸡仔惊恐万分，狠狠地抽了自己一个耳光，很痛，真的是一场梦。他长长地吁了一口气，擦去额头上的汗珠，额头冰凉。

东方的天际已泛白，鸡仔看着窗外，仍心有余悸。他不能再浪费时间，以前的行为无异于自杀，时间过去了，就不会再来，必须好好珍惜当下，活在当下，许多年后回忆才没有遗憾。

太阳还没有升起，朝霞已将天边的云彩染红，霞光透过窗户照在鸡仔稚嫩的脸上。鸡仔在窗台下专心致志地读英语。

"什么情况？"兔妈揉了揉惺忪的睡眼。"花开了呗，呵呵呵。"虎爸很开心。

从容，一定等得花开。

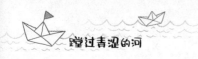

六、历经作文劫

澜庭嘉园小区的水池边，迎春花开得正艳。小小的黄花一朵接着一朵，顺着柔嫩的绿色枝条，从上向下往池面奔跑。纤细的枝条一根挨着一根，密密麻麻地披在池边的石块上，形成一簇一簇亮眼的鹅黄。

鸡仔低着头慢悠悠地走在水池旁边的小路上，背上的书包鼓鼓囊囊的，像一座小山压得他气喘吁吁。他拖着两条腿，瘦弱的身躯佝偻着，汗水不停地从额头滴落，可他懒得用手擦拭。小路由鹅卵石铺成，走在上面有点儿按摩的感觉。还不满九十斤的鸡仔感到脚被硌得难受。他已经几次测量了这条弯曲的圆环形小路的长度。

一只棕色的泰迪狗伸着长长的舌头，趴在花台边，眼珠一转也不转地盯着鸡仔。"滚开。"鸡仔目光如剑，朝着小狗低声怒吼。"汪汪"，泰迪立马跳起来，一溜烟跑开了。"不就是作文没写好吗？你也敢看我笑话，找死！"鸡仔觉得小狗看他的眼神异样，心里恼怒极了。

天色渐渐暗下来，迎春花、石头都朦胧成黑色的影子。小区里陆续有人家亮起了灯，这里一盏，那里一盏，像天上的星星，毫无规则地散落在四周的高楼内。黑夜不可能等待一个彷徨的孩子，鸡仔不能拖延了，再晚爸爸妈妈就要打电话找他了。唉，不管了，车到山前必有路，走一步算一步吧。他咬咬牙，转身走向电梯。

　　"爸爸，妈妈。"鸡仔没有按门铃，直接用钥匙打开。换好鞋后，低头溜进了房间，不敢看爸爸的眼睛。"考砸了！"虎爸和兔妈异口同声。

　　前天，鸡仔说考语文了，自我感觉考得还可以，作文写的是很像散文的散文。虎爸和兔妈也觉得没问题，在他们的印象中，鸡仔的作文还是可以的，上次语文考了第一，这次应该不会差。但看他今天回家的反常表现——自己开门、主动叫人、溜进房间，肯定是没有考好。兔妈朝虎爸使了个眼色，虎爸知道是什么意思，没办法啊，谁让咱是户主呢！

　　虎爸脚步轻轻地走进鸡仔的房间，鸡仔已经开始写作业了。他耷拉着脑袋，与台灯、作业本构成一幅静谧的画面，没有了以往摇头晃脑的神气。"哟，今天挺认真嘛。"虎爸摸着鸡仔的头。鸡仔没有回答，继续埋头，手中的笔沙沙沙地飞舞。"语文没考好吧？"虎爸接着说。"是的。"鸡仔的头更低了，笔尖的速度也慢了下来。"多少分？多少名？"虎爸的声音略高了些。"七、七十八分，二、二十三名。"鸡仔终于抬起头，眼圈红红的。

　　"什么？"虎爸大吼一声，简直不敢相信自己的耳朵，虽然已有心理准备，本来想着平稳地处理，但没想到差到这种程度，他方寸大乱。"拿来给我看看！"虎爸瞪着小眼睛，嘴角的肌肉不停地抽搐。鸡仔没有说话，眼泪像决了堤的洪水，把试卷小心翼翼地拿给了虎爸。

　　"这种态度，肯定考不好。"看着试卷上潦草的字迹，虎爸心里更火了。"四十分的作文扣十五分？怎么写的？"虎爸找到了考差的原因，若作文少扣十分的话，分数也可以。再仔细一看，哪是什么散文，简直是空洞无物，无病呻吟。鸡仔只有这样的水平？难道连六年级都不如了？面对这个残酷的现实，虎爸不敢相信。

　　小学阶段，虎爸对作文很重视，要求鸡仔先打草稿，给自己看过后，再修改誊写。进入初中以来，鸡仔不太愿再把作文给虎爸看。因为作业多，又觉得儿子的作文还可以，虎爸也就尊重了他的意愿。现在看来，这样肯定不行了，必须好好看看。"把平时写的作文给我看看。"虎爸要做全面了解。鸡仔默默地取出作文练习簿。

　　看着那些作文，虎爸气不打一处来。"撕掉，撕掉！"他心里有一个声音在怒吼。"别急，别急！"又有一个声音在轻柔地安慰。虎爸闭着眼睛，极力平复情绪。他深吸了一口气，慢慢把思维打开。细细回想儿子初中以来的情况，觉得自己也有逃脱不了的责任，是自己主动放松了对儿子的要求，不再要求他打草稿，字迹只要过得去，就睁一眼闭一眼。上次考第一名的卷子，其实字迹也潦草，只是被那个闪光的第一掩盖了。

　　几次深呼吸后，虎爸慢慢睁开眼睛，目光平和了很多。他看着鸡仔惊恐的小脸，心底腾起爱意。虎爸轻轻地擦去鸡仔脸颊上的泪珠，温和地说："这次考试的主要问题是作文没写好，作文没写好的主要原因在爸爸。"原因在爸爸？鸡仔一下子摸不着头脑，但小脸已不再紧绷，紧张的情绪缓和了许多。

　　"进入初中一个多学期了，爸爸都没看过你的作文，是爸爸不称职。还记得小学时我们是怎么写作文的吗？"虎爸问。"小学时写作文都要先打草稿，给你看过后，我再修改誊写。"鸡仔轻声回答。"是呀，现在我都没有看过你的作文，这才导致你的作文水平下降。你说该怎么办呢？"虎爸看着儿子。"那我以后写的作文都给你看，但是不能打草稿，那太浪费时间。"鸡仔狡黠地眨了眨眼睛。"可以不打草稿，但必须列提纲给我看，这是底线。"虎爸的语气非常坚决。"嗯，那好吧。"鸡仔咧嘴笑了。

"来，我们看看这篇作文可以怎么改。其实文章的立意还是可以的，结构也合理，但没有具体的人和事，太空洞，无法感染读者。"虎爸仔细分析考卷上的作文，鸡仔连连点头……

"现在能写好了吧，重写一遍，好吗？"虎爸问。"嗯，好的。"鸡仔自信满满。"你准备一个厚厚的笔记本，就写在上面，从今以后，爸爸要求写的作文都写在上面。以后翻开看看，也是一份美好的回忆。加油，你一定行！"虎爸微笑着鼓励。"知道了，我重写好后再吃晚饭。"鸡仔从抽屉里找出一个黑色皮面笔记本，是六年级时老师奖励的，还没有用过。他打开笔记本，埋头动起笔来。

"什么情况？"虎爸刚走出房间，兔妈迎头便问。"嘘，小声点儿。考得很不理想，主要是作文丢分太多。"虎爸说。"怎么会？怎么办？"兔妈有些着急。"都解决好了，相信儿子，会好起来的。"虎爸说，"正在里面重写呢，等会儿吃晚饭。""那我先把菜盖起来。你不要太着急，慢慢来，多鼓励，从容等待花开哟。"兔妈连忙拿出几个盘子。

分针也不知跑了多少圈，鸡仔捧来了重新写的作文。虎爸一口气读完，合上笔记本，看着鸡仔，却不说话。时间似乎停滞，空气也凝固了，只有鸡仔和兔妈的心在狂跳。兔妈不停地使眼色，担心虎爸没有发现，又干咳两声。嘿嘿，我不知道吗？虎爸暗笑，虽然还有许多不足之处，但不再空洞，有了明显的进步。"写得不错，有血有肉，相信你一定能写得更好。"停顿片刻后，虎爸微笑着说。"噢，吓死我了。"鸡仔长舒一口气。"儿子，你真棒！"兔妈更是竖起大拇指。

晚餐迟了约半小时，也许是饿了，也许是开心，鸡仔吃得很快很香。他没有想到是这样的结果，虽然重写了作文，但自己也

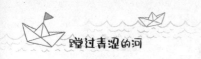

有了收获，一定要管住自己，不能再让爸爸妈妈失望。他又想到了那只泰迪狗，也许是错怪它了，自己根本无须为没有发生的事担心。

从此，虎爸有意识地引导鸡仔注意观察生活细节，学会体验生活，并及时地将所见所闻、所思所感记录在自备的笔记本上。鸡仔很有灵气，作文水平在短时间内便有了较大的提高。

清明，没有细雨，天空甚至没有一丝云彩，骄阳喷着烈火，仿佛一夜间送走了春天。虎爸驾车带着兔妈和鸡仔，去爷爷奶奶家祭祀祖先。爷爷奶奶家在城郊，一条南北走向的柏油马路便是城市和农村的分界线。路东面是成片的商品房住宅小区，路西面穿过一片松树林，有一个不大的村落，村落西南就是鸡仔的爷爷奶奶家，虎爸就是在这里长大的。

前几年就听说要拆迁，虎爸和兔妈很开心，说闲不住的爷爷奶奶终于没事做了，到城里买套房，跳跳广场舞，轻轻松松、快快乐乐地安度晚年。爷爷奶奶不乐意，说城里的鸽子笼住不习惯，买的菜哪里有自己种的新鲜、安全？鸡仔也不高兴，爷爷奶奶住到城里了，他去哪里玩啊？田野里的新鲜事可多了。幸好说了五六年也没有拆。虽然还在说，但相信的人不多了。

兔妈忙着帮鸡仔的奶奶准备午饭。虎爸无事可干，躺在房间看电视。鸡仔和小狗玩了一会儿，觉得没意思了，便说："爸爸，我去田野里玩玩。""好的，别跑太远，马上吃饭了。"虎爸叮嘱。

很快，鸡仔就赶了回来。他跑到储物间，拿了剪刀和网兜，又匆匆离开了。"你干吗去？"兔妈感到疑惑，可鸡仔一阵风似的跑了。"虎爸，去看看你儿子，拿了把大剪刀干什么去了？"兔妈有些担心。"都是小伙子了，拿把剪刀能有多大的事？"虎爸十分淡定。"你就是心大！"兔妈不服气。"心大了，儿子的舞台才大！他需要有自己的空间。”虎爸说。

“爸爸，我回来了，我抓到了一只小鸟。”虎爸话音刚落，鸡仔气喘吁吁地回来了。“死的吧？”虎爸不相信。他走到院子里一看，鸡仔满头大汗地扛着网兜，兜里面果真有一只灰褐色羽毛的小鸟，它瞪着惊恐的眼睛，瑟瑟发抖。“我家宝宝真厉害，烧了给你吃，好吧？”奶奶见了笑不拢嘴。

“我不吃，小鸟怪可怜的。”鸡仔噘着嘴。“你是怎么抓到的？”虎爸感到不可思议。“瞧，一身汗，快擦擦。”兔妈送来一条毛巾。“那边菜地上有一张大网，它被卡住了，是我把它剪下来的。”鸡仔一边擦汗，一边自豪地说。“噢，村后头老王家小子拉的网，捉了好久。”奶奶恍然大悟。

“真坏！”鸡仔愤愤地说，“爸爸，我们把它放生吧，小东西好可怜。”“对呀，它的同伴正在找它呢。”虎爸赞成。鸡仔把小鸟往天空一扔，小鸟翅膀扑棱了几下，又落了下来，吓得蹿到堂屋的角落。“可能是受伤了，飞不动。”虎爸跑进屋，敏捷地抓住了小鸟。他走到院子里，四处看了看，最后将小鸟放在屋前的桂花树上。小鸟紧紧抓住树枝，很平静地注视着虎爸和鸡仔。

“儿子，你看小鸟的眼睛。”虎爸说。“很安详，没有刚才的恐惧了。”鸡仔说。“今天就以‘你的那双眼睛’为题写一篇作文吧，扣住眼神的变化，把你救它的过程写下来。”虎爸若有所思。“好的。”鸡仔开心地接受了命题作文。

第二天，鸡仔的作文被老师破天荒地评为九十五分，还作为例文在全班朗读。放学回到家，鸡仔淡淡地说：“爸爸，知道昨天的作文老师批了多少分吗？”“多少分？”虎爸有些奇怪，昨天的作文他看过了，还不错，没有得到老师的肯定？“多少分没关系，有进步就好。”虎爸又补充了一句。“九十五分。”鸡仔

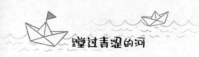

低头嘿嘿地笑，"老师还在班上读了，好难为情。""九十五？来来来，让我看看。"虎爸大叫一声。"儿子这么厉害啊！乖乖，要成作家了！"兔妈闻声而动。"嗯，确实不错，我就说是篇好文章嘛！"虎爸说，"既然老师也这么肯定，给报纸投稿吧，好文章要分享给大家。""有稿费吗？"鸡仔问。"小财迷，当然有稿费，如果能发表的话。"虎爸笑着说。

晚饭后，鸡仔悄悄地对虎爸说："爸爸，告诉你一个秘密，我现在喜欢上作文了。""嘘——"虎爸使了一个会意的眼神。"你们俩又搞什么鬼？"兔妈很好奇。"秘密。"虎爸和鸡仔异口同声，都笑了。

一个月后，鸡仔的《你的那双眼睛》在报上发表了。编辑老师点评："小作者紧扣那双会变化的眼睛，用诗一般的语言写了一次拯救鸟儿的行动，情感真挚，令人感动。"

附：

你的那双眼睛

烈日，树荫下，你的那双幽寒的眼睛惊恐地眨着……

我只身来到田地里，枝繁叶茂，如世外桃源般美丽。唯一令我铭记在心的是你那双眼睛，虽不迷人，却令我思绪万千……我看见了你柔弱的身躯，看见了你凌乱不堪的羽毛，那张网眼细密的大网牢牢地绑住了你。你的眼睛里流露出惊惧、绝望，嘶哑的叫声震动我的心弦。你盯着我，眼神惊慌，像在乞求我远离你。与此同时，你还在拼命挣扎着，那张网发出了邪恶的笑声。也许是迷恋这风景吧，也许是旅行中粗心大意了吧，你晕头转向地栽

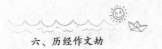

了进来，现在的你如此落魄，是怕，是悔，是恨？

"慈悲"的我怎能不救你呢！

我飞快地跑回家，拿出一把闪着寒光的大黑剪刀，奔回原地。你却比刚才更惶恐了，可怜的大眼睛紧张地盯着那把剪子，不时被它反射的寒光刺得闭起来。你更害怕了，翅膀愈加频繁地抖动，不时从喉咙深处挤出绝望的叫声。我好不容易将你按住，轻抚你，你果真停止了颤抖，眼里的不安渐渐消失，但仍然瞳孔放大，十分害怕。你的腹部正暴露在随时会让你毙命的剪刀上，命悬一线……

终于，我将缠绕在你身上的线全部解了下来，你眼里惊魂未定，又很好奇。"此人为何要救我呢？"你静静地躺在网里，一副听候宣判的样子。我将你捧回了家，你一动不动，很安详，跟挣扎时截然不同。终于，你的眼睛里透露出一丝惊喜，依然水汪汪的，只是还有些惶恐。我轻轻地捧着你，将你放在了一棵树上，你稳稳地立在那儿，像一尊灵动的雕塑。

我笑了，心里轻松了。你已由原先的狼狈不堪变成了姿态优雅。你伫立在枝头，望着远方，安静又端庄，看你的眼睛，似乎在痴迷什么，又若有所思……

我知道小小的你肯定是在思念温暖的家，想念你和蔼的父母和可亲的兄妹，才会这么迷茫。你的眼睛里透着着急，看起来多可爱！放心，等伤好了以后，你就能展翅高飞，寻找你温馨的家了。祝福你……

终于有一天，我再也看不到柔弱的你了。你一定是远走高飞了，你的眼睛不再惊慌，而是那么活泼，有生机。你又是从前的你了，高空中，暖阳下，那嬉戏的鸟群中，也有你吧？你会告诉同伴，人类很善良，会爱护小动物吧？你会用歌声来感激生活，歌唱人

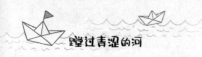
性的善良。

　　以后的日子，我走到网那儿，总会想起你的眼神……再抬头看看天空，鸟儿，暖阳，一种幸福感会涌上心头。

　　你的那双眼睛乌黑乌黑的，水汪汪的……

七、静听花开声

"唉，鸡仔的成绩仍然没有起色，这次考试还是老样子。"兔妈蹲在阳台角落的水池边帮鸡仔刷运动鞋。鸡仔有踩自己的鞋的习惯，一双鞋若是穿上两天，一定和在泥里打过滚的小狗一般，没鼻子没眼了。

阳台上的滚筒洗衣机开始脱水。"咣叽，咣叽，咣叽。"声音达到高潮后，有十秒的流水声音，接下来便是绿皮火车启动的声音。绝对是十秒，虎爸数过。这洗衣机刚买回来时，吵得虎爸连电视都看不下去，感觉时间久了，精神会崩溃。可人也真是奇怪，半年过去，他竟然听习惯了，有时还跟在后面学这声音。

"喂！跟你说话呢！"兔妈气呼呼地跑到客厅，额头漾起了浅浅的波纹。"什么？没听见，刚刚飞机在阳台上起飞了。"虎爸忙赔笑脸。"飞你个头！儿子的学习成绩已经降落了。"兔妈说。"今天不是去补习英语了吗？"虎爸说。"补习就能解决一切问题？要找出成绩下降的原因。"兔妈说。"唉，问题可能出在行为习惯上，一些毛病至今都没有改掉。"虎爸无可奈何地叹了一口气。"你倒是好好想想办法啊，户主！初中三年很快就会过去，基础不牢，今后怎么办啊！"兔妈说完，转身去刷鞋了。

看着兔妈背影，虎爸看不下去新闻了，放下了手机。是该好好想想办法了，寄希望于鸡仔自己改正，那可真是缘木求鱼了。虎爸背靠着沙发，闭上双眼仔细回想鸡仔的日常表现。"嘀嗒""嘀

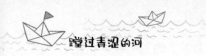

嗒"，秒针毫无倦意地跳跃，打开了另一个时空，鸡仔的喜怒哀乐都刻在时光轴上。"咔嗒"，洗衣机告诉兔妈，衣服洗好了。"咔嗒"，大脑告诉虎爸，有答案了。他从时光轴上发现，进入青春期后，鸡仔特别躁动，做什么事都静不下来。在家如此，上课肯定也一样，这样岂能学好？虎爸小眼睛一转，有了应对之策。

星期天早晨，下起了雨。"好雨知时节，当春乃发生。随风潜入夜，润物细无声。"兔妈听着窗外的天籁之音，不禁脱口而出。希望这对鸡仔来说也是一场好雨，希望他能受到无声的滋润。虎爸泡了一壶雀舌茶，茶香穿过壶嘴袅袅升腾。

雨水顺着窗沿轻快地跳落，晶莹的水珠亲吻着窗台，煞是可爱。水珠有生命吗？它们在天上地下不停地跑，会不会疲倦，会不会变老？能不能突破地球引力的束缚，穿越大气层，逃到外太空？在外太空，它们又将是怎样的形态？会到月球上下一场雨吗？鸡仔趴在窗前，看得出神。

"儿子，过来，我们一起听听手机。"虎爸在客厅喊。听手机？有没有听错？不是应该叫我看书吗？手机可是从不让我摸的，一定是听错了！鸡仔继续欣赏着窗外的水珠。"怎么还不过来，儿子？"虎爸的嗓门更大了。是真的，嘿嘿！难怪今天下雨了。"来了！"鸡仔急忙跑了过去。虎爸坐在餐桌西面，餐桌中间放着一个黑色的托盘，托盘上是一个褐色的紫砂壶，紫砂壶牵着两个同色紫砂小口杯。

"老爸，听什么？谁的歌？Two steps from hell（'两步逃离地狱'，一家专业的音乐制作公司，总部设在美国洛杉矶），是吗？"鸡仔伏在桌上，目光中充满好奇。"不是听歌，是听朗读，我新发现的，很不错，和你一起分享。"虎爸笑眯眯地说。听朗读？没搞错吧，还分享，真是搞笑，不过总比自己看书强一些吧。"好

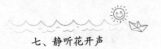

吧。"鸡仔有些不情愿地坐了下来。

　　"先喝杯茶。"虎爸给鸡仔也倒了一杯。鸡仔学着虎爸的样子，先浅呷一口，再一饮而尽。"下面我们听一听三毛的《痴心石》。"虎爸打开了手机。"许多年前，当我还是一个十三岁的少年时，看见街上有人因为要盖房子而挖树，很心疼那棵树的死亡，就站在路边呆呆地看，树倒下的那一刹那，观望的人群发出了一阵欢呼……"悦耳的朗读声回荡在屋里，虎爸忘记了喝茶。可对于鸡仔来说似乎没有一点儿意义。一句话还没有结束，鸡仔便开始抓耳挠腮，虎爸递了一个眼神，鸡仔停住了。

　　几秒钟后，鸡仔的腰逐渐弯曲，最后下颌顶在桌面上。他目光缓缓向下，盯着鼻尖，两只眼珠的黑色部分慢慢集中到鼻翼两侧。停了一会儿，嘴开始不停地张合，速度越来越快，不知道在咬什么东西，像是小狗在赶走讨厌的苍蝇。虎爸用手轻轻地敲了敲桌面。鸡仔半眯着眼睛，慢悠悠地把身子拉直。

　　又过了几秒钟，鸡仔满屋漂移的目光滑落到紫砂小口杯上。小口杯比酒盅大一些，比普通的水杯小一些，胖墩墩的矮脚虎，一副滑稽样。若是将它……嘿嘿，会不会有趣？鸡仔将矮脚虎反扣，在餐桌上游走，矮脚虎的嘴咬着平铺在餐桌上的塑料玻璃台垫，它们共同发出"刺啦啦"的尖叫声。鸡仔顿时神采飞扬，仿佛那才是他欣赏的朗读。虎爸又敲了敲桌子，鸡仔只能重新坐正。

　　朗读一直在持续，朗读者并不知道手机外面发生了什么，当声音戛然而止时，营造出意犹未尽的感觉，以期勾起听众继续聆听的愿望。六分钟，太漫长了！终于结束了，鸡仔伸了个懒腰，仿佛过了六个小时。若不是虎爸不断提醒，也许鸡仔已经睡着了。

　　"儿子，说一说你听到了什么。"虎爸喝了一口茶，唇齿留香的感觉为他保持了良好的情绪。"听到什么？好像是一块石头。

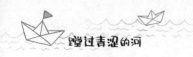

对，就是一块石头。"鸡仔翻了翻眼睛。"什么样的石头？哪些地方给你留下了印象？作者想表现什么？"虎爸提出了一连串问题。"不，不知道。"鸡仔低下头，不停地抓头发。头发受不了了，一根根怒气冲冲地站立起来。

"一点印象也没有？没关系，我们再听一遍。"虎爸慢悠悠地又喝了一口茶。"还听？我静不下来。"鸡仔着急得直摇头。"呵呵呵，这就对了。"虎爸反而笑了。"听朗读，就是要锻炼你静心。不能静心，上课的效率也不高啊。若能静心，你的学习成绩就提高了。带着我刚才的问题，听第二遍会好一点儿。来，再喝一杯茶。"虎爸又给鸡仔倒上一杯。"那好吧。"鸡仔无可奈何地喝了一口茶。

"许多年前，当我还是一个十三岁的少年时，看见街上有人因为要盖房子而挖树……"第二遍听，鸡仔发现好像没有那么难听了，有些地方好像还让他有些感动。虽然他忍不住还有一些小动作，但较第一遍有明显减少，虎爸也只是给他使了几次提醒的眼神。

"爸爸刚才的提问都会回答了吗？"虎爸问。"当然，小意思。"鸡仔有些得意。"洗耳恭听。"虎爸微笑着说。"痴心石就是海边捡回的鹅卵石，我印象深的地方是三毛想象父母捡石头的情景，作者想表现父母对她深深的爱。"鸡仔一气说完，二郎腿晃了起来。"牛！才听了两遍就都懂了。来，干杯！"虎爸端起小口杯，鸡仔也端起来，"当"的一下碰上。

"三毛这篇文章写得非常好，凤头豹尾，干净利落，朴实感人。"虎爸进一步对文章做了评析，"文章起头一句话包含了丰富的内容，'树死亡''呆呆的'与'一起欢笑'形成鲜明的对比，表现了作者容易伤感，且想法古怪，为下文埋下伏笔。写父母关爱时，都是抓住生活的细节，如母亲为叫醒作者左右为难，一直等到十一点，父亲留下'一个人也得吃饭'的纸条，帮她从海边带回石头。特别是石头部分，通过用力刷、擦净、双手捧着等动作，表现父母将它视如珍宝。作者对弯着腰、佝着背，在大风里辛苦翻的想象，赋予了石头无法衡量的价值，最后父母的爱都藏在两块不说话的石头里，给了她，升华了主题。之前，你写爸爸妈妈时，总觉得选不到事例。其实生活处处可写，关键看你的表达方式。对于一些司空见惯的小事，只要挖掘出背后特定的意义，那就是很好的故事。"虎爸对鸡仔说。"嗯，是的。"鸡仔若有所思。"我们再来听一遍，你仔细体会一下爸爸分析的几处细节描写。"虎爸说。"好的。"鸡仔点点头。

优美的声音再一次地响起，鸡仔完全融入了。从他清澈的目光里，可以看出他内心的起伏跌宕。他走进了三毛的故事里，特别理解三毛乱捡东西的怪癖，他也喜欢各种各样的小盒子，虎爸一发现就会带回家给他。他看到了三毛母亲因不知是否要叫醒三毛时犹豫的眼神，看到了三毛父亲提笔写下留言条的笑容，看到三毛父亲洗刷石头时的动作，看到了三毛母亲说话时的自豪……

"爸爸，三毛的文章，语言朴实，不像你要求的那样文字优美啊。"听完后，鸡仔说。"你说得很好。"虎爸说，"老舍曾说，语言朴实绝不等于朴实的语言，它所描述的是文章的整体风格，即通过准确、朴实、简洁的语言传达纯洁、真挚、美好的情感。清水出芙蓉，天然去雕饰。那种至真、至诚、至善、至美的作品，常常与我们内心深处的质朴与纯真契合，从而引发我们内心久已不再的美好感受，达到一种出神入化、化平凡为神奇的境界。"

"噢。"鸡仔似懂非懂。"简单说吧，我们常说返璞归真，并不是指没有任何艺术的文字，而是每个人都应该锻炼用语言文字准确表达的能力，让文字更优美更生动，最后才能追求返璞归真。

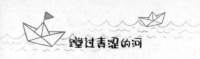

若没有美的提升，怎能返得了璞，归得了真？提升的最好方法就是读书和练笔。"虎爸说得意味深长。他没想到，本想锻炼鸡仔的静心能力，却还有了意外的收获。

"下面我们再来听听冯杰的作品《乡村的瓦》，行不行？"虎爸想趁热打铁，巩固鸡仔听读的兴趣。"好的！"鸡仔表示赞成。"乡村的瓦大都呈蓝色，那种蓝不是天蓝也不是海蓝，是近似土蓝；我们乡下有个词说得准确——瓦蓝。这个词属于瓦的专利。在我的印象里，瓦是童年的底片，能冲洗出乡村旧事……"朗读徐徐拉开了鸡仔的思绪，他认识了一个完全陌生的事物——瓦，陶醉在如诗如画的乡村美景里。近八分钟的朗读，他听得意犹未尽。

"儿子，以后有时间，我们就一起听朗读，把它当作自我提升的修炼，好吗？"虎爸问。"没问题。"鸡仔自信满满。虎爸和鸡仔来了一个声音响亮的击掌。"你们又有什么秘密？"兔妈问。"好事情，你愿意加入吗？"虎爸朝鸡仔挤挤眼睛。"什么好事？让我听听。"兔妈喜笑颜开。"很有趣的事，你加入吗？"鸡仔说。"加入，当然加入，什么事，说说看。"兔妈被吊着胃口。"明天吧，明天晚上就知道了。哈哈哈！"虎爸说完，和鸡仔一起大笑起来。

"鸡仔，忙什么呢？下课了，也不玩玩？"小朱跑到鸡仔课桌前，"哟，抢做家庭作业呢。""我忙着呢，你去玩吧。"鸡仔头也没有抬。"别假正经了，出去遛一圈。看招，哈哈哈！""别闹了，我要赶时间呢！"鸡仔推开小朱的手。"赶什么时间，家庭作业放学后不能做吗？"小朱感到奇怪。"嘿嘿，这是我们家的秘密。"鸡仔神秘地说。"什么秘密？"小朱问。"秘密嘛，就是不能说啊。"鸡仔调皮地眨眨眼睛。"那就不打扰你了，有秘密的好同学。"小朱向教室外面跑去。

看着小朱的背影，鸡仔想到了晚饭后，灯光下，虎爸泡上一壶氤氲着清香的绿茶，打开手机，一家人一边品茶，一边听优美的朗读……

鸡仔——

　　耳朵，在尽情地享受着旖旎的文字，如轻柔的抚摸，醇美的佳酿，一字一句，一腔一调，荡涤着我的心灵。

　　爸爸打开了手机，又在为耳朵举办一场"盛宴"——那令我烦躁不已、扭捏肉麻的文字又回响在耳边。我甚至想回避这一切，殊不知老爸竟热情地约我来参加这书香的宴会。

　　全家都知道，我特别耐不住性子，就是叫我躺一会儿，我也得打几个滚。现在，却让我如松般正坐，还要听那让人起鸡皮疙瘩的文章，简直不敢想象！但是，爸爸却美其名曰："可以锻炼你的静心程度，还能增长文学方面的知识，何乐而不为呢？"无奈，我只得勉强答应。

　　"下面请听文章《痴心石》"，接着，抑扬顿挫的文字便流淌了出来："许多年前，当我还是一个十三岁的少年时，看见街上有人因为要盖房子而挖树……"我听了，觉得这太无趣了，啰唆透顶，挖明明发"wa"的音，朗读者却异想天开，自己造音调"wa—a—a"，拖音如长龙，令我不胜其烦。

　　这些文字虽是父亲的天籁之音，而于我却如经书般死板。片刻，我就讨厌起来。我抄起一个砂盆，将它划出"刺啦啦"的尖叫声，仿佛那才是我欣赏的音乐。老爸身体靠在椅子上，犹如一尊生动的雕塑，神情严肃，眉头紧锁，小眼睛目不转睛地望着乳白的墙壁，胡子浓黑的色彩使老爸颇有先生般的光彩。

　　"腹有诗书气自华！儿子，认真听啊！这文章精妙绝伦，不听浪费啊！"父亲看到心不在焉的我，立马提出意见。我只得答应，

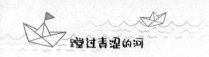

让神经紧张起来，可那字字句句好像火上浇油般，令我头发直立，随时爆发。这哪是什么文章？无病呻吟！真是无形的折磨！

可是，坐在这儿能干什么？什么也不能干，要不试试去承受那些剑一般的文字吧！

听了几分钟后，那些烦躁的文字却华丽转身了，我感觉身子轻松了许多，耳朵里的声音变成了轻柔的音乐般的调子。我努力地品味、接受，竟沉浸其中了！声音婉转优美，语调抑扬顿挫。我似乎从折磨中逃脱了，获得了新生。文章生动美妙，之前的我根本无法感受到。我也像父亲一样，尽情汲取着文章中的养分。我沉迷于声音的花园、字句的彩虹，品味着情感的佳酿。

不知不觉，一个小时过去了……声音的戛然而止才将我从梦幻中拉了出来。我心情愉悦起来，静下来，竟能发现如此多的美妙！

静下心来才会精彩，原来一切美好，就藏在静里。

八、权威的力量

一片白，天地浑然一体，广袤而洁净。

倏地，一个点由灰到黑浮现在白间，安静得像个熟睡的娃娃。片刻后，娃娃睁开眼睛，爬起来，歪歪扭扭，喝醉了似的。还没几步，娃娃头上隆起两只角，它趴在地上跳跃着，奔跑起来。娃娃跑着跑着成了发狂的野兽，它左奔右突，没有路线，没有节奏。怪兽越跑越快，最后完全脱离了引力，轻飘飘地飞了起来，又成了一只没头的苍蝇，没有目标，中了魔似的乱舞。

一片黑，没有边际的阴暗。唉！

闭上眼睛，虎爸也难以平复心情，似乎永远看不见光明。进行了两个月的强化训练，没想到课堂作业还是如此不堪，所有努力全部化为泡影，他心里凉凉的。手中薄薄的课堂作业本似有千钧之重，虎爸拿不起，放不下，扔不出。他喉咙口像堵了个疙瘩，直喘粗气，嘴角不停地抽动。难道就这样憋死吗？虎爸的脸涨得发紫。

"爸爸，语文试卷，八十八分，全班第四名。"鸡仔知道问题严重了，"第四名"三个字说得特别清晰。他低着头，小心翼翼地把试卷递给虎爸。"第四名"这三个字的确是一件无形的"神器"，没有颜色，没有形状，甚至连最基本的物质也没有，但一举击碎了虎爸喉咙里的疙瘩。虎爸气顺了很多，脸色渐渐恢复正常，眼角微微向上挑了挑。他漫不经心地接过试卷，目光在鲜红

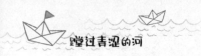

的八十八分上停滞了五秒才慢慢移开。他又仔细把试卷看了两遍，字迹较课堂作业略好，但还是惨不忍睹。

"嗯，"虎爸清了清嗓子。"成绩可以，进步明显，值得表扬，但字迹潦草，全部重写一遍。"从他平静如水的声音中听不出任何感情色彩。没有惊喜，似乎不是在表扬；也没有责备，好像也没有批评。

"为什么啊？""全部重写"四个字像四支利箭扎进鸡仔的心脏，鸡仔猛地抬起头，疼得眼睛瞪得溜圆。他想，看来还是失败了，第四名的成绩没能改变虎爸的决定。但，那可是第四名啊！他不想放弃，也不能放弃，否则就惨了。上次被虎爸要求重写，可是写到晚上十二点，手是又累又酸，今晚这么多，得写到什么时候，凌晨一点？天哪，这手岂不是要残了？鸡仔担心地看了看细长的手指。

"很简单，就是这样规定的，达不到要求，必须重写。你不是很有经验吗？"虎爸的脸上结了一层冰，这春天的风也吹不化，看不出一点儿情感的波澜。"可我考了班级第四名。"鸡仔的眉宇拧成一个结，眼里流露出焦虑，他捉摸不透虎爸的想法。"第一名也没有用，早就说过了，我现在只关心字写得怎么样，规矩不能改。"虎爸的声音不急不缓，垒成一座无法撼动的大山。

"我不，考试只要成绩好，不用在乎字。"鸡仔紧握着拳头，眸子燃起了火焰。这是在战斗，为自己的手在战斗，他必须勇敢，必须展现出强硬的姿态。"对不起，没有商量。你写的字代表了你的学习态度。养成好的习惯，你将一生受益。而且，你若把字写好，分数可能更高。"虎爸很从容，眼里还流露出浅浅的笑意。

"妈妈，爸爸要我重写，可我考了第四名。"鸡仔想，兔妈心软，也许可以劝劝虎爸。"第四名，不错嘛！让我来看看。"

兔妈刚晾好衣服。"嗯，不错，继续加油！"她把试卷端详了一番，微笑着说。"要不要重写啊？"鸡仔投来求助的目光。"这个，我可做不了主。不过字的确写得很差，爸爸没有冤枉你。"兔妈说。"可是重写没有意义，完全是浪费时间。"鸡仔着急了。"那得问问爸爸。"兔妈给虎爸递了个眼色。"我也知道没有意义，但这是规矩。"虎爸似乎没有看见兔妈的眼色。

"我要问阿姨。"鸡仔见兔妈也帮不了忙，突然想到场外援助。阿姨是和兔妈在同一所初中工作的语文老师，应该明事理，又对自己疼爱有加。她若发话，虎爸应该会听的，就是不知道虎爸是否准许。"可以，向阿姨问好。"虎爸微笑着递过手机。鸡仔迟疑了一下，接过手机，跑到房间里，拨通了阿姨的电话。

虎爸似乎并不关心他们交流的内容，坐在餐桌前气定神闲地看着书。"不去听听？"兔妈问。"没什么可听的，放心吧。"虎爸说。"这么有把握？"兔妈说。"当然，出来一定是霜打的茄子。"虎爸笑着说。"要不，算了？"兔妈试探。"这篇文章写得不错。"虎爸自言自语。

夜很八卦，喜欢偷听别人说话，又借着风把秘密四处传播。听了鸡仔和阿姨十多分钟的对话，它几乎要笑出声来，这不是自掘陷阱吗？"阿姨再见。"鸡仔垂头丧气地走出房间，把手机还给虎爸。"阿姨怎么说？"虎爸问。"阿姨说、说写字重要。老爸，我下次一定注意，今天就别重写了吧。"鸡仔眼泪汪汪地乞求。"这句话太熟悉了，没有用，赶紧写吧，不管多晚，老爸陪着你。"虎爸虽然很慈祥,但语气容不得半点儿质疑。"唉！"鸡仔万般无奈，两滴眼泪不小心掉了下来。

看着鸡仔奋笔疾书的身影，虎爸内心汹涌澎湃。小学时，鸡仔写字很漂亮，现在要是认真写一幅书法作品，也还是不错的，

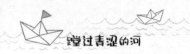

可就是作业上的字迹已经沦落到不堪入目的程度。两个月前，虎爸专门抓鸡仔的写字，以此为突破口，锤炼他的学习态度。虎爸要求，所有作业，达不到要求的，必须重写。他每天晚上盯住，不断提醒，慢点儿写，别潦草。"写好字，写好字，写好字"是虎爸这段时间说得最频繁的话。"写慢点儿，写慢点儿，写慢点儿"，为了帮助鸡仔写好字，刚开始，虎爸每天都站在鸡仔的旁边，像唐僧给孙悟空念心经，有时还会念上一句紧箍咒，捆住躁动的笔。开始效果很明显，家庭作业的字迹很快就工整了。虎爸便坐在鸡仔的对面，用敲桌子的方式间歇性提醒，鸡仔写的字慢慢俊秀起来。可课堂作业、考试时一如既往，不知重写过多少次。也许这次如之前的重写一样，很难达到良好的教育效果。面对虎爸的批评，鸡仔总以来不及为理由，其实是监督缺位后内心不愿主动改正的结果，真正的原因还是对写好字不以为然。可是，若不重写，还有什么手段？虎爸想到了黔之驴，空有高大的身体，却无一计可施。

"你疯了，这要写多久啊！"兔妈在虎爸耳边嘀咕。"你先去睡，疯就疯一回吧，反正明天休息。"虎爸不想打退堂鼓。"唉！辛苦你了，户主。"兔妈走进房间。

夜越来越深，窗外的灯火陆续熄灭，偶有汽车走街串巷地呐喊一声。风凑到窗前，好奇地看着灯下的父子，又摇一摇窗打个招呼，便吹着口哨消失在夜色中。"爸爸，写好了。"鸡仔走到虎爸身边，把抄写的纸递过来。鸡仔满脸疲倦地打了个哈欠，甩了甩右手，又不停地搓揉食指和中指。灯光看见了鸡仔右手食指和中指前端被笔压迫后的圆形凹陷。

虎爸看了看手机，已过十一点。蚂蚁似的小字密密麻麻地挤满了纸的正反面，他看得眼睛发花。这些蚂蚁开始还规规矩矩地列着整齐的队伍，排着排着就有些自由散漫了，最后几排甚至歪歪扭扭了。重写并不是为了练字，而是为了惩罚。"要记住今天的教训，写字切不可太马虎。"虎爸不想再追究了，画了一个大勾，工工整整地写了一个阅字，然后揪成一团，扔进了废纸篓。"嗯。"鸡仔点点头，忍不住又打了一个哈欠。虎爸心中泛起怜爱，对鸡仔说："今晚一起睡吧。"虎爸想，鸡仔一直要自己陪他睡一晚，今天吃了大苦头，再给点儿小甜头吧。"真的？"鸡仔立刻有了神采，掩饰不住喜悦，虎爸虽然打呼噜，但他不用怕黑了。

一周后，虎爸在兔妈微信公众号的权威发布中，发现了一篇文章：《教育局局长推荐〈试卷的"颜值"会影响阅卷老师的评判〉》。他眼前一亮，迫不及待地点开阅读，虽只有寥寥千字，但句句都是自己对鸡仔的要求。他想，我的要求，儿子可以不听，但权威人士的话应该有用吧。

早餐后，鸡仔捧出一大堆作业，准备逐个消灭。虎爸泡了一壶茶，在鸡仔对面坐下。"儿子，你知道什么是权威吗？"虎爸盯着鸡仔的眼睛。"这个简单，不就是最有地位的人吗？"鸡仔不假思索地回答。"就像值日班长，想记谁的名字就记谁，想叫谁倒霉，谁就倒霉，嘿嘿嘿……"鸡仔忍不住笑出声来。"有故事？"虎爸问。"不能说，事关好朋友的名声。"鸡仔立刻捂住嘴。

"不对，你说的是权力，而不是权威。权力是力量，正如你所说的那样。而权威是威信，能得到大众的信任，有很大的影响。一般在前面加一个定语——在某种范围里，即权威是指在某种范围里最有影响的人，不同的领域有不同的权威。"虎爸微笑着。"嗯，有道理。"鸡仔若有所思。

"在教育这一领域，你认为什么人是权威？"虎爸问。"一定是老师。"鸡仔很自信。"老师之上还有吗？"虎爸追问。"校长？"鸡仔眨着眼睛。"校长之上呢？"虎爸颔首。"那一定是局长。"

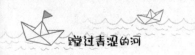

　　鸡仔笑了，虎爸今天真是有意思，为了简单的事，绕来绕去。

　　"让你看一条权威发布，是教育局局长推荐的文章。"虎爸神秘地眨了一下小眼睛。"什么东西？"鸡仔饶有兴致地接过手机。阅读中，他的表情不停地变化，先是惊诧，后又眉毛紧锁，眼里流露出慌张，拿着手机的手有些颤抖。

　　这一切细微的变化都没有逃过虎爸的眼睛。"有什么收获？"虎爸收回手机，笑盈盈地看着鸡仔。"写、写好字很、很重要。"鸡仔还没有恢复平静。

　　"阅卷老师认为'眼残'的五种字体还记得吗？"虎爸知道教育的最佳时机到了。"记得，是远距离的恋爱式、黑蚂蚁的飞行式、深坑寻幽式、卑微的木材式和蓝色颤抖式。"鸡仔的记忆力一直很好。"那些令老师'眼残'的字和你上次第四名的试卷比呢？"虎爸追问。"没、没、没他们好。"鸡仔声音低得几乎他自己都听不见，虎爸却听得真切。"现在，你准备怎么办？"虎爸的目光里流露出拳拳的爱意。"把字写清楚，写楷书，尽量不要连笔。"鸡仔低着头，喃喃道。

　　"现在知道写好字的重要性了吧，以前一直跟你说，为什么不改？"虎爸继续问。"教育局局长和阅卷老师都说了，肯定不会假。以前，我认为你是骗骗我的，写好字就是装装门面而已。你让我重写后，我也想写好，可是往往控制不住自己，我喜欢那种字写得快时酣畅淋漓的快感。"鸡仔说出了心里话。

　　"现在都是电脑阅卷，卷面保持整洁和日常认真学习同样重要。字可以写得不漂亮，但一定要让人看清楚，要写楷书，尽量不要连笔，字要写得稍大些，并注意好排版。怎样做到这一点？就一个字：慢！放心，答题速度只取决于你对知识点的掌握程度和你思考的速度。这是对那些平时字写得很丑的同学来说的，而你，有很好的功底，小学的时候就很好，只要耐心一点儿，不但能写清楚，也能写漂亮。"虎爸耐心地讲解。"嗯，我会的。"鸡仔的眼里写满了自信。

阳光透过窗户，在客厅跳跃，有的光束跃进了虎爸的小眼睛。虎爸看见一片光明，这光明来自权威，权威确实充满力量。

鸡仔——

"我的天！胖子，把它还给我！"老赵歇斯底里地叫了一声。五十双眼睛看向老赵和孙强霸。

只见怒发冲冠的老赵，两只眼睛像雷达一样锁住孙强霸手中的作业本。他仅差最后几个字就又完成一项家庭作业，在被抢之前，他的笔还在抚摸着心爱的作业本，全然不知一双恶魔般的手已逼近他的宝贝。孙强霸以迅雷不及掩耳之势扯走作业本，笔随即在作业本上划出一道生硬的疤，老赵一时惊呆了。

全班都知道孙强霸名如其人，一天到晚游手好闲，正经事不做，倒是爱多管闲事，捣蛋起来，原本已挤满肉的脸像几十个麻团挤在一起般让人恶心，连眼睛都看不见了。这不，他狰狞地笑着，得意扬扬地甩着脆弱的作业本。"上课偷写作业，告老师。"他中气十足地说。那最后三个字瞬间击溃了老赵的心理防线。作为老赵的好朋友，老徐看不惯孙强霸的嘚瑟状，伸手便抢，岂料被他一躲，抓个空。孙强霸狂妄地笑着："你们偷写作业，才不给！"他盛气凌人的样子让人抓狂。

"我是值日班长，我记你的名字，信不信？"老赵猛吐出几个字，动用自己拥有的权力来示威，眉毛直竖，逼视着孙强霸，尽管我们都知道他是对的。"我不怕"，孙强霸一扭头，"老师，老赵偷写家庭作业。"美术老师进入教室时，孙强霸毫不客气地

揭发罪状。老赵头上顿时冷汗直冒，连我也不禁眉头紧锁，小心地观察老师的神情，一颗心如同绷紧的弦。

"什么？"美术老师发出尖锐的怒吼。我顿时吓出一身鸡皮疙瘩，空气仿佛凝成了一堵墙。老赵吓得大气不敢出，孙强霸更嚣张了。"跟你们说了多少次，不允许写其他作业，还敢犯，抄书五遍！"老师当场处罚老赵。老赵的眼神黯淡下来，可我分明看见复仇的火焰熊熊燃起。

老赵用力挤出一句："孙胖子，中午等着挂彩吧！"孙强霸不以为然。老徐觉得老赵似乎有些过了，从某种程度上来说，孙强霸做得对。老赵转过头："对不，老徐？"一条胳膊挂在老徐的肩上，似有千斤重。没办法，毕竟是好朋友，老徐不自然地附和一下。

中午，大家排着杂乱的队伍去食堂，孙强霸走在人群中间，闹个不停。老赵搓了一下鼻子："猪样！"说着，推了孙强霸一把，孙强霸毫不在意。这让老赵更加怒火中烧。

午休时间，老赵从孙强霸抽屉里找出曾经落入贼手的作业本，长长的墨迹在他心中划出一条沟，深不见底。

老徐默默地看着他俩，老赵随时盯着孙强霸，挑他的"刺"。他在这个教室里，是主宰。他能用权力这把刀切开任何不满。他诡秘地笑了一下，吹开一层粉笔灰，让它们肆无忌惮地飞舞。即使他是对的，我也会报复，他会这样想。老赵抓起一根粉笔——权力的粉笔，在黑板上用力地写上"孙强霸"三个字。"啪，"粉笔掉在地上，摔成了几小块。"公正"已经在复仇中，像这支粉笔一样，碎了一地。老赵抬起脚用力踩，仿佛在踩碎什么。墨绿的黑板上顿时多了一份浑浊的苍白。

老赵狞笑了一下，这就是后果。孙强霸仇恨地望着他，挂在

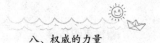

权力的十字架上，他动弹不得。班主任来了，一眼看见这个"浑蛋"的名字，拿起书拍了几下。孙强霸抱着头，一手挠着痛处，一手挡着老师挥舞的书，十分惧怕。老赵看着孙强霸的狼狈样，笑了起来。他的头发竖立起来，仿佛也在嘲笑着什么。

老赵的"仇"，用权力报了；他的公正，就在报复的刹那间，被权力斩断。

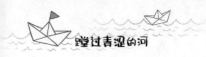

九、点亮一颗星

夜，黑得纯粹，黑得没有边际。你像被一块黑布蒙住眼睛，不知道天在哪里，不知道天有多远。

灯吐出柔和的光，在黑夜中行走，走着走着，便被黑吞噬。逆着光飞行，穿过落地窗，你会发现光是一盏吊灯放出的。灯泡被一个流动着蓝色条纹的圆形玻璃球含在嘴里，玻璃球被正方体黑色镂空铁艺罩着，一根夹着银丝线的塑料绳将其提在房顶。灯下，虎爸正敲着笔记本电脑的键盘。他时而颔首沉思，时而遥望窗外。又在构思小说啦，灯是知道的。它从听说虎爸闭关起，就看见他每晚坐在鸡仔对面，陪着鸡仔学习。在陪伴的时间中，虎爸尝试创作小说，似乎还写得有模有样。听说虎爸还准备把陪伴鸡仔成长的过程，以长篇小说的形式记录下来，灯还是不太相信，看到鸡仔写作业时的痛苦，虎爸能自觉地坚持下来？

鸡仔歪着身子趴在灯下，写一会儿晃一下腿，再写一会儿咬一下手指。灯知道这孩子学习也是苦，总有做不完的功课、写不完的作业。从鸡仔的目光里，灯触摸到了烦躁，有时还有怒火。目光曾经告诉它，鸡仔心里一直想着起义，在学校和同学们一起反对老师，反对做作业；在家里反对虎爸的管束，反对虎爸检查作业，反对作业重写。

"爸爸，检查作业。唉，终于做完了。"鸡仔伸了一个懒腰，按惯例把家庭作业交给虎爸检查。"啊，啥？做完了？"虎爸把

自己从小说的情节里拽出来。"写的什么，让我看看。"鸡仔跑到电脑前，趁虎爸站起来，立刻强占座位。虎爸和往常一样，似乎并不关注，站着逐项检查作业。鸡仔有些得意，鼠标抓在手上，那感觉啊，一个字：爽！"哟，又一个错别字。这段景色描写不错……"鸡仔嘀嘀咕咕。

"爸爸就是个错别字大王，儿子好好检查。"兔妈说。嘿嘿，她心里暗笑，虎爸果然了得，让鸡仔在不知不觉中就增加了阅读量。从虎爸开始创作，一看书就犯头疼病的鸡仔有了兴趣，尤其是虎爸要求其帮助修改后，他对虎爸的文章每篇必读。有时，虎爸刚写了一半，他就迫不及待地瞧一瞧。

"家庭作业过关，语文试卷呢？"虎爸看着鸡仔。"试、试卷？"鸡仔浑身一颤，"语文试卷就别检查了吧，反正老师都已经批改过了。""不行，必须检查！要帮你养成良好的书写习惯，就必须全方位检查。"虎爸说。怎么办？凭经验，鸡仔知道，今天又要倒霉了，虎爸最近为何总是挑刺？鸡仔坐在椅子上不动。"要我自己找吗？"虎爸把书包拎到桌上。"拿就拿。"鸡仔心一横。

"重写。"虎爸瞅了半天，嘴里飞出轻飘飘的两个字。虽然已有心理准备，但鸡仔还是被飞来的两个字砸得生疼。"考试的时候就不要管字了吧，不然我来不及，其他同学写得都不好。再说，这也太浪费时间了。"鸡仔试图抵抗，尽管他知道无效。"怎能不管？你现在是周期性的，一时好，一时坏，现在是养成习惯的重要阶段。如果现在放弃的话，今后吃的苦更多。"虎爸不留半点儿讨价还价的余地。"你们总是说我不对，总是在别人面前数落我。"鸡仔跳了起来，怒气冲冲地走进房间。"砰"的一下，把声音关在客厅。

虎爸惊讶地看着兔妈，半天说不出话来。他以为鸡仔要软磨

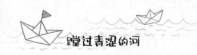

硬泡，或是讨价还价，最多擦鼻涕抹眼泪，但没想到是这种反应强烈的对抗。兔妈及时反馈了同样的表情，她想，问题大了，这个结当如何解？"我们'总是'在别人面前数落他了吗？"虎爸问兔妈。"也没有吧。"兔妈也很疑惑。

一直以来，虎爸自认为还是懂得一点儿教育方法的，表扬永远比批评有力量，他是知道的，也努力尝试。前一阶段，鸡仔的作文得了九十五分，又在报上发表，他不就好好地表扬了吗，尽管已经是很久以前的事了。虎爸安静地坐在椅子上，细细回想近期的家庭教育情况，好像是很久没有表扬鸡仔了，但也没有如他所说，总是说他不对，总是在别人面前数落他。表扬缺失后，批评被鸡仔放大了。

"孩子这样想，不是一天两天的结果，我们确实需要反思。"虎爸眉头紧蹙。"也许是你对他写字要求太高了，激起了他的逆反情绪吧。"兔妈侧着脸看似随意地说。"也可能是因为你批评他走路时背总是驼着吧。"虎爸的话里带着玩笑的语气。"唉，有问题总是要指出来的，也是为他好啊。"兔妈说。"话是这样说，但造成这样的局面终究不好，即使教育，也是事倍功半。"虎爸说。"那能怎么办？看看他脾气急躁，错误不断？你想表扬，也得有个理由啊！"兔妈长长叹了一口气。"每个孩子都会有闪光点，何况咱鸡仔？让我想想，让我想想……"虎爸闭上眼睛。

思绪飘进时光的隧道就活跃起来，戴上屏蔽缺点的有色眼镜，他看见鸡仔正在奔跑，跑出一路阳光。对，跑得快是一个优点。他看见鸡仔参加社会实践活动，正与同学分享最爱的白巧克力。对，大方也是一个优点……

大大小小，鸡仔的优点还真不少，可是怎样和现在联系起来呢？虎爸感到为难。他打开手机，漫无目的地翻相册。忽然，一张照片抓住了他的眼球。有了，虎爸的小眼睛放出了光。

这张照片是一幅简笔画，鸡仔上小学时画的。画上有三只动物，美丽的小白兔伸直前腿，后退蜷着趴在地上，头上夹着蝴蝶发卡，两只长长的耳朵上戴着圆环形耳环，两眼向后温柔地看着大公鸡。帅气的大公鸡站在小白兔身后，左手叉在滚圆的腰间，右手平举，竖起的大拇指顶着正在飞速旋转的指尖陀螺，系着的披风微微飘起，龇着闪光的大牙，神采飞扬地看着小白兔下方的大老虎。威风凛凛的大老虎额头顶着霸气的王字，张着大嘴，露出两颗锋利的牙，右手握着强有力的拳头，左手轻轻向上一摆，沉重的哑铃飞了出去，细长的尾巴向上甩了甩，大有一甩平天下的气势。

鸡仔晃悠悠地从房间里走出来，拖鞋有节奏地在地面摩擦。"写好了。"鸡仔眼皮也没有抬起。"哦，写得还不错。也就二十分钟，考试时这样写，耽误不了你的时间啊。"虎爸看了看手机。

"还有一个小时睡觉，你可以做任何你想做的事。"虎爸亲切地说。"没有什么想做的事。"鸡仔毫无兴趣，提不起一点儿精神。"可以画画嘛，从小学到现在，一年多没有画了。"虎爸提醒。"画什么啊？"鸡仔的眼皮向上提了提。"随便，你感兴趣的就是爸爸喜欢的。"虎爸还是笑眯眯的。"好吧，你先不许偷看。"鸡仔的眼睛滴溜儿转了一圈。

鸡仔麻利地拿出一张白纸，平铺在桌上，又挑选了一支黑色水笔，忙开了。黑色线条一根一根流利地行走，矩形、圆形、三角形、梯形、菱形……有序叠加，生动的简笔画，出现在纸上。柔和的灯光下，鸡仔神情专注地画啊画啊，时间痴迷地看着，似乎也忘记了前行。

半个小时过去了，鸡仔还没有停下来。画得怎么样？虎爸蹑手蹑脚地走了过去。他歪着头，悄悄地站在鸡仔的身后。兔妈坐

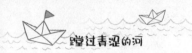

在沙发上，探起身又坐下，又探起身，最后用手势朝虎爸比画着，嘴巴还不停地变换着形状，就是没有发出一点儿声音。虎爸在心里嘿嘿地笑：折腾什么呢，一切都在我的掌控之中。

"什么？这是人画的吗？"就在鸡仔画上最后一笔时，虎爸大吼一声。鸡仔吓得浑身一颤，呆呆地看着虎爸。什么情况？兔妈也蒙了，立刻闻声过来。"这、这不是神来之笔吗？兔妈，看看这螳螂战士，这流畅的线条，威武的姿态，令人胆寒的大钳，真是没的说！"虎爸激动地说。"哎呀，老爸，你吓死我了。"鸡仔松了一口气。"嗯，确实不错！儿子画得好！"兔妈竖起大拇指，悬着的心终于落地了。

鸡仔抑制不住内心的喜悦，脸上漾起了笑容。"怎么想到的？你脑子里都装的啥啊？难以置信！"虎爸拿着画，头歪过来歪过去地瞧。"呵呵，就是随便画画。"鸡仔低着头笑。"随便画画就能这样！真是不得了，不鸣则已，一鸣惊人啊！手机拿来，拍下来传到微信朋友圈。""咔嚓"，"嗖"，画已经传到了虎爸的朋友圈。秒针刚刚跨出一步，兔妈已经点了赞，还在评论的沙发上竖起了三个大拇指。

"小画家，让妈妈抱一个。"兔妈满面笑容地张开双臂。"好的，嘻嘻嘻。"鸡仔冲了过去。以前兔妈总说男子汉不能婆婆妈妈的，长大了就不能再黏着父母。鸡仔不太理解，刚开始也不太适应。兔妈今天不讲究了吗，嘿嘿！鸡仔想起了小时候。那时他经常缠着妈妈，要抱抱，妈妈的手臂特别柔软。每每不开心时，只要妈妈一抱，他便能破涕为笑。那种温暖的感觉，已经刻在了他的记忆深处。"好了，睡觉去吧。"兔妈温柔地说。"嗯，晚安。'丑八怪，能否别把灯打开……'"鸡仔脚步轻快，踏着一路歌声。

"哈哈哈！"夜里，兔妈被笑声惊醒。傻小子，什么情况？

68

她打开灯，悄悄走进鸡仔的房间。这家伙不知正做着什么美梦，小嘴都乐歪了。鸡仔脚上功夫厉害，毯子逃到了地板上。兔妈弯腰拾起毯子，静静地拉平，轻轻盖在鸡仔的肚子上。星星看见了，眨眨眼，这幅温馨的画面被收藏到银河深处。

"丑八怪，能否别把灯打开……"第二天放学，歌声穿过防盗门的缝隙，家倏地镀上一层欢乐的色彩。虎爸与兔妈相视一笑，好久没有听见鸡仔带着歌声回家了，这种感觉真好！前段时间，鸡仔经常默不作声，拉长变形的脸生出阵阵寒意，家里经常笼罩着压抑沉闷的气氛。面对兔妈的抱怨，虎爸以为这是孩子成长的必然阶段，青春期就是一个怪物。现在想想，并不如自己想的那样，一切都是可以改变的，只要你用心去做。

一打开家门，鸡仔就迫不及待地问："爸爸，有人点赞了吗？""什么点赞？爸爸今天特别帅吗？"虎爸捋了捋头发。"老爸，你知道的。"鸡仔放下书包。"知道，知道，先吃晚饭，等你做完作业，再告诉你。"虎爸神秘地眨眨小眼睛。

"现在可以告诉我了吧？"鸡仔很快做完了作业，而且字迹工整。"嗯，让爸爸再看看。"虎爸打开手机，"六十八人点赞，三十六人评价。""真的啊？都怎么说的？"鸡仔开心极了，脑袋探到手机前。

"鸡仔画的吗？这么赞！""科幻片制作人！""厉害了！""太有才了！"……

"儿子，今天爸爸上班时生气了。"虎爸很认真地说。"为什么啊？工作不顺心？"鸡仔问。"不是工作上的事，是王阿姨。"虎爸说。"就是那个披长头发的王阿姨？她怎么惹你了？"鸡仔问。"她说那不是你画的。""为什么啊？"鸡仔感到疑惑。"她说太好了，不是专业人士，绝对画不出这种水平。我听了后，就笑

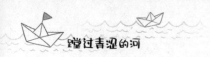

了笑。"虎爸耸耸肩。"对，笑笑就可以了，我们不用跟她计较。"鸡仔很认真。"要不，咱们今天再创作一幅？"虎爸扬了扬眉毛。"好，让事实说话。"鸡仔满脸自信。鸡仔在灯下开始新的创作——白纸、黑笔和奇特的想象。

窗外，夜依然黑得纯粹，东方有一颗星星亮了，星光虽然微弱，却照亮了浩瀚的苍穹。

鸡仔——

星辰满天闪耀，却找不到哪颗放出的光芒才属于自己。夜空中一颗最亮的星，将光洒在了几张素色纸签上。

功课终于攻克了，老爸下了圣旨，召我出去，笑眯眯地说："儿子，还有一个小时，你自己安排安排！"平时，能在题海中听到这句话，我肯定会像出笼的小鸟，欢呼雀跃。可是今日，我百无聊赖，对什么事都丧失了兴趣。"不会安排！"我闷声应道。我像个没有灵魂的生物，转悠起来。"你可以画画啊，你们班不是有人出画册了吗？你也可以画画看！"老爸提出建议。我想这也不亏，至少不用看书，便拖着脚步，不动声色地走进了房间。淡淡的月光透过窗户，将浅浅的银白落在纸上，休闲时光如此静好。

"画什么呢？"我撑着头，转着笔，太多线条要在区区一张白纸上展现，一时竟束手无策。我摸摸那纸，似乎有些冷……

银辉慢慢爬上我的双手，揭开了我心灵的纱窗，将皎洁映入心房，我独享静谧的时光。画一个无与伦比的机器人吧，我的内心涌动着幻想。

此刻，无声。天马行空的思绪，挤在一张白纸上，一个机器螳螂完整地现身于纸上，自我感觉还算满意。

"画得不错嘛！螳螂挺像的，不错不错！"老爸赞许道。我心花怒放，感觉浑身发热，仿佛看见机器人在月光下向我招手，顿时感觉那纸的温度高了很多。老爸还自豪地将我的"杰作"发到朋友圈，我真是无地自容了，我这种艺术不被笑话死？

他们果真笑话了我，笑得我心泛涟漪，说得我万分自豪。"子轩画的吗？这么赞！""科幻片制作人！"大拇指在我的记忆里多得数不完，一句句赞扬的话令我心潮澎湃。再也别说自己"菜"了，事实胜于雄辩。我内心自信的火焰异常炽烈，它融化了我的自卑，焐热了我对画画的喜爱。即使它再热再烫，我也把它握在手中，生怕它会一瞬间消失在这清冷的月光里。

夜深了，东方一颗启明星升了起来，竟与月一般明亮……

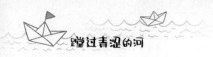

十、迎接朝阳

春天的脚步声还在耳畔，夏天已经风风火火地赶来。朝阳刚微微探出一个红边，东方天际的云彩已被一片片染红。夏蝉像是发了狂，声嘶力竭地鸣叫，不知道是在抱怨这天气的燥热，还是宣泄内心的焦躁与不安。

今天是周六，也是本学期的最后一天，一段学习就要画上句号。学校要求七点半返校参加休业式，鸡仔很早就醒了。他想再睡一会儿，翻身面对墙，心里闷得慌，反过来面对窗，又太亮，不时还传来一阵蝉鸣，反正就是睡不着。折腾了半天，毯子大半个身子都爬到木地板上了。鸡仔把毯子拖起来，在床上铺平，躺在上面，再抓住一边，身体一滚，包春卷似的，把自己裹严实。他是一只"吊吊虫"，挂在一棵大树下，柔软的身子躲在硬邦邦的茧子里，与外界隔绝，没有风，没有雨，也没有天敌。

"喔喔喔！"大公鸡这是要来吃我了？鸡仔惊恐地睁开眼睛。原来是一个梦，是什么时候睡着的，他已经记不清楚。"喔喔喔，起床了。"兔妈的声音传来。鸡仔从毯子里爬出来，把毯子叠整齐，下床拉开窗帘，闪到卫生间刷牙洗脸，动作干净利落，一扫往日的慵懒与颓废。吃早饭的气氛出奇地平静，就像清晨静谧的天空。鸡仔呼噜呼噜地喝粥，兔妈没有制止。虽然她曾多次提醒虎爸，吃饭要文明，呼噜呼噜，成何体统？每每此时，鸡仔总是抿着嘴笑，虎爸却说男子汉吃饭要如虎，虎虎生风。

"记得把所有试卷都带回来。"虎爸之前说过，成绩是次要的，他要看字写得怎么样。"哦。"鸡仔回答的声音很轻,像飘浮在空气中的尘埃,一口气都能吹得很远。一切都是那么自然,喝一碗粥,吃两块面包,吃一个煮鸡蛋。等等,好像哪儿有问题。糟了,应该是先吃面包,再喝粥,今天程序搞反了。鸡仔用余光扫了扫,一向精明的虎爸和兔妈似乎没有察觉,各忙各的事。他努力保持镇静,可微微皱起的眉头和恍惚的眼神,早就出卖了不安的内心。

朝阳已经升起,瞪着一双亮晃晃的眼睛。这白光,太刺眼了!汽车刚出小区大门,虎爸放下遮阳板,视野明显窄了些。学校附近的街道上到处是车。虎爸也不着急,随着车流走走停停,停停走走。鸡仔有些不安,不停地向车外望。终于,车到了学校门口。"儿子,再见。"虎爸说。"再见,爸爸。"鸡仔耷拉着脑袋,步伐散乱。考得怎么样?谜底就要揭开了,他的心一直紧绷着。鸡仔知道虎爸兔妈不说话的原因,这个关键时刻,谁不紧张啊!这段时间,自己付出了那么多努力,虎爸还专门闭关,下班哪里也不去,可不能再考砸了。可回想以前的一次次失败,他一点儿信心也没有。

鸡仔瘦弱的背影,一点一点消失在虎爸的视野。他眼里满是怜爱,他看见鸡仔举着奖状,向他挥舞。"嘀嘀——"刺耳的汽车喇叭,打断了他的思绪。前车才拉开两米的距离,后车便吼起来了。松开刹车,微踩油门,保持整齐的队伍不变形。就这样,车队吵吵闹闹地慢慢离开了校门。离校门稍远一些,就顺畅多了,汽车便活跃起来。

一见到同学,鸡仔就忘乎所以了,眉飞色舞地分享考试后在家休息这几天的经历:和小表弟骑自行车冲上沙子堆,和姨父大汗淋漓地打篮球,和爸爸妈妈痛痛快快地吃必胜客;还有,晚上骑平衡车陪爸爸妈妈散步时,看见一只小金毛狗和主人玩皮球,一不小心踩在球上摔了一跤,那样子真好笑。

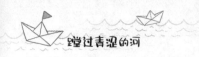

　　"鸡仔，鸡仔。"好朋友小朱从教室外面跑来。"去哪里了？快来聊天。"鸡仔拍拍他的肩膀。"到办公室去了。"小朱说。"办公室？去看成绩？"鸡仔小心地问。"嗯，我考了班级第十二名，被老师训了一顿。"第十二名还训？假如是我就好了！鸡仔刚刚还打了鸡血似的，瞬间就蔫了，像是泄了气的皮球，皱巴巴的，没有一点儿弹性。如今他的成绩一落千丈，一提及名次，他就心生寒意。"想什么呢，你的总分比我还高两分，就是不知道名次。"小朱似乎有些失落。什么？没听错？我鸡仔又回来了？鸡仔有些不敢相信。"真的吗？"鸡仔问。"当然，谁骗你，是小狗。"小朱信誓旦旦。确认无误后，鸡仔感觉腾空而起，越飞越高，同学们都越来越矮小。他乐呵呵地俯视大地，同学们都投来敬仰的目光。"老师来了！"不知谁喊了一声，鸡仔赶紧收起飘远的思绪，一溜烟回到座位上。

　　这个愉快的上午，让鸡仔很纠结。他希望时间慢下来，好好享受作为一名好学生的感觉，那是久违的感觉。三好学生奖状燃烧着一团火，引来多少羡慕的目光。他又希望时间快一点儿，好立刻和爸爸妈妈分享这个好消息。虎爸接过奖状时，会是怎样的表情？飘飘然地度过一个上午，放学时，鸡仔还有点儿做梦的感觉。

　　"鸡仔，明天下午一起看电影？"走到学校门口，小朱问。"好！就这么定了，不许耍赖啊！"鸡仔伸出右掌。"谁不去，谁是小狗！"小朱伸出左掌。啪的一声，击掌约定。"电话联系。"小朱坐着他外婆的电动车走了，把声音扔给了鸡仔。公交车吱嘎吱嘎地摇晃，鸡仔的思绪也摇起来了。虎爸和兔妈肯定担心极了，早上他就看出了端倪，他们一定以为他又会考砸。要好好戏弄他们一下，鸡仔不禁兴奋地笑出声来。

　　刚到家门口，鸡仔便闻到了诱人的香气，不由自主地咽了咽口水，可能真的饿了。"爸爸妈妈。"鸡仔自己打开门，神情颓废地叫了一声。"儿子回来啦！"兔妈正忙着炒菜。虎爸坐在沙发上，只是"嗯"了一声，头也没有抬。鸡仔疾步走进自己的房间，拿出奖状，又仔细看了看，内心狂喜不已，断了一年的荣誉终于又回来了。

惊喜之余，他忽然发现虎爸和兔妈竟然没有问他的成绩。可怜的老爸，是对他完全失望了？鸡仔回想自己一年来的表现，坏习惯始终改不了，还在不停地增加，父母怎能不失望？是他们害怕听到他的分数？几次大考，成绩不断下落，已经降了几个档次，这样的情况又有多少人能够承受？他有多少次让父母失望，多少次让他们心寒？鸡仔对过去的自己充满了厌恶，好在自己醒悟了。

"爸爸，妈妈，考试成绩出来了。"鸡仔低着头，双手背在身后，情绪十分低落。这小子，还玩这一套，有意思，陪你好好玩，虎爸暗自发笑。其实，他和兔妈昨天就已经知道了鸡仔的考试成绩，是兔妈的朋友从教育局公布的海量数据里筛选出来的，总体还不错，跟期中考试相比，有很大的进步。之所以没有告诉鸡仔，一是想让他去获取信息，二是防止他滋生骄傲的情绪。

鸡仔刚进门时，虎爸就从他轻盈的步伐中知道名次一定不错，不然每一步都是长音。鸡仔此时的表情更是显露无遗，看似暗淡的目光却潜藏着异样的光彩，微微奓拉的嘴角也藏着浅浅的笑意。

"怎么，考砸了？"虎爸严肃的表情配合得相当到位。鸡仔没有说话，咬了咬嘴唇，两只手在背后晃了晃。"字写得好吗？你知道，我主要关心写字，成绩不理想，可以慢慢来。手上拿着的是试卷吗？"虎爸似乎又平静了许多。

"扑哧！"鸡仔再也装不下去了。"爸爸，妈妈，你们看。"鸡仔把奖状举过头顶，自豪之气溢满了房间。"哟，三好学生，

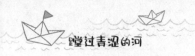

了不起！"兔妈竖起了大拇指。"嗯，有进步！继续加油！"虎爸也微微笑了笑。

"你们知道吗？我差一点儿就能重进班级前十了，竟然有三个同学并列第八名，都是比我高一分，气死我了，不过我进了年级的前一百名。"鸡仔眼里迸发出的光彩把空气都染上了颜色，内心的喜悦与激动一览无余。"真棒，我们家鸡仔不用多久就能回到从前了。"兔妈也喜形于色。"呵呵呵。"鸡仔发现，妈妈今天特别漂亮。

"名次进步，值得表扬，但成绩和名次只是外在的结果，关键要看过程，字写得怎样？良好的习惯有没有养成？"虎爸慢条斯理的话，像一盆冷水泼在鸡仔身上。"爸爸——"鸡仔拉着虎爸的手撒娇。"没有用，就是考了第一名，也要检查。"虎爸虽然是微笑着的，鸡仔却感到了威严。

"儿子，你爸爸说得对，养不成好习惯，成绩还是要落下去。过去的一年，你都忘记了吗？幸亏你爸爸这两个月'闭关'，时时刻刻陪伴你，帮助你改正缺点。你爸爸之所以要求你写好字，不仅因为这对你考试得分有益，还因为它能培养你的耐心，让你静心，让你养成做事认真和专注的习惯。若是把这种好习惯带到课堂上，专注地听讲，认真地记录，你的成绩会更好的。正如你爸爸说的，你有一把屠龙刀，只是没有使用。"兔妈眼里满是期待。

"好吧！"面对冷血虎爸，鸡仔也很无奈。他被迫拿出试卷。说实话，这次考试，他写字应该有一点儿认真，但会不会重写，他还是没有把握，毕竟考试时有点儿赶时间。这一刻，空气似乎凝固成一堵墙，鸡仔、兔妈和虎爸都喘不过气来。兔妈虽然那样说，但也希望今天大家都能开开心心的。虎爸何尝不是如此，表面冷峻严格，可他的心更热，情更软。

客厅里，只有翻试卷的哗哗声。鸡仔紧张地站在虎爸身旁，眼里有一丝焦虑，左手捏右手，右手捏左手，简单的动作不停地重复。好在虎爸的神情并不太严肃，只是偶尔皱一下眉，可是每皱一下，鸡仔的心就要狂跳一阵，他不想抄试卷，那是件简单又无聊的差事。他擦了擦额头上的汗。

虎爸清了清嗓子，每次做决定前，他都有这个习惯。鸡仔盯着虎爸，眼里满是焦急。兔妈也投来了目光，含蓄地表达着虎爸读得懂的信息。"所有试卷上的字都不是太好，但比以前有进步，基本达到了要求，以后继续努力。"鸡仔和兔妈欢呼起来，虎爸也笑得丢掉了威严，暖暖的爱迅速消融了那堵墙。

"开饭喽！"兔妈亮开嗓子。红烧糖醋排骨、白煮盐水虾、清炒土豆丝、牛腩烧土豆、西红柿蛋汤，哇，这么丰盛！鸡仔竟然没有注意到。虎爸打开一罐苹果汁，每人倒上一杯。他说："开饭前，我先说几句。儿子这次考试进步很大，在年级里前进了两百名，值得表扬，这是你努力的结果。同时，也可以看出你的实力，短短两个月就能恢复到这个程度，实属不易。希望你再接再厉，争取回到年级前五十名。""加油，儿子！"兔妈说。"呵呵，明天下午我准备和小朱去看电影，可以吗？"鸡仔抓住了极好的时机。"没问题，下午我来联系小朱的妈妈。"虎爸一口答应。"老爸真好！"鸡仔喜笑颜开。"你好我也好！"虎爸说。"大家好，才是真的好！干杯！"兔妈举起杯。"当"，三只杯子碰到了一起。

吃饭时，鸡仔滔滔不绝地讲起回校的事。他和好朋友小朱真是绝了，四门课中有三门成绩一模一样，只有数学，鸡仔比小朱多了两分。"你俩真是一对难兄难弟。"兔妈笑着说。"应该说是一对龙兄虎弟！"虎爸也乐了。"对，龙兄虎弟！就是龙兄虎弟！"鸡仔兴奋的笑脸如朝阳一般灿烂。

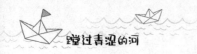

窗外，夏蝉的嘶鸣一阵阵传来。原来它们是在用歌声迎接朝阳的升起，只是唱久了，哑了嗓子。

鸡仔——

阳光透过窗户倾泻在讲台上，有的光斑跳跃着落到金色的奖状和奖品上。

我不敢正视引人注目的奖状，无数尘埃在阳光里飞舞。经历了两次失败，我希望这次能好起来。我念叨着一些连自己都不明白的"经"，尽力寻求心理安慰，却越来越紧张。上课前，我在走廊听到消息，一些不拔尖的同学竟然进了前十，高手仍然稳坐前五。看来我进前十有点儿悬。

空气凝成了一堵墙，无法逾越的墙。我在一条小巷里往前走，全然没有听清老师说了什么。终于到了巷子的尽头，老师眉头紧锁地看着成绩单，几秒后那些令人期待而又伤心、讨厌而又不舍的分数灌入每个人的耳中。

"第一名，羽池。"老师不紧不慢，声音平缓，在我的耳中却比电闪雷鸣还要让人震撼。羽池只是成绩较好，但不拔尖，这次却独占鳌头，我心里多压了一块石头。老师继续念着名单，一个比一个让人惊讶。

我托着脑袋，思绪顺着阳光里的尘埃飞出窗外。曾经那只凤凰，却被骄傲拽入火坑，成了土鸡，只剩那点儿虚无的自信，如今能否浴火重生，飞翔于九天之上？

"第七，子航。"我的心脏几乎跳出胸口。课前我得知自己的总分比好友高出两分，他是第十二名，应该到我了吧。出乎意料的是，"并列第八"四个字从天而降。我拱起背，紧张不已。"并列"一词如一把双刃剑，既提供了多种可能，又把第九甚至第十剥夺。

　　并列第八竟然有三个，可就是没有我的名字。"为什么不让我回到前十名？"我仰天质问，苍天不语，唯白云悠然。

　　班级十一名，欣慰的是年级九十九名，回到了一百名内。爸爸两个多月的陪伴，化作一对翅膀，让我飞上云霄。蓝天之上，我看到了过去的自己。

　　我倏地明白，重拾自信，依旧可以飞得更高。

十一、保持平常心

　　快乐的时光总是短暂，短得还没有来得及回忆，便从指缝间消逝。鸡仔拉着行李箱打开家门时，恍惚间看见穿着鹅黄色 T 恤的瘦瘦的男孩，正兴高采烈地拉着行李箱出门，黑色的东方明珠建筑群和一串英文字母在箱体上欢快地跳跃。

　　"儿子回来啦！瞧，满头大汗，快去洗洗，别着凉。"兔妈笑着说。一天，两天，三天，四天，五天，六天，七天，鸡仔终于回到家里，兔妈身上的母性细胞立刻被激活。"儿子，过得开心吗？"兔妈问。"当然。"鸡仔兴致勃勃。"想爸爸妈妈了没有？"兔妈问。"没有，太忙了。"鸡仔嘿嘿地笑。"没良心！"兔妈笑着说。她想，不是自讨没趣吗？出去疯玩了，想才怪！

　　进入暑假后，鸡仔要求去阿姨家住一个星期，阿姨和姨父都表示欢迎，小表弟更是乐不可支。兔妈不放心，鸡仔自理能力几乎没有，从未出门这么长时间，去了不是太麻烦别人了？鸡仔说，不用怕，正好锻炼自己。他将自己洗袜子和内裤，将早晨五点钟起床锻炼，将每天安排三小时做作业。"可以。"作为户主，虎爸一锤定音。他想，鸡仔期末考试成绩很理想，就算作为奖励吧。同时，出门对鸡仔也是一种锻炼，以后他终究要离开家的。鸡仔出发的前一天，兔妈整理好了行李箱。牙刷牙膏在哪里，一共几身衣服，袜子、内裤怎么洗，吃饭时要注意什么……儿在外，母亲永远嘱咐不完。

　　鸡仔洗了一把脸，躺在柔软的沙发上。这是典型的"葛优躺"，头颈靠着沙发靠垫，身体瘫软在沙发座垫上。"别这样躺！"兔妈批评过好多次，就是不见成效。鸡仔想，这样躺舒服啊，虎爸有时也会这样躺。清凉的风从空调出风口源源不断地吹来，毛孔羞涩地闭合，汗腺停止了工作，皮肤干爽起来。真舒服啊！鸡仔晃悠着二郎腿，注视着房顶，在那片白色里回味着在阿姨家的快乐时光。他和可爱的小表弟二十四小时在一起，形影不离，心情每天都是灿烂的，但生活终究要回归正常。看着虎爸和蔼的笑脸，兔妈做的丰盛晚餐，鸡仔很快释怀了，家的温馨是任何地方不能比拟的。他不能否认，在这七天的快乐时光中，他还是想到过兔妈和虎爸的，只是不想说而已。

　　晚饭时，虎爸就开始唠叨，在阿姨家印象最深的是什么事？最开心的事呢？对阿姨和姨父有没有更深刻的认识？七天中自己有了什么改变？鸡仔感觉有一只苍蝇在耳边乱舞，真想把它拍扁。鸡仔想，不就是想让我写篇作文吗？有必要如此啰唆吗？"儿子刚回来，吃完晚饭再说。"兔妈似乎也看不下去了，轻声提醒。虎爸闪光的眸子突然黯淡了，如傍晚即将沉下去的太阳，慢慢降下温度，失去光泽。他顿时失去了胃口，三下五除二地解决了晚饭，独自坐在沙发上听着手机里播放的美文。

　　晚饭后，兔妈收拾碗筷时朝鸡仔递了一个眼色，虎爸受伤的小心灵还是要安慰一下的。"爸爸，在听什么啊？"鸡仔心领神会，挨着虎爸坐下。虎爸没有理睬，但脸色从嘴角开始一点儿一点儿松动。"老爸。"鸡仔拽着虎爸的胳膊撒娇。"听什么？美到心碎的散文，一起听一篇？"鸡仔的亲昵让虎爸如沐春风，蒙在心头的那一点儿阴云迅速散去。

　　"呃，不，不，不。"一听到听散文，鸡仔立即跳开。"唉！

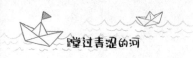

江山易改，本性难移。"虎爸无奈地摇了摇头，背靠沙发，闭上双目，专心地聆听优美的文字。"老爸，我们下一盘象棋吧？"鸡仔转了一圈，又悄无声息地回到虎爸的跟前。虎爸没有理睬，依旧沉浸在悦耳的朗读声中。"爸爸。"鸡仔又是惯用的套路，在虎爸面前，只要一撒娇，什么事都可以商量。可这一次，虎爸还是没有反应。"下完棋，我就告诉你，在阿姨家最大的收获。"鸡仔抛出交换条件。虎爸慢慢地睁开小眼睛，漫不经心地点点头。鸡仔知道，虎爸是开心的，那目光里有他熟悉的味道。

将、相、士、车、马、炮，鸡仔迅速摆好棋。他是小学三年级开始学的象棋，刚学了一年，培训的老师到大城市谋生去了。一时没有合适的老师，培训就暂停了，一暂停就再也没有重启。鸡仔记得刚学时，虎爸常常摆好棋，逗他玩。他一有进步，虎爸就会竖起大拇指说："真聪明！"下着下着，虎爸就变懒了，不愿意再摆棋。此后，想要和虎爸下棋，先决条件就是由鸡仔摆棋、收棋，因为虎爸说，其实他极不喜欢下象棋。

"爸爸，快来。"鸡仔喊。"嗯。"虎爸关掉手机，拔出耳机，慢慢站起来。下棋真没意思，很久不玩了，今天怎么想起来了？虎爸暗自嘀咕着，不太情愿地走向棋盘。"爸爸，我让你一个车？"鸡仔端正地坐在棋盘前，笑眯眯地看着虎爸，俨然一副绝顶高手的模样。

什么？让一个车，侮辱我的智商？虎爸有些不悦，他的水平再怎么不济，可和鸡仔还是在伯仲之间，平时也就是胜负各半。"不用，小心我赢你。"虎爸脸色平静如水。"说好了，不可以悔棋啊。"鸡仔心里暗笑不止，嘿嘿，不要死得太惨。他仿佛已经看到了胜利的时刻。

虎爸不知道，鸡仔住在阿姨家的七天，也是下棋修炼的七天。

鸡仔每天都要和姨父下好几盘，姨父可是真正的高手啊。下棋的过程中，鸡仔眼界大开，学到了很多招数。可以说，短期内鸡仔的象棋水平有了质的飞跃。用姨父的话说，那是打通任督二脉了。回家的前一天，鸡仔有幸和强哥过招，他虽然频频感受到来自对手吹毛断发的杀气，但他如一棵坚韧的小草，每一次狂风过后都能顽强地挺立。五个回合的鏖战，虽然他以一比四惨败，但强哥可是象棋界的绝顶高手，他虽败犹荣。在失败中，鸡仔也积累了很多经验，偷学了一些必杀技。

当头炮，飞象，撑士，跳马，攻卒……一切都是熟悉的套路，还以为多厉害呢，虎爸放下了悬着的心。"丑八怪，能否别把灯打开……"鸡仔哼着小曲，一副胸有成竹的样子，把车挪出底线，随时准备长驱直入。虎爸见状，打象，把炮沉入对方底线，将军。想偷袭？太小儿科了，虎爸也就这点儿水平，鸡仔暗自好笑，一步撑士，危险全消。

虎爸看着棋盘想了许久，挪了挪右侧的车。看来是没棋走了，看我的，鸡仔想着，车长驱直入，直接威胁到了将。虎爸似乎没有察觉，还在慢悠悠地挪动车。快了，快了，等我把马跳过去，再打过当头炮，虎爸就输了。鸡仔心里盘算着，不停地演绎可能出现的情况。可虎爸一点儿都没有察觉，为出一个车走了好几步。看来虎爸真的是无棋可走了。可能是我的战术十分隐蔽吧，嘿嘿，以虎爸的半吊子水平，他确实难以发现。两步，是的，就是两步，虎爸将全军覆没。胜利在即，鸡仔的脸上却没有以往得意的神情，他像潜伏在丛林中窥视羚羊的猎豹，不想太早地暴露行动的意图，在等待最后一秒的爆发，一击得手。

将军，虎爸把车沉底，做了炮架，车将，炮将，虎爸有些得意。就知道你玩这一手，鸡仔嗤之以鼻，他早就准备好应对之策，

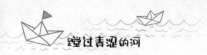

已提前歪将。将向上轻滑一步，安全，马上轮到我攻击了，鸡仔已有些迫不及待。

虎爸的确是水平一般，竟没有发现危险的降临，鸡仔一旦出手，便再也没有挽回的可能。他竟然不求自保，把另一个车放到了对手底线的上一条线上，没有威胁。这不是废棋吗？跳马，鸡仔不愿多想。他已经忍不住了，一步，还有一步就结束，虎爸已经没有可救的棋子，若是车不走的话，可能还能周旋一阵。现在，嘿嘿，鸡仔已经看到虎爸垂头丧气的神情，听到了兔妈悦耳的赞美诗。呵呵，鸡仔还是忍不住笑出声来。

将军，虎爸将作为炮架的车上移。将下去不就行了吗，你又将不死，一步棋反复走，好无聊，鸡仔想。虎爸趁机以车吃士，这是一步好棋！他以攻为守，守住了中线，对手无法实施致命一击。鸡仔神色慌乱，怎么会？本来处处占有先机，怎么突然被动了？下棋如同战场，瞬息万变，必须保持高度警惕，否则，一着不慎，便满盘皆输。姨父的忠告在他耳边响起。

接下来，鸡仔处处被动，几次被将军抽子吃。他已溃不成军，最后被双车错将死。鸡仔瞪大眼睛，没想到一不留心竟然输给了虎爸。他恨啊，怎么就没有注意那个车？若是以车当一下，或是落士，都不会有危险，结局必将被改写。

突然，鸡仔竟用拳头捶打自己的脑袋，紧跟着又大叫着跳起来，瘦瘦的腰弯成了弓。他龇着牙，像只发怒的狮子，细长的手指抓住虎爸T恤的下部乱扯，直到T恤被揉皱，从裤腰中被扯出。"你！"虎爸板起了脸。鸡仔立刻松开手，跑到沙发边，飞起一脚。沙发疼得颤抖。也许是因为不敢再搞破坏，最后，他竟躺在地上，手脚乱蹬，发泄着内心的愤懑。他是不甘心，本以为水平已大幅提高，却输给了个臭棋篓子，荣誉胜过生命啊！

"怎么了，儿子？"兔妈闻声赶来，看见鸡仔躺在地上，连忙说，"快起来，快起来！"鸡仔没有理睬，仍然一边叫一边乱动。"儿子怎么了？"兔妈把目光转向虎爸。"输棋了。"虎爸冷冷地说。

"输棋？我还以为什么大事呢。儿子，快起来！"兔妈喊道。鸡仔仍然躺在地板上哭，只是动作慢慢停止。

虎爸没有继续发怒，只是眉头紧蹙地看着鸡仔。"起来。"片刻后，一个温和的声音响起，音量不大，却充满威严。鸡仔依旧躺在地上，已经恢复了平静。"起来。"还是那个声音，温和中包裹着威严。鸡仔抬起头，目光狡黠地扫视了一周。兔妈坐在餐桌前悠闲地看手机，没有半点儿插手的意思。虎爸看似没有异样，可平静的面容下不知道藏着怎样的汹涌。不能让虎爸吼出第三声，不然自己是要承担后果的，鸡仔擦干眼泪，一骨碌爬了起来。

鸡仔耷拉着脑袋，像只斗败的公鸡。"扑哧。"虎爸冷不丁笑了起来，笑声如一阵春风，迅速消除了紧张气氛。看着鸡仔的样子，虎爸更多的是怜爱。兔妈长舒一口气，看来危机是要过去了。

"儿子，你要保持平常心，正确看待输赢。只要是比赛，就会有输赢，你不要太在乎。输了不要抱怨，不要气馁。"虎爸把鸡仔拉到身边。胜利者的姿态，谁不会摆？谁不想赢得比赛？想到这里，鸡仔的怨气又升了起来，他挣脱了虎爸的手。

"知道你为什么会输吗？就是太想赢了。其实谁都会输，山外有山，人外有人。谁能保证天下第一？如果你和小表弟下，赢一百次又有什么意义？"虎爸慈祥的目光解开了鸡仔的心结。鸡仔点点头，身体不自觉地挨近了虎爸。

"爸爸赢你确实不是靠水平，真实水平肯定不如你。"虎爸说。"我说嘛。"鸡仔偷偷抿嘴笑了。"那是靠什么呢？"虎爸问。"靠运气。对，就是靠运气。"鸡仔说。"也许有运气的成分，

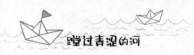
但更多的是敬畏对手。知道你厉害，爸爸先立足于输，输了正常，平局就是赢，轻松上阵。"虎爸亲切地抚摸鸡仔乌黑发亮的头发。

"原来是这样啊。"鸡仔似懂非懂地点点头。

"输，很正常，但关键是要吸取教训。你有下棋招数，想法也很多，但更要胸揽全局，每走一步都要想清目的和后果。下棋不能被动，要主动想别人下棋的目的。这是一个臭棋篓子的忠告。"虎爸笑着说。"嗯。"鸡仔开心地笑了，若有所思地望着窗外，思绪随着星光飞舞。

鸡仔——

我是一个争强好胜的孩子，尤其是赶上青春期，遇到任何事都想赢。但经过父亲良言如春的教诲，我改变了。

本以为我的棋艺已经大为精进，没想到竟败给了爸爸，我懊恼不已。在我们的对弈中，一子之差，竟造成连环损失。最后，我无力抵抗敌方的强大攻势，终于落败。我在椅子上捶打自己的头，只恨那一步走得贱，一着不慎，满盘皆输。这让我情何以堪，我又猛踢一脚沙发。

这时，赢家——我的爸爸，带着骄傲，满面春风地走来。他凌乱的鬓发中夹着几根银丝，小眼睛闪着智慧之光，大鼻子泛着油光，却也不失智者风范。看到我气愤的样子，他"扑哧"笑了一声，眼睛眯成一条缝。难道这是胜利者的嘲笑？我避开他的目光，不理不睬。

没想到，爸爸却坐了下来。他把我拉到身边，和蔼地看着我。我突然心虚起来，如临大敌般。而他，一脸轻松。

"你不要太在乎输赢，比赛中，输赢都是你必须面对的。"他把"输赢"两个字说得很重。"赢了不要得意，输了也不要气馁。

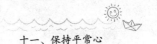

山外有山，人外有人。如果你和小弟弟下棋，就是赢一百次又有什么意义？"他紧盯着我。我觉得他说得挺对，立马坐正，洗耳恭听。

"输，很正常，关键是要吸取教训。下棋不能被动，要主动想别人下棋的目的，和你下这一步的目的和后果。"他说得头头是道，像杀虫剂一样杀死了我脑中的毒虫。

爸爸的话如阵阵春风，慢慢地把我包裹起来。那声音入耳，入心，荡涤了蒙在我心头的好胜之尘。那春风托举着我心灵的纸飞机，飞向澄碧的远方。

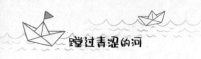
十二、遮不住的谎言

正午时分，天空没有云，大地白晃晃的，好像流动着火焰，处处热浪翻腾。下班途中，除了穿梭的汽车，几乎不见行人，路边的树木都无精打采地耷拉着。

单位离家只有几分钟的车程，虎爸都不开空调，并不是节约，开了也没有多大意义。阳光下，汽车就像一个正在加热的烤箱，安静地睡在蒸笼一般的大地上。虎爸在车外遥控打开四扇车窗，热气从车窗喷涌而出。刚坐在真皮座椅上，烫得吃不消，得左右摆几下。方向盘也很烫，双手不能全握，只能轻轻搭在上面。车内闷得喘不过气，虎爸大脚油门，睡醒的汽车撒腿奔跑起来。凉快的风灌进汽车，呼吸就顺畅多了。可好景不长，还是那个风，没多久变成了热浪。此时，他的后背便湿透了。

"才出梅雨季，天就要热死人。"虎爸一边擦汗，一边找停车位。车位难找啊，一进小区，他就会莫名地烦躁。这几年汽车数量爆发式增长，正式的停车位早就租不到了，小区里凡是能够容纳一辆车的空间，都是停车处。汽车在路边接龙，好不容易在拐角处看见一个空隙，真是奇迹。虎爸目测了一下，估计勉强可以把车塞进去，因为是侧方位停车，一般人基本不敢停，这也正是此处能够等到他来停的缘故。空间这么小的侧方位停车位，要么一把停妥，但那需要相当高的技术；要么就是很多把，慢慢把车挪进去，慢到什么程度，因人而异，有人也许半天也不行。

天气太热，虎爸想快一点儿停好车，早一点儿逃出烤箱，慢慢挪肯定不行。他瞅了瞅，开到与前车平行的位置，猛打方向盘，大角度倒车。回正，回正，再回正，车头右侧紧贴着前车尾部左侧往里拐。艺高人胆大啊，也就他这水平能停这个车位，虎爸很得意。汽车突然被什么东西挡住了，他轻轻给了点儿油，"吱"的一声，汽车越过障碍，正好停正。不会擦上路牙了吧，他心里一凉，赶紧下车。汽车顶头顶脑地夹在两辆车中间，右侧后轮胎被路牙擦出一道深深的痕迹。虎爸蹲下仔细看看，虽说不太要紧，但心里终究是个疙瘩。

回到家，顿时是另一个世界。空调真是个好东西，大热天，凉风一吹，像喝酒一样，容易让人上瘾。不懂得节制的，还会醉，醉到打针吃药。虎爸不敢贪凉，拭去额头上的汗珠，把手包往沙发上一扔，赶紧把汗擦一擦。

"爸爸。"很难得，鸡仔今天主动叫人，只是声音有些虚浮。一听见开门的声音，鸡仔立刻关掉电视，小心地观察虎爸的神色。

"嗯。"虎爸应了一声，因为心里堵着，脸板得刀都插不进。他大步走进卫生间，打开自来水龙头，传出哗哗的流水声。

鸡仔直愣愣地站在沙发旁，瞪着眼睛，惶恐地看着卫生间，两只手不停地扯着T恤边缘。难道虎爸知道了？不可能！就算虎爸再厉害，也得发现一些蛛丝马迹才能判断吧。他这刚到家，什么都没看，什么都没问，怎能知道？可能是自己太紧张了。想到这里，鸡仔的心情稍微平复了些。可是，在空调下，他还是不停地冒汗。

虎爸从卫生间走出来，刚擦了汗，洗了脸，心情舒畅了许多。但一个轮胎一千多元的代价，还是让他耿耿于怀。"儿子，在家里怎么还流那么多汗？"虎爸看见沙发旁的鸡仔，感到有些奇怪。

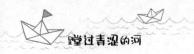

难道是空调的温度太高了？他看了看，二十五摄氏度，正常啊。

"就、就是热，我也不知道。"鸡仔用余光偷偷瞟了瞟虎爸。虎爸的脸上还是没有笑容，小眼睛充满了威严。他的目光正好扫向鸡仔，鸡仔慌忙躲闪，但还是猝不及防地相撞了。鸡仔吓得浑身一颤，打了一个哆嗦，忙将目光收回，散乱地游走在沙发上。两只手把T恤拉伸得很长，T恤上印着的胖娃娃变得和他一样瘦弱。

"怎么了？"虎爸觉得奇怪，走到鸡仔身边，关切地问。"没、没什么。"看见虎爸走来，鸡仔不敢看虎爸的眼睛，想赶紧逃开，可是两条腿像是被牢牢地捆住，无法动弹。

"开饭啦！"兔妈清脆而甜美的声音像温柔的手，解开了束缚鸡仔的绳索。"来了，来了。"鸡仔连忙跑向餐桌。真是及时雨，兔妈的声音从没有这么动听过。逃出了无形的囚笼，他松了一口气。一直以来，鸡仔认为虎爸的威严就是那囚笼，使他不敢越雷池半步。其实，更多时候，囚笼来自内心，由他亲手编织。

吃饭时，鸡仔想竭力保持平静，他不能露出马脚，过了今天，应该就安全了。可是他越掩饰，就越不自然。平时叽叽喳喳，今天却平静得出奇。平时总是抓耳挠腮，今天吃饭时头也不抬一下。鸡仔今天怎么了？虎爸总感觉怪怪的，至于哪里怪，又说不上来。难不成被他吓到了？唉，不就是一个轮胎吗，真不应该生闷气，还吓到了儿子。"儿子，吃排骨。"虎爸夹了两块糖醋排骨，放到鸡仔碗里。

"叮咚！"兔妈的手机响了，是微信的提示音。鸡仔一紧张，呛了一口。吃饭时间就别看手机了吧，至少等虎爸下午上班后。可兔妈偏偏站了起来，目光投向茶几上的手机。"妈妈，我去帮你拿吧。"鸡仔有些结巴。"不用，你好好吃饭。看，爸爸夹的排骨还没啃呢。"兔妈缓步走向手机。

千万不能发现，千万不能发现。鸡仔心里不停地念叨，为上午的举动而后悔，若是没有发生过，那该多好。鸡仔对着碗不停地扒拉着饭，可是几乎一粒都没有进入口中。

"还是卖房子的，催着我们去看样板房呢。"兔妈放下手机，对虎爸说，目光里充满期待。"再等等看吧，可能房价会下跌。"虎爸皱着眉头，他知道兔妈这目光的含义，但总是犹豫不决，关键时候户主不是好当的。"等、等、等，一万等到一万三了！"兔妈抱怨。"唉，不是专家说现在买房风险大吗，好像大城市都在降，就是我们这里在涨。涨、涨、涨，我不买还不行吗？"虎爸也窝着一肚子的火。兔妈没有再言语，这也不能怪虎爸，两百万的投资可不是闹着玩的，这得不吃不喝多少年啊。都说房价要降，有人还说会大跌，谁又能知道呢？

鸡仔平静了许多，一谈到买房子，虎爸就会失去方寸，哪里还顾得上他那点儿小事。买就买呗，前怕狼后怕虎，怎么能做成事？要我看，就买最贵的，靠着我们学校，也省得我坐车，嘿嘿，你们聊吧，我去画画了，鸡仔心里想。吃完饭，鸡仔乐悠悠地回房间去了。

聊到买房的问题，虎爸一点儿睡意都没有了。几个好友都不声不响地下手买了房，一年不到，涨了近百分之三十，一个个得意的样子。唉，有什么啊，你们得了几个小钱，好像也不小，但我也是有收获的，儿子进步了，有什么投资比儿子更重要？想到这里，虎爸感到心理平衡了许多。儿子，对，儿子今天表现十分反常，一定有事。他想到前天鸡仔的同学小朱的妈妈，问买下学期英语教材的事,说是预习要用。他回家后才知道鸡仔忘了这件事，兔妈赶紧网上下单，书还没有到家。会不会和这件事有关？虎爸拿起兔妈的手机打开微信，找到班级英语群。

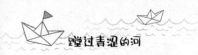

7月9日的消息映入眼帘："7月1日至10日已完成下列任务……"在接龙签名中，排在三十六的鸡仔的名字特别醒目，扭动着，好似中了蛊的毒虫，爬出手机屏，跳入虎爸的眼中，又钻入他的毛细血管，迅速进入心脏，疯狂地吞噬着心肌。"啪"，手机落到地上。虎爸右手捂在胸口上，疼痛扭曲了他的脸。

"怎么了？"兔妈发现后迅速赶了过来。虎爸手指着手机，说不出话来。"什么啊？"兔妈拾起手机，看了很久也没有发现异样。虎爸沉着脸，压低声音："书还没有到家，作业就做好了！"兔妈这才发现玄机，刚才还以为发生了什么重大事情，悬着的心总算放下了。

虎爸调整了情绪后，轻声让鸡仔过来。这声音的穿透力着实强，迅速穿过两道门，在鸡仔的耳朵里爆炸。鸡仔惊出一身冷汗，一定是东窗事发了，他知道虎爸对他直呼姓名意味着什么。他极不情愿地慢慢挪动脚步，他的房间到客厅的距离是这么近，又是那么远。怎么办？怎么办？是继续说谎掩盖，还是老实交代？两个声音在鸡仔内心激烈地争论。

"自己说，什么事？"虎爸没有看鸡仔，身边安静地躺着兔妈的手机。"就、就、就是提前写了自己的名字。"鸡仔还想为自己辩解，他本来就是这样想的，等下午书拿到了，抓紧预习好就行了。"提前？什么叫提前？你这是在作弊，是彻头彻尾的虚伪。"虎爸的声音突然爆炸，鸡仔被炸得浑身哆嗦，兔妈也感受到强烈的冲击波。

"我补上不就行了吗，又不是不做。今天截止了，书没有到，只能这样。"鸡仔的声音细若游丝，知道这样的理由是站不住脚的。"什么叫补上？作弊就是作弊！诚实是一个人应具备的最基本的品质，也是一个人最珍贵的品质……"虎爸打开了教育的话匣子。

"在微信上向老师道歉，说清原因。"虎爸突然扔出一句令鸡仔胆战心惊的话。鸡仔傻了眼，这下不是丑行暴露了吗，老师会不会发火，会不会从心底瞧不起自己？兔妈的手机，上午还是鸡仔眼中的宝贝，现在他却对它产生了从未有过的厌恶，真想把它扔到九霄云外。他迟迟不愿打开，仿佛屏幕一亮就会照出他丑陋的脸和妖怪的身形。两滴眼泪滑过他的脸颊。

"爸爸，我一定改，就别道歉了，行吗？"鸡仔哽咽着，仍然试图改变虎爸的决定。"不行，你必须为自己的言行负责。不然，我就在班级群中公布。"虎爸嘴角颤动了一下，脸色铁青。犯了错误，必须承担相应的后果，没有付出代价的错误，一定会再犯。一个人变坏往往都是从说谎开始的，以前鸡仔不就是这样？因为报喜不报忧，因为谎言，成绩一塌糊涂，现在想想都害怕。好不容易改正了，今天又犯，如不改正，后果无法想象。他下定决心，一定要让鸡仔有刻骨铭心的痛。

"不，不，我道歉。"鸡仔擦去眼泪，吓得赶紧打开微信。要是让好友小朱知道了，那不是太糗了，岂不要沦为全班同学的笑柄？"老师，我是鸡仔，我没提前告知妈妈预习要用的书，导致书今天下午才到，我提前上传了，爸爸已经严肃地批评了我这种虚伪的行为。今天一定把预习的补上，对不起，一定下不为例。"鸡仔简单组织语言后，快速打出了一段文字，脸色阴沉，像被判了刑一般，有气无力地瘫坐在沙发上，四肢麻木，绝望地等待老师严厉的批评。

老师竟然很快回了信息："老师相信你会保质保量完成学习任务，否则，开学你就没有其他同学轻松啦！"最后，还发了一个灿烂的笑脸。鸡仔恍惚中看见了老师的笑脸，她总是这样微笑着面对学生，无论你成绩好还是坏，不管你乖巧还是淘气。她从

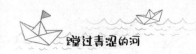

不对学生发火，你听不懂了，她就耐心给你讲解；你的作业没做，她就请你补上；你犯了错误，她就循循善诱。同学们都喜欢她。面对鸡仔的谎言，她不但不生气，还微笑着亲切地鼓励，鸡仔的眼睛亮了。

"老师怎么说？"虎爸问。"笑，笑脸。"鸡仔从发呆中回过神来。"什么笑脸？"虎爸充满疑惑地从鸡仔手中拿过手机。他先是一愣，接着，眉宇舒展开来。"嗯，老师说得好，希望你不要辜负老师的信任。"虎爸说。"嗯。"鸡仔点点头。"真是一个笑脸。"虎爸看了良久，若有所思地说。

真是一个灿烂的笑脸，鸡仔心里也充满了阳光，他不用再背负沉重的谎言了。原来主动承认错误后，是如此轻松。

窗外，阳光热烈，蝉鸣萦绕，世界如此美好……

鸡仔——

妈妈的手机不断响起微信提示音。我娴熟地打开。天哪！英语作业已经有三十五人完成了。那些名字连在一起，像蜿蜒的长龙一般耀眼。而我呢？其他作业已经完成，可网购的书还在路上慢吞吞地爬行。我直勾勾地看着手机，看出一身冷汗。突然，一道闪电在我脑海中划过，撕开一道口子，形成了一个黑洞，一个想法旋即出现。

今天是完成英语暑期第一期作业的截止日，真是没有办法了。没有关系，先把名字接上，后面再把作业补上，不就行了？我安慰自己。

谢天谢地，妈妈不在身边。我快速打开手机，可是又犹豫了。写，还是不写？写了违背良心，不写无法交差。就这一次，下不为例吧。我的手指急速地在屏上滑动，心脏却被一只拧衣服的手搅得生疼。

复制粘贴好了，第三十六，手颤抖不已。我鼓励自己坚持下去，手却抖得更厉害了。妈妈的脚步声传来，我心里更加惶恐，该怎样写下自己的名字呢？虚伪、丑陋、无耻，纷纷从思想黑洞中飞出，可眼下不容我迟疑。

这是我最惊慌的时刻，我闭着眼睛，飞快地写下自己的名字，点击了发送。霎时间，刺眼的绿色烁着。惨了，痕迹这么明显，老爸老妈会不会发现？我不敢往下想，飞速跑回沙发，窥视着动静。老妈的脚步声，像死亡交响曲一样令我胆战心惊。老妈一点开手机，我立马神经紧绷，以为暴露了。但她并没有朝我走来，看来她还没发现。

可再狡猾的狐狸也都斗不过好的猎手，我的侥幸在午饭后破碎，我的丑行被爸爸查得水落石出。我脆弱的掩饰，让爸爸怒不可遏。他大发雷霆，因为我丢弃了做人的基本准则——诚实。

老爸咬牙切齿，严厉地说："诚实是一个人应具备的最基本的品质，也是一个人最珍贵的品质"而我今天丢弃了它。

老爸几番教育后，要求我向老师道歉。无奈之下，我再次拿起手机，那抹罪恶的绿，看起来十分毒，上面有着丑恶的我。那些文字，让我感觉身体被掏空了。我给老师发了忏悔信，心里十分难过，真想抽自己耳光，为什么当时那么冲动。

随即，一条信息让我拨云见日："老师相信你会保质保量完成学习任务，否则，开学你就没有其他同学轻松啦！"一则玩笑似的短信让我十分感动，在老师的眼里，我还是一个好学生。老师给了我莫大的鼓励，我将铭记于心。我内心坦然了，手机熄灭的屏幕映照出一张诚实的脸。

诚信赢天下，诚信是人生的通行卡，诚信是人生的必修课。我含着泪和笑，上了这节平凡而伟大的课。

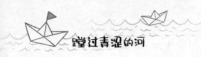

十三、手机瘾

　　白天的时间太长，下班后太阳还是那么炽热。虎爸打开家门，迎接他的是一张比这七月的阳光还要灿烂的笑脸。

　　"爸爸，穿鞋。"鸡仔欢快地从沙发跳到门口，把虎爸的拖鞋摆好，鞋尖朝里面。这是最恰当的位置，虎爸换下皮鞋，一抬脚就能穿上拖鞋。鸡仔看着虎爸换鞋，笑得极其夸张，五官聚拢，嘴角高高地翘起，滴溜圆的大眼睛骨碌碌乱转。反常，超级反常！肯定没有好事，小心上当，虎爸在内心提醒自己。

　　"爸爸，跟你说一件事。"鸡仔拽着虎爸的手。"等我洗一把脸，这天太热了。"虎爸抬脚就往卫生间走。鸡仔跟了进去，神秘兮兮地说："爸爸，告诉你一个好消息。"什么情况？虎爸一听有好消息，不由得心里一亮。"什么消息？"虎爸刚刚把脸擦湿，直起腰，充满期待地看着鸡仔。因为没戴眼镜，他感觉鸡仔好像胖了些。"英语新概念默写第一名，满分。"自豪在鸡仔的小脸上恣意流淌。"嗯，不错不错！""那个'学霸'迪斯尼呢？"虎爸一边洗脸，一边问。"九十分。"鸡仔有些幸灾乐祸。"继续加油啊！"虎爸擦手时心中充满了自豪感。

　　走出卫生间，虎爸正准备吃晚饭，鸡仔又拉着他说："还有一件事，还有一件事。""等我吃完晚饭再说吧，你们已经先吃过了，不能不管老爸哟。"虎爸摸着微微凸起的小肚子，饭菜的香味增加了他的饥饿感。"就现在说，就现在。"鸡仔似乎有些

急切，虎爸被他推进了房间。"兔妈，你看，儿子不让我吃饭。"虎爸扭头喊。兔妈正在看电视，父子俩的事情似乎与她不相干。

虎爸坐在床沿，诧异地看着鸡仔，不知道这个小家伙又有什么新花样。鸡仔看上去似乎有些紧张，一会儿左手捏右手的大拇指，一会儿右手捏左手的大拇指，几次欲言又止。"不说，我去吃饭了。"虎爸直起身子。"我说，我说。"鸡仔又把虎爸按到床上，"就是、就是跟你商量，我用每天看电视的一个小时，换成玩手机半个小时，好不好？"鸡仔一口气说完，虽然是问句，但是语速快得连问的语气都没流露出来。"什、什么？"虎爸惊出一身冷汗。

半个小时换一个小时，看似划算的交易，可背后是鸡仔又开始经不住手机的诱惑。现在，很多成年人都沉溺于手机不能自拔，孩子怎能抵挡，更何况是自制力极差的鸡仔？虎爸的记忆跳跃到一年前那一段因手机而破裂的时光。

"儿子，这手机给你了。"虎爸换上了手机，淘汰下来的旧手机自然归了鸡仔。鸡仔的电话手表每天充电太麻烦，他又特别喜欢听歌，虎爸早就计划好了，只是一直没有告诉他，想给他一个惊喜。旧手机其实也不旧，买了不到两年，若不是搞活动赠送新手机，虎爸还有些舍不得换。"真的？谢谢爸爸！"鸡仔高兴得跳了起来，搂着虎爸的脖子亲了好几下。

五点五英寸的大屏，闪着光泽的银色机身，超薄的机身，太棒了！鸡仔如获至宝，左看右看。已经是他的了？他还有些不敢相信。手机里有一个大世界，学习资料、音乐、图片、QQ、微信、游戏……太多了。以前他只能在虎爸的眼皮底下查找学习资料，最多听听音乐，看看图片，虽说兔妈帮他注册了QQ账号，但他很少登陆，现在自己的地盘自己做主了！鸡仔打开手机，屏幕亮了，壁纸是他骑在石马上的照片，小时候去北京动物园玩时拍的。

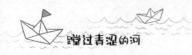

这个不好看，得换成蜘蛛侠……

"儿子，儿子，手机送给你了，但爸爸有要求。"虎爸打断了鸡仔的思绪。"嗯。"鸡仔的目光仍然被手机屏幕黏住。虎爸说："我们约法三章——学校内必须关机，放学后才能开；平时可以听听音乐，但做作业时不能听，绝不能玩游戏；节假日玩游戏的内容与时间，必须经过我们'审批'。如果做不到这三点，手机就收回。""没问题，没问题。"鸡仔已经打开了音乐，随着旋律摇头晃脑。看着鸡仔开心的样子，虎爸也被感染了，右腿跟着音乐节奏打节拍。

"爸爸、妈妈，你们出去散步吧，我自己在家做作业。"晚饭后，鸡仔甜甜地说。这么懂事？看来真的长大了，虎爸心里美滋滋的。"你可要认真做作业啊。"兔妈微笑着提醒。"放心吧，我一定认真完成作业。你们快走吧，我先去上厕所。"鸡仔乐呵呵地钻进了卫生间。"咔嗒！"大门关上，里面是鸡仔的小天地，外面是虎爸兔妈的大世界。

夏夜的风像被煮过，热裹挟着湿，让人喘不过气来。虎爸牵着兔妈的手，疾步走在香樟树下，空气中的水分子与毛孔溢出的水分子凝结，滚成一粒粒晶莹的汗珠。在蝉此起彼伏的歌声里，汗珠有的从额头，有的从腋下，一颗接着一颗往下滑，最后被地面吞没。鸡仔上初中以来，作业量大了，虎爸和兔妈很少一起散步。重温甜蜜，让他们忘却了闷与热，忘却了时间的流淌，不知不觉就多走了一圈。哦，该回家了！

虎爸开门时，听到了卫生间里的动静，没错，就是卫生间！他有了一丝不祥的感觉。他连忙走到卫生间门口，没有人，鸡仔正在房间埋头做作业。他轻轻地走到鸡仔身边，鸡仔似乎没有察觉，笔尖在疯狂地扭动，白纸上留下一行行歪歪斜斜、极其丑陋的字迹。"把字写好。"虎爸皱起眉头。"哦。"鸡仔仍然没有抬头，但速度明显放缓了些。鸡仔的表情不太自然，似乎在掩饰着什么。种种迹象表明，一定有什么事，虎爸暗想。他又走到卫生间，希望找到蛛丝马迹。

虎爸在卫生间转了一圈，目光三百六十度搜索，还拉开洗脸盆的抽屉，一切似乎都很正常。难道是他多心了？他洗了洗手，擦手时毛巾落到了地上。虎爸弯腰捡毛巾时发现了异样。马桶后面，躺着一部手机，正是他刚给鸡仔的那个。他拾起来，手机在手中发烫。一股怒气冲上他头顶，几乎可以肯定，从他们出门到现在，鸡仔一直坐在卫生间玩手机。怎么办？发火？揍一顿？耐心教育？虎爸脑子里一团乱麻。他放冷水洗洗脸，思前想后，还是决定冷处理。

鸡仔完成作业后，让虎爸检查。鸡仔站在一边，目光涣散，左顾右盼，有一只无形的手把他往卫生间拽，身体已经倾斜。五分钟后，作业检查结束。除了那不堪入目的字，正确率达到了百分之百，虎爸心情稍稍平复了些。"爸爸，我上一下卫生间。"鸡仔忍不住了。虎爸没有说话，只是点点头。

鸡仔一阵风似的冲进卫生间，快速关上门。马桶后面，没有！柜子下面，没有！抽屉里面，还是没有！哪儿去了？完了，一定是被虎爸发现了，鸡仔脸色煞白，豆大的汗珠从额头滚落。他拖着双腿，从卫生间往外移动，每挪半步，便增加一分恐慌，感觉自己正走向黑暗的深渊。

"爸爸。"鸡仔轻声说，虎爸哼了一声。"爸爸，我、我……"鸡仔又说。"什么事情？直说。"虎爸没有抬头。"我、我、我的手机不见了，是不是你拿的？"鸡仔低着头，最后声音小得只有他自己才听得清。"找不到了？"虎爸抬起头，"在什么地方

玩的？好好想想！""对不起。"鸡仔的声音似乎还留在喉咙里。
"为什么？"虎爸看着鸡仔的眼睛。"我趁你们出去散步时，偷偷玩游戏了。"鸡仔低声说。"是球球大作战吧。"虎爸说。"是的。"鸡仔满脸惊讶，他已经退出程序了，虎爸怎么会知道？

"游戏全部删除，作为这次欺骗的惩罚。"虎爸拿出手机，交给鸡仔。两行泪夺眶而出，鸡仔用颤抖的手握着手机，那些心爱的游戏就是他形影不离的好友，他怎舍得与之分离？可虎爸说一不二，再说他犯了错误，也要承担责任。鸡仔使上了浑身的力气，手指一点，游戏删干净了，他的脑子一片空白。

游戏删光了，这下该老实了吧，虎爸对自己的冷处理方式还是比较满意的。即使发一通火，也没有这样简单、有效。但他也不敢大意，孩子的心野了，是不容易收回的，他不敢再和兔妈一起散步，必须留一个人在家陪着。

做作业时，鸡仔总是静不下心来，屁股不停地在椅子上挪动，脑子里全是颜色、大小不一的球球，他体会到了一日不见如隔三秋的感觉。玩，肯定是不行，看个视频应该可以吧？对，只看看视频。鸡仔再也忍不住了，掏出手机，打开百度。看到熟悉的球球，鸡仔全身心愉悦起来。"小心，小心！唉，太臭了，若是我来玩，早就超级大了！"鸡仔的心随着视频跌宕起伏，忘记了周围的一切，虎爸在他身后站了很久，他都浑然不觉。

"手机给我。"一个冰冷的声音像一把利剑刺破了欢乐的球球。那是虎爸的声音，鸡仔一阵哆嗦，手机掉在书桌上。虎爸拿起手机，什么话也没有说，举起右手，奋力将它砸在地板上。"砰！"手机屏裂成碎片。

"不行！"虎爸眼前还浮现着手机屏不规则的裂痕，这些裂痕同时烙在他心里。恶习好不容易才化为灰烬，绝不能在暑假期间死灰复燃。"我不玩游戏，就下下象棋或者五子棋。"鸡仔继续请求。"不用说了，绝对不行！"虎爸斩钉截铁。看着鸡仔渴望的眼神，他内心最柔软的地方还是疼了一下，但他不敢冒险，鸡仔自制力极差，一旦上瘾，后果不堪设想。

鸡仔失望地跑出房间，坐到兔妈身边。他悄悄地对兔妈说："爸爸没有同意。""哦，我就说不可以吧。"兔妈微笑着说。"我又不玩游戏，妈妈，你去说说看。"鸡仔摇摇兔妈的身体，还心存侥幸。"我可不敢，再说爸爸是对的啊。"兔妈拍拍鸡仔的肩。兔妈的绝对站队，让鸡仔的最后一丝希望也破灭了。他噘着嘴，跑到阳台上直跺脚。想到上次看电影时，小朱滔滔不绝地说游戏情节，他就心痛。班上好多同学都玩手机，为什么只有他不能？筹备了多少天的计划，就这么落空了，他不甘心啊。

虎爸拉着鸡仔坐到沙发上，柔声说："不是爸爸不给你玩，主要是你没有足够的自制力，有的同学玩，是因为他们能够控制自己，能够合理地分配学习与玩的时间。还记得以前吗？爸爸不是主动把手机给你了吗？看你那欢快的样子，爸爸也由衷地高兴，可是结果呢？""手机砸了。"鸡仔垂头丧气。"你说不砸能行吗？手机上瘾就像染上了毒品，你明明知道不对，却无力自拔。为了掩盖自己的行为，不停地说谎，直到败露。"虎爸说得意味深长。

"爸爸，你是怎么知道我晚上在被子里玩手机的？"鸡仔天真地忽闪着大眼睛。虎爸一愣，表情微微变化，但很快恢复平静。兔妈端的杯子差一点儿落到地上，翻出的水在地板上绽放出细小的水花。虎爸轻咳一声后朝兔妈递了一个眼神，对鸡仔说："每个人的行为都会留下痕迹，只要你仔细观察。你玩手机，爸爸有很多种方法知道，最简单的就是看手机里的痕迹，还可以看手机电量的变化，手机的温度，等等，还可以从你的表现判断你是否

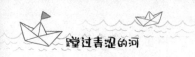

心里藏着事，是否休息好了，学习成绩的起伏也能说明问题。只要爸爸想知道，就会有办法。""难怪爸爸这么厉害。"鸡仔眼里全是敬佩。

"只要肯动脑筋，你也能做到。"虎爸说，"儿子，手机一定不能玩，更不能经常想着玩，一旦上瘾，就不得了了。班主任老师曾在微信群里推荐过一篇文章，想让一个孩子变坏，就给他一部手机，老师说的话会有错吗？""知道了，爸爸，我不想玩了。但是查资料怎么办？"鸡仔问。

兔妈的目光离开了电视，朝虎爸不停地眨眼。虎爸当然知道，不能压得太死，他说："查资料当然可以，不管什么时候，爸爸陪着你查。""不仅是查资料，有时听听歌也是可以的。""谢谢老爸！"鸡仔开心地笑了。

兔妈朝虎爸抿着嘴笑……

十四、摇晃夜的黑

虎爸瞪圆了小眼睛，笑盈盈地看着这一季麦子。黄澄澄的麦穗憨厚地在风中摇晃，而那锋利的麦芒，一根根刺向天空。倏地，一阵狂风吹来，麦田涌起金色的巨浪。在"沙沙沙"的响声中，一头大象踏着麦子，从远处奔来，身后留下一串被踩塌的大坑。虎爸吓得想要躲闪，却无法动弹。大象抬起餐桌大的前掌，对着虎爸的头顶踩下。

"救命！"虎爸奋力挣扎，原来是一场噩梦。鸡仔正站在客厅摆弄红色的蜘蛛侠玩偶，长长的影子斜落在虎爸脸上。"怎么没睡午觉？"虎爸抹去额间的汗，从沙发上坐起，心神还没有完全平静。"不想睡。"鸡仔掰开蜘蛛侠的腿，前踢，后摆，屈膝，弹跳，扫堂，目光也被牵着上下翻动。"中午不睡，下午怎么会有精神？"虎爸有些不悦，他一直想不明白，这么简单的游戏，为何已读初中的鸡仔还能乐在其中？

也许是没有听清，也许是听习惯了，鸡仔依旧沉浸在蜘蛛侠的高超武功里。"读后感准备得怎样了？"虎爸提高了音量。"还没有想好。"鸡仔心不在焉地回答。"两个星期了，还没想好？"看着鸡仔漫不经心的样儿，虎爸怒了："现在就看书，三天内必须完成。""看什么啊？"鸡仔这才从蜘蛛侠的世界中走出来，垂头丧气地问。"《初中生世界》《凤凰悦文》等，什么都可以，关键是要有自己的感受。注意，一定要写出自己的真情实感。"

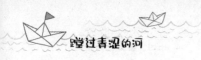

虎爸又强调了重点。

上班途中，虎爸心里和这中午的天一样，燃烧着一团火。对于孩子的教育,他一直想秉承等待花开的理念，并且一直付诸实践，比如今天这篇读后感作业，那是两个星期前就要求他写的。

晚饭后，鸡仔看完了猫和老鼠的动画片，很自觉地拿出作业，按计划，准备完成一篇读后感。他拿出笔，托着下巴想了想，打开作文本正要落笔，又停住了。他趴在桌上，下巴顶着桌面，眯着眼睛摇晃了很久。"怎么写啊？"他忽然直起身子喊。"再好好想想。"虎爸正在看书，随口回了一句。鸡仔用嘴啃着笔，叽叽咕咕了一阵。"不写了。"他突然猛拍桌子，大叫一声。"怎么了？"虎爸这才从小说的情节中走出来。"我不会写。"鸡仔又乱揪头发。

虎爸有些生气了，不会就不会，发什么火呢！他正要大声批评时，想了想又耐住性子，毕竟难得写读后感，要想写好，确实有难度，鸡仔也是对自己要求高。于是，他结合自己的写作体验辅导鸡仔："儿子，别着急，读后感其实并不难写，关键是要抓住自己的真实情感，这情感就是在阅读中的一瞬间产生的。爸爸写的《母亲的背》就是这样的，当时姑姑发了一张奶奶摘桃的照片，看着奶奶的银发在风中飞舞，爸爸的眼睛瞬间湿润，有了创作的冲动，便有了那篇文章。写读后感就是要捕捉阅读过程中灵光一闪的点。""你说的那个点，我从来都没有。"鸡仔一脸木然。"那是因为你没有认真看，没有认真想。不着急，时间长着呢，以后你按照爸爸的要求去读书，找到感觉的时候就告诉我，再写下来。"一次作业危机化解了，虎爸为自己的教育艺术而暗自得意。

鸡仔写读后感遇到障碍，虎爸认为他缺乏生活积累和阅读积累，这是正常的，于是用先冷却的办法，让他慢慢来，多读几篇文章，多联系生活想想，一定能水到渠成。现在回想，唉，一切美好都只能在理想状态。虎爸猛踩一脚油门，汽车发了疯似的在滚烫的马路上跑了起来。

没有星光，夜黑得孤独。晚上六点，兔妈送鸡仔去参加新概念英语培训。虎爸六点才下班，这段时间都是独自吃晚饭。晚饭后，他闲得无聊，仰望着黑夜发呆。地面是华灯璀璨的繁华世界，天空是抹上漆黑的神秘深渊。他看着看着，深渊里浮现出一张恐怖的脸。那张脸比一座楼还大，由暗红的线条勾勒，额头凹陷，鼻子细长，锋利的牙齿错落地排列在大嘴里。虎爸不由得往后退了一步，心中涌起一丝不安的感觉。

"咔嗒"，大门打开的声音击碎了恐怖的脸，天空又是无边的黑。"爸爸。"鸡仔赶在声音之前，坐到沙发上，打开电视。"回来啦，学习辛苦了。"虎爸笑眯眯地说。鸡仔眼睛盯着电视屏幕上猫追老鼠的画面，似乎没有听见。"今天晚上真黑。"兔妈说。"确实黑，黑得叫人发慌。"虎爸说。"慌什么啊，一个大男人。哦，儿子的作文写好了。"兔妈笑了。"嗯，不错。"虎爸有些欣慰，加了压力，果然不一样。

"儿子，先停一停。"虎爸挡在电视机前。"干吗？这是我一小时的看电视时间。"鸡仔扭着头喊。"放心吧，不会少你看电视的时间。作文写好了，是吗？"虎爸问。"当然，下午电视都没看。"鸡仔回答。"写的什么内容啊？"虎爸又问。鸡仔说："我写的是勇敢地道歉，读了《爱的教育》上的一篇文章之后写的。""具体说说看呢？"虎爸本以为是看的《初中生世界》。"写的是在一次打雪仗中，一个男孩砸了一位老人，因为害怕而不敢承认，最后在朋友的劝说下承认了错误，得到了老人的原谅。"鸡仔一边说，一边又偷偷瞄了瞄电视。

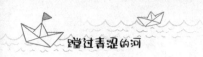

"检查作业时，就不要看电视了吧，好好听爸爸说。"兔妈不声不响地走过来，把电视关了。"哎，哎，不看了，不看了。"鸡仔做鬼脸，把脑袋摆正。"听话，啊。"兔妈微笑着飘走了。

"让你灵光一闪的点在哪里？"虎爸继续追问。"也没有什么点。"鸡仔说，"我想起了多年前在婆婆家的一件事。我和两个弟弟在床上玩时，不小心把三弟推到地上，三弟头撞红了。婆婆没有问清缘由就责怪二弟，二弟没有辩解。我非常害怕，站在旁边没敢说话。后来因为这件事，我一直很内疚，现在想到了，就写下来。""拿来给我看看。"虎爸觉得事例选择得还可以。

黑色专用笔记本打开了，虎爸的第一印象是字迹杂乱、篇幅短小。"字写得不太好嘛。"虎爸皱了皱眉。"也还可以吧，字嘛，没多大关系吧。"鸡仔不以为然。"贼会因为耻辱的偷窃，不敢道出原委；匪会因为无理的伤人，不敢出头露面。"虎爸细细品味文章，第一段的开始，写得还可以。接下来是从《勇于承认错误》中摘抄的内容，也行。

看着看着，虎爸拿笔记本的手颤抖了一下，眉宇拧成一个大疙瘩，嘴角微微抽动。鸡仔瞪大眼睛，脸上写满了忐忑，不祥之兆涌上心头。"重写。"这两个字从虎爸口中射出时，鸡仔还是无法接受，这毕竟这是自己的劳动成果，怎么能轻易就重写？"我不！"鸡仔瞪着眼睛，回击的两个字更有力。"谁跟你商量了？必须重写！后半部分完全就是流水账，小学四年级的水平。"虎爸越说越气，"完全是态度问题，以前作文都有千余字，现在一半都没有。"

"怎么了？"兔妈闻到了硝烟味，战斗一触即发。"作文写得不好，要重写。"虎爸气愤地说。"怎么回事？忙了一个下午呢。我看看。"兔妈说着，拿起黑色笔记本。听兔妈说写了一下午，虎爸的怒气消去了很多。鸡仔的眼睛也亮了，似乎看见了希望，希望兔妈站在自己这边，帮自己过了重写的坎。"虎爸说得没错，是要重写。"兔妈无可奈何地看着鸡仔。

停顿片刻后，虎爸散去怒气，语重心长地说："儿子，作文的优势一定要保持啊。""我没有什么优势，作文也没有多好，不就是语言美一点儿，心理活动细一点儿吗？"鸡仔开始耍无赖。"除了第一句，这篇作文语言美吗？心理活动在哪里？完全没有！"虎爸针锋相对，"有没有优势，你们老师、培训课上的作家都说过。你没有水平，《莫愁》杂志能准备采用你的作文？"鸡仔哑口无言，默默地低下了头，不停地拨弄手指，似乎还期待着转机。

"重写，现在就写，写完让我看过才能睡觉。"虎爸声音并不大，可每一个字都让鸡仔震颤。鸡仔抬起头，遇到虎爸凌厉的目光，彻底失去了反抗的勇气。他知道虎爸说到做到，今天晚上不写好是无法交差了，事到如今，也只能怪自己太马虎了。鸡仔立即打开专用笔记本，埋头写了起来。"头抬起来，坐端正，把字写好。"虎爸又做提醒式要求。

鸡仔直起了腰杆，心里很不乐意，这不是往伤口上撒盐吗？都已经按要求重写了，还叽叽歪歪。他用余光偷偷瞟一下，发现虎爸正看着他，吓得立即专心写作。

虎爸什么事也没有做，就干坐在鸡仔对面，也没有一本书、一盏茗的那份闲情逸致了。望着窗外深邃的苍穹，他思考了很多，可始终跳不出夜的黑。对鸡仔作文水平下滑的情况，他苦苦寻求原因而不得其果。也许是骄傲了，也许是态度散漫，不论如何，都到了必须纠正的时候，尽管过程如此痛苦。

漫长的四十分钟，虎爸在等待中颈、肩、腰都僵硬了。"好了。"鸡仔将作文递给虎爸，脸上含着笑意，这四十分钟对他来说似乎

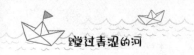

太快了,快得都没有来得及想一想蜘蛛侠酷酷的动作。写完作文后,他竟有一种轻松的感觉。

虎爸接过笔记本,第一眼还算满意,字迹端正清晰。但他还不能笑,不敢笑,内容写得怎么样还是个未知数,但愿能好吧。虎爸逐字逐句地品读,时间滴滴答答地走过了三分钟。检查这三分钟,鸡仔却觉得太漫长,他观察着虎爸的每一个细微表情,波澜不惊的脸如这乌黑的夜幕,让人猜不出背后是什么。

"有明显进步,过关。"虎爸微微笑了笑。"我的乖乖,吓死了。"鸡仔长长舒了口气。"我说吧,只要你端正态度,就一定能写好。"虎爸顿了顿,"但是,还必须巩固。从明天起,连续三天,其他作业暂停,先看书,下午四点写一篇作文,主题自定。""为什么?人家都不写那么多,我不想写。"鸡仔噘着嘴,又闹起了情绪。

"人家吃苦的地方多了去了,你怎么不比?写三篇作文也是对你写作业不认真的一个处罚,犯了错误,必须承担责任。"虎爸见鸡仔耷拉了脑袋,又提出要求,"每一篇都要给我检查,若不合格,以后还得强化训练。""怎样才算合格啊?"鸡仔彻底放弃了抵抗。"像今天晚上这样就行,当然,作为一名读者,我期待更好的作品。"虎爸笑着打趣,紧张的气氛也随之消散。"好吧,我尽力不让爸爸失望。"鸡仔淘气地吐了吐舌头。

"吃西瓜喽!"兔妈切了一大盘西瓜,端到餐桌上。这是一盘无籽西瓜,绿皮已经被剔除,鲜红的瓜瓤水灵灵的,挤在白瓷盘里,垒成一座小山。山顶的两块瓜上各戳了一根黄色的细牙签。"真甜啊!"鸡仔捏着牙签将一大块瓜塞入口中,一嚼,鲜红的汁水渗出嘴角。他最喜欢无籽瓜,还得切成小块,否则就嫌吃得麻烦。"瞧你,擦擦。"兔妈递过餐巾纸,脸上笑成一朵花。

"我也来一块。"虎爸慢悠悠地走过来。"给你一块。"鸡

仔一脸坏笑。"只有一块？"虎爸吃惊地看见一小块瓜躺在碗底，白瓷上沾着红汁。"真是一块！"兔妈看了看说。"确实一块！"鸡仔两手一摊。"哈哈哈……"三个人的笑声融合成悦耳的和声。

窗外的黑似乎也被感染了，在天穹的深处欢快地摇晃。

附：

没有说出的真相

——读《爱的教育》有感

《爱的教育》中有很多令人感动的故事，而《勇于承认错误》这篇文章让我受益匪浅，它讲述了一个孩子在犯错后害怕，又在人们的严肃逼问中承认错误的故事。

那是一个冰雪交加的日子，一群孩子正不亦乐乎地玩着打雪仗的游戏，他们疯狂地扔着横冲直撞的雪球，突然，一声尖叫响彻天空，撕碎了这美好的时光。一位老人捂着眼睛苦苦呻吟，孩子们吓得一哄而散。人群已经围成一个圈，人们都在关切地询问，警察也在大声地逼问嫌疑人。卡洛斐脸色苍白，不知所措，手脚忍不住地颤抖，眼睛死死地盯着地面，仿佛要从地底找到什么。卡隆拉着他的手，规劝他快承认错误。可是卡洛斐颤抖得更厉害了："可是，我不是故意的啊……"他断断续续的言语中充满了恐惧。在卡隆的耐心劝说下，卡洛斐经过内心的煎熬与斗争，终于当众承认了错误。

像卡洛斐一样，我也害怕承认错误，怕自己出丑，怕被训斥。那件事，我藏掖几年，现在才鼓起勇气，用文字表达自己的歉意。

酷暑，我和三个弟弟聚集在一起玩耍，大人们在外婆的老屋下谈笑风生，我们则在楼上尽情欢愉。电视里正播放着弟弟们喜

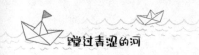

爱的动画片《忍者神龟》，几只乌龟在酣畅淋漓地打斗，那刀光剑影的画面感染了我们，我们竟模仿着，在不到两平方米的小床上打闹起来。我们都想立于不败之地。

此时，二弟正专心对付棘手的三弟，我便有机可乘，猫着身子绕到背后，用力一推。二弟连带着三弟滚下了床，二弟压在三弟头上，三弟的额头上异常清晰地出现了一道红印，他的泪决堤了，他相当痛苦地哭了很长时间。大人们闻讯赶来，盯着每个人，希望罪魁祸首能主动承认。我分明感受到他们的目光像利刃一般戳进我的心脏，再戳……我的心不停地颤抖，竭力将眼光扳回电视，刚才还觉得有趣的画面变得死灰般单调无聊。

"又是你吧，浩浩！"大人未经调查已先声夺人。"可……"二弟似有冤屈，欲言又止。我像挨了个晴天霹雳，汗毛直竖，生怕二弟道出原委。"别回嘴，就知道是你干的。"二弟的外公厉声指责，他犀利的目光却似乎在对着我。有人替自己背黑锅，没关系。我时常这样想，这次也并不例外。假如认错还要受到惩罚，那还是不要说出真相。这时的我，已不再是个男子汉。

贼会因耻辱的偷窃，不敢道出真相；匪会因无理的伤人，不敢抛头露面。我们也常常因为害怕被训斥，被责骂，而不敢直面错误。这样的我，这样的我们，似乎少了点儿什么……（鸡仔）

十五、趁势而为

"叮咚"，手机屏幕亮了。

虎爸立刻拿起手机，仿佛慢一秒就会错过什么。食指轻触指纹锁，手机界面打开，鸡仔正龇着牙对着他笑。只要看到这张壁纸，他就会不自觉地跟着笑，那笑是一阵汹涌的波涛，从心底涌出，波及每一个细胞。划过主界面，应用 APP 四个一行，整齐地排列，绿底白图的微信图标右上角有一个从红色小圆圈里跳出来的阿拉伯数字，代表着微信新消息的数量。打开微信，好友江一发来消息："利郎征文请认真写好发我。"虎爸微微皱眉，目光在天花板上搜寻，仿佛能从那一片白中得到想要的答案。

前些日子，在 QQ 群里收到征文的通知后，虎爸曾细细想过，感觉以衣为主题的创作对于一个孩子来说有难度。尤其是鸡仔，他穿衣服的格调一向取决于兔妈的喜好，他从来没有自己的想法。对于写作的内容，鸡仔肯定很难把握。更重要的是，鸡仔一贯有畏难情绪，一旦认为不会写，就真的写不了了。他会关上思绪的门，闭上情感的窗，任你电闪雷鸣，任你和风细雨。和鸡仔的开场谈话很重要，这些天虎爸一直在酝酿。那些方案一次次出现在天花板的白里，又一次次被擦掉。

小企鹅闪动，是《莫愁》的编辑。他在 QQ 上告知，鸡仔的习作已经刊登。虽在意料之中，前两个月就收到了通过终审的通知，但虎爸还是十分兴奋，鸡仔的习作第一次登上省刊，对他而言有

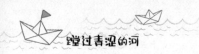

着莫大的激励作用。这是一个好时机，虎爸眉宇舒展，小眼睛放出了光彩，好像在天花板里觅到了宝贝。

"儿子，爸爸回来了。"一进家门，虎爸就吆喝。有什么喜事？兔妈疑惑地瞄了一眼。"爸爸。"鸡仔从房间跳了出来，正好不用看书了。虎爸轻轻拍拍鸡仔黑亮的短发，兴奋地说："告诉你一个好消息，《迷途》已经在《莫愁》发表了。""哇！"虎爸和鸡仔欢快地击掌。"儿子厉害，继续加油！"兔妈也凑了过来，弯月似的大眼睛更漂亮了。"是啊，在《莫愁》上发表文章需要有很高的水准，爸爸也未能如愿，希望你多写好作品。"虎爸很冷静，开心之余不忘教育。"好的！"超越了虎爸，鸡仔自信满满。

"正好有件事，想跟你商量一下。"虎爸笑眯眯地看着鸡仔。"又是写作文吧？"鸡仔忽闪着大眼睛，对于虎爸的套路，他已了如指掌。"聪明！"虎爸笑呵呵地说，"有一个以衣为主题的征文，作为一个写作高手，你可以施展一下才华。""让我想想。"鸡仔嘴上这样说，其实心里早就同意了，他期待在征文中一展风采。"只要认真去写，爸爸相信你一定行。"虎爸继续鼓励。

"啊，怎么写呀？"鸡仔简单地思考后发现，脑子里关于衣的素材贫穷得没有一枚硬币，畏难情绪弥漫出来。"我也觉得有点儿难，但我想难不倒你。" 虎爸微笑的眼神里似乎藏着什么，"爸爸的朋友，就是上次上公益课的黄作家，他十分希望你参加。他说你的语言非常优美，此次征文若不参加，那就太可惜了。你看，我也不好回绝啊。""也是，可是写什么呢？"鸡仔满心喜悦，咧着嘴笑。

"从爸爸的视角看呢，可以写励志的故事。如一个人喜欢上利郎的服装，但没有钱，后来经过奋力拼搏，成功了，最终买衣服的目的不再是穿，而是纪念。或者……"虎爸思路一旦打开就滔滔不绝，几个故事后，他话锋一转，"但是，这都不适合学生的经历。你要从自己的角度去想象，可以创作，就像写小说一样。"

"有了。"鸡仔灵光一现，"我想到了你以前说的一个故事，胖子和瘦子在浴室里洗澡，本来聊得很熟，穿上衣服后就陌生了。这个和衣服有关，可以改编一下。"

"是有点儿意思，可是到底表达什么主题？还是有难度的。要写，就必须不一样，要有新的思路。"虎爸若有所思。"怎么写呢？"鸡仔不停地挠头，目光黯淡了下来。

"不行的话可以换一个思路，比如针对衣服的功能。"虎爸说，"衣服最初的作用是什么？""遮羞，取暖。"鸡仔脱口而出。"是啊，可现在呢？"虎爸接着问。"美丽、潇洒呗。"鸡仔笑了。"可能还有更多。"虎爸接着提示，"比如，妈妈有很多漂亮的衣服，可她还在不停地买、买、买，即使堆在衣柜里不穿，也停不下来。这些也可以成为创作的素材。"

"瞎说什么啊！"兔妈瞪了一眼。鸡仔伸了伸舌头，和虎爸相视而笑。"不要误导儿子，正经一点儿，好好想想写什么内容。"兔妈说。"收到，收到。"虎爸连连说。"收到，收到。"鸡仔也跟着说。

"不管什么素材，都要从学生的视角看问题，不能成人化。也可以像你前两篇作文一样，写班级里发生的故事，这样会比较生动。"虎爸接着说。"班上的同学在穿衣服上有攀比现象，可不可以写啊？"鸡仔问。"当然可以，这是一个好的思路，但重点在于情节如何设计，如何和征文主题结合起来。"虎爸表示赞同。"怎么写呢？"鸡仔摸摸脑袋，一脸茫然。

"没关系，不用着急，时间还长。你慢慢想，想深了就会突然冒出灵感。如果实在想不下去了，你可以停下来玩玩，或看看

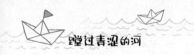

书什么的，转移一下注意力，过一段时间又会有新的想法。"虎爸鼓励的目光里更多的是慈爱。"好吧，我尽快完成。"鸡仔的目光恢复了神采。

"爸爸，作文完成了。"第二天下班，虎爸刚打开家门，鸡仔便拿着黑色笔记本欢快地跳过来。"这么快啊，厉害！让爸爸先洗洗手。"虎爸很开心，昨天才播下种子，今天就收获了。"先看，先看。看的过程中什么也不要说，看完后再评价。"鸡仔搂着虎爸的脖子。"好好好，快放手，我要被你勒死了。"虎爸连声咳嗽。"看来你是老了。"兔妈笑着打趣。"儿子都长大了，我能不老吗？"虎爸说。"不老，不老，爸爸没有老。"鸡仔连忙说。

"嗯，让我来认真学习一下。"虎爸端坐在桌前，翻开笔记本，目光轻抚黑色的文字。看完一段，回头再看，一字一句地斟酌，发现需要修改的地方就默默记在心里。鸡仔垂手站在虎爸身旁，探着头，一会儿看看笔记本，一会儿看看虎爸，捕捉着虎爸的每一个细微的表情变化。看着这有趣的父子俩，兔妈感受到满满的幸福。

虎爸一会儿凝重，一会儿微笑，一会儿若有所思，一会儿轻轻颔首。鸡仔的心情也随之跌宕起伏，他只想知道结果如何，千万别重写。时间缓慢地流淌，鸡仔甚至觉得几度停滞。

虎爸抬起头，含着微笑，鸡仔松了口气。"写得还可以，语言生动，情节设计合理。"虎爸顿了顿，"只是有一个问题，利郎的服装适合学生穿吗？""我不知道。"鸡仔瞪大眼睛。"利郎的服装一般是爸爸这个年龄段的人穿的，学生不会买这个品牌。你写同学们穿这个品牌的衣服，就犯了常识性的错误。但你可以写偷偷穿了爸爸的衣服，就是不知有没有爸爸穿了好看，你穿了也帅气的款式。""那要不要重写啊？"鸡仔有些着急，直奔重点。

虎爸沉思了一会儿说："需要改一改，晚饭后爸爸带你去利郎专卖店现场考察一下。""好的。"鸡仔表示赞同，至少不用重写。"赶紧过来吃饭吧，我也想去看看。"兔妈心里美美的。嘿嘿，平时逛街拉都拉不动，今天白捡到两个陪同的人。"赶紧，开饭啦！"兔妈又吆喝一声。

利郎专卖店的霓虹灯在夜色中闪烁，十分炫目。可偌大的专卖店内没有一位顾客，两个穿着藏青色工作服的营业员面无表情地立在玻璃大门里面的左侧，像是塑料模特。看到虎爸一家三口走近，两位营业员立刻活跃了起来。营业员由外向内一字侧身排开，上身微微前倾，微笑，开门，"欢迎光临"，一气呵成。虎爸挺着微微凸起的将军肚，步伐漫不经心，目光却在店里转个不停。"需要买什么？看，这新款的短袖，很经典。"营业员客气得让虎爸无比尴尬。"小朋友，这边坐，喝一盒冰红茶。"另一位营业员带着鸡仔坐到皮沙发上，小盒装的冰红茶已经打开。沙发后面是一个有两米多长的长方体鱼缸，几条金龙悠闲地游弋，金黄的鳞片不时地闪着光。

鱼缸左侧靠墙的一排衣架中间，一条红线穿越到了虎爸的眼眸中，锯齿形的边缘奋力刺向前方，产生强大的视觉冲击力。虎爸的小眼睛瞬间被点亮，他三步并作两步，快速走近后，端详了一番。那是一款T恤，在深黑底色上印有粗细不一的大红色线条，衣领镶了一圈红边，黑色的扣子也镶了一圈红边。T恤垂感极佳，在空调吹过的风中微摆，大红线条不规则地流淌。

"这件很好，质地柔软，有桑蚕丝的成分。试一试嘛，不一定非要买。"营业员从虎爸的眼睛里看到了希望，精神倍增。"嗯，是不错，有眼光，试试吧。"虎爸正要拒绝时，兔妈走过来说。虎爸很少买衣服，最怕试衣服，今天兔妈逮到机会了，一定不能

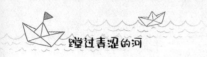

放过。"试试吧，这个号应该正好合适。"服务员已经取下 T 恤，满脸笑容地递给虎爸。唉，没办法了，虎爸只能接过衣服，确实柔软光滑。"向前走就是试衣间。"服务员提醒。那是一面大镜子，虎爸打开镜子，走进试衣间，先仔细看了一眼标签，这是他每次试穿的习惯。他脱下自己的 T 恤，挂在墙上，再换上新 T 恤。他不明白兔妈为何那么喜欢逛街，那么喜欢试穿，太麻烦了。

换好 T 恤，虎爸在试衣镜前走了几步。鸡仔正靠在沙发上享受着空调的凉快，一边晃着二郎腿，一边喝着冰红茶。虎爸心想：这家伙，今天我陪他来，他倒悠闲，我反而成了主角。"儿子，过来看一下，这件衣服怎么样？"虎爸暗示鸡仔观察。"老板穿了正合适，既稳重，又时尚。买一件吧。"营业员笑容可掬。"嗯，帅气。"鸡仔跟着添油加醋。"嗯，看上去蛮年轻的。"兔妈左右看看。"那我帮您包起来！"服务员笑得更灿烂了。"可以打折吗？"兔妈问。"不好意思，我们标价很低，不打折。瞧这面料，不算贵。"服务员解释。"这款还是年轻了一点儿，再看看吧。"虎爸顺着兔妈的思路，找到了可以挑的刺。"您不就是很年轻吗？要不再看看其他款？"服务员不甘心。"儿子，走吧。"虎爸换下衣服，慢悠悠地走向店门，不时地回头扫一眼。"欢迎下次光临。"营业员的声音依旧是甜甜的。

走到门口，虎爸拉着鸡仔一闪身，钻进了灯光闪耀的夜色中。"呵呵，爸爸演得真好。"鸡仔笑着说。"还不是为了你，差一点儿就假戏真做了。也不好好观察，都看清楚了吧，回去好好改。"虎爸说。"知道，知道，早就看清了。"鸡仔说。"你也是，跟着来劲。"虎爸把目光移向兔妈。"哎哟，难得逛一次，买一件也无妨，还是不错的。"兔妈有些不满。"买？太贵了吧，又不打折，不划算。"虎爸说。

大街上是另外一个世界，人们全身被热浪包裹，黏糊糊的，烦躁不安。虎爸和兔妈牵着手，鸡仔蹦蹦跳跳，一家人乐悠悠地踏上了归途。

鸡仔——

清晨，太阳懒散地爬上天空。满脸皱纹的灰色Ｔ恤，带着妈妈的爱，套在了鸡仔的身上。妈妈左右端详，似在欣赏一件艺术品，这是她喜欢的格调。鸡仔不能挣脱爱的束缚，唯恐伤了妈妈的心。

鸡仔没有一丝喜悦，默默地穿着崭新的"旧衣服"去学校。同学们的衣服色彩缤纷，搭配完美，简直妙不可言。只一眼，就能让人感受到满心的舒适。鸡仔那不起眼的浅灰，显得如此格格不入。

"胖哥，今天好帅啊。"小张同学欢喜地打量着孙强霸的花衣服，杂乱的花色糅合在一起，却很协调。孙强霸昂首挺胸，指着衣服上的商标，自豪地说："看看，世界名牌。""哟，这衣服摸起来真舒服，得好几千吧？"小张同学咽了一下口水。"几千块，小意思，我家有的是钱。"孙强霸更得意了。

"哟，孙哥真气派，不像有的人像一团雾霾。"小李同学满脸坏笑。"'雾霾'也是好的，便宜啊。"孙强霸大笑，张、李二位同学都跟着笑了起来。

这笑声如利剑刺得鸡仔浑身滴血，不就有几个臭钱吗，嘚瑟什么？我呸，鸡仔十分气愤。再说了，那花衣服看起来更像海滩上的游客，哪有什么气质可言？说到气质，鸡仔想到了爸爸新买的衣服，露出一丝笑容。

孙强霸依旧世界名牌，小张、小李依旧围着他转。可更多同学将目光聚集到了鸡仔身上，大家啧啧称赞。几根粗细不一的红

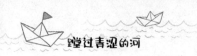

色线条错落有致地在黑色上流淌，线条边缘是不规则的锯齿形，那些锯齿似乎跳出了黑，欢快地冲向远方。深沉的黑与简约的红，完美地演绎了运动的精髓。

"料子不错嘛。"鸡仔的同桌小姚眼睛放光，"看，多柔滑，有很多蚕丝的成分。"这一语引来众多围观者。小姚虽然学习成绩不怎么样，但是对穿衣服可讲究了，她的话就是权威论断，小张、小李也悄悄地向鸡仔挪动。

果然不错，很好看，布料好，运动感十足。"什么牌子？很贵吧！"同学们七嘴八舌。"国产品牌，也就几百块。"鸡仔呵呵地笑道。"真的吗？不错，支持国货。物美价廉，赞！"又是一片啧啧赞叹声。

"设计简约而不简单，运动完美演绎激情！"人群外，小赵推了推眼镜，慢条斯理地说。

十六、"摩羯"来了

"摩羯"来了，一夜狂欢，或引吭高歌，或尖声长鸣，庞大的身躯裹挟着雨水，一路狂奔，一路舞蹈，粗暴地惊扰了夏夜的梦。

"咔咔咔""咔咔咔"，窗户被台风摇得似乎要散架，不时地发出痛苦的呻吟。虎爸从梦中迷迷糊糊地醒来，至于做了什么梦，他已经不记得了，隐约感觉是一部灾难片。这哪里是台风，分明就是魔鬼，看把窗户折腾的！窗户？虎爸倏地清醒。他睁开眼睛，窗户关了吗？记得睡觉前兔妈让他关窗户，说是夜里有台风。他当时觉得兔妈小题大做，能有多大？难道能把这十六层的大楼抬走？但是后来好像感觉去关了，再想想，似乎又没有关，因为他完全没有按下插销的记忆。

不行，得去看看，虎爸霍地坐起来。"你干吗呢？"兔妈迷迷糊糊地问。"台风来了，去看看窗户关了没有。"虎爸已经下了床。"睡觉前，你不是关了吗？"兔妈说。"记不起来了，我再去看看，你睡吧。"虎爸蹑手蹑脚地走出房间。他没有开灯，急忙轻轻地走进鸡仔的房间，窗外黑乎乎的，路灯的光特别耀眼。窗户紧闭着，任台风疯狂地撞击，也不放进一丝风。鸡仔睡得很香，脸上挂着笑容，不知道正在做什么美梦。窗外的惊天动地，对于他来说，根本就不存在。

虎爸悄悄地关上房间门，又对阳台、厨房一一检查，窗户都关得严严实实的。阳台是后来自己封的，有些脆弱，抵挡不住狂

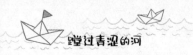
风的袭击，虎爸躺在床上听见的"咔咔咔"的声音，就是它发出的。他总算是松了口气，悄悄地摸进房间，躺在床上后却辗转反侧睡不着。这么大的风，外面变成什么样了？大树断了没有？树的枝丫会不会砸到汽车？公园里面的流浪狗有没有地方躲藏……

"昨晚的风真大！""是的，很吓人！"早晨上班，办公室的同事都在议论这位不速之客。虎爸遥望着窗外，风中花草树木鲜艳的绿，点亮了眼眸。呆板的高大建筑物也有了灵气，乳白的、淡灰的、褐红的……各色墙体，已被清洗得没有一丝杂色。墨绿的远山横卧在湖水的尽头，清晰的轮廓像刚刚被勾勒过。他感觉特别舒服，一度觉得近视都好了许多。原来魔鬼也是天使啊，它在造成一定的灾害的同时，也给这个世界带来了一定的美好。就像青春期的鸡仔，没有边际的调皮与叛逆让人头疼，可正是因为有了他，生活才有了更多快乐与惊喜。想到这里，虎爸的小眼睛就像窗外的一片绿叶，湿润得要滴出水来。

天空披上了灰白色的斗篷，这斗篷一直延展到天际，挡住了无数道从外太空穿越而来的麦芒一般的金光。斗篷之下，盛夏的江南小城竟也有了秋的凉爽。下班途中，灌进车窗的风，轻触虎爸的鼻尖，如丝绸一般柔滑。它沾着湿，似乎还裹着点儿咸，不知道来自哪片遥远的海域。它们不辞辛劳，远道而来，仅仅是为了降下一场雨？虎爸觉得应该还裹挟着一个个沉睡千年的故事，需要在某个地方打开，让世人传诵。不然，它为何这样急切，这样竭力？

"不忘初心，继续前行，万水千山最美中国道路……"虎爸在车内放声高歌。心情好的时候，他就会在车内高歌一曲，当然更多的时候是半曲，或者几首联唱。这首《不忘初心》，虎爸是会唱的，准确地说，是能够唱完整的。虎爸偷偷练习了好多遍，准备参加上级单位举办的联欢活动，在家里练习时，兔妈和鸡仔一致表示，跑调厉害。虎爸自信全失，活动肯定是不去参加了，最多也就一个人在车里面唱唱，想怎样唱就怎样唱，只要开心就行。

虎爸哼着歌，打开家门。"爸爸，又练习唱歌了？"鸡仔正站在门口，双手背在身后，咧着嘴，忽闪着大眼睛，浓密的睫毛轻舞，更显帅气。"没有，哼着玩呢。"虎爸想，自己的声音很低啊，这家伙能听见？"爸爸，知道我要给你什么礼物吗？"鸡仔神秘兮兮地说。"礼物？送什么礼物？"虎爸满腹狐疑，除了这台风，除了这清凉，2018年8月13日对于他们，没有任何特别的意义。"请看！"鸡仔拎着半张A4白纸，纸上晃动着深蓝色线条。"我看看。"虎爸接过纸，"我写了一篇作文"七个蓝色的字清晰地映入眼帘。纸其实不是半张，是一张对折的，叠得十分整齐，完全不是鸡仔粗枝大叶的风格。

里面有货？虎爸急切地展开白纸，一片白，白得炫目。翻来覆去，除了七个蓝字，什么也没有，甚至连污渍也没有。小家伙，又跟我开玩笑了，虎爸心想。"给。"鸡仔捧着笔记本，从房间里跳了出来。那是专门用来写补充作文的笔记本，虎爸布置的作文，他都写在上面。"什么情况？真的写了作文？"虎爸接过笔记本，一脸诧异。"儿子今天突然有了感悟，自己主动写了下来。"兔妈神采飞扬地解释，话里满是自豪。"是吗？不错不错！好样的！写作文就是这样，要及时地记录生活中的点滴。"虎爸赞不绝口。"嘿嘿。"鸡仔脸颊微红，腼腆地颔首。

"让我欣赏一下。"虎爸顾不上吃晚饭，急切地翻开笔记本，《温度》《迷途》《星光》等，看着这些熟悉的题目，心里暖暖的。最后，《有感而发——无题》映入眼帘。起初，虎爸觉得开头突兀，前几段写得也一般，不由得微微皱了眉。鸡仔坐在虎爸对面，

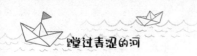

目不转睛地注视着，虎爸的每一个微表情都牵动着他的心。兔妈像是眼睛里进了灰尘，在沙发上不停地对虎爸眨眼睛。

虎爸的嘴角漾起浅浅的笑容，鸡仔的文章越来越精彩了，尤其是结尾"我打开书签夹着的那页，文章的题目是《寂寞天柱山》。我看到了寂寞，寂寞的书，寂寞的人"，很有意味。"爸爸笑了。"鸡仔跑到兔妈身边，贴着她的耳朵悄悄说。虎爸要求一向很高，看第一遍不发火就不错了，这回竟然笑了，鸡仔抑制不住内心的喜悦。"儿子真厉害！"兔妈竖起大拇指，"快去听听爸爸怎么说。"

"爸爸，写得怎么样啊？"鸡仔问。"文章总的来说不错，反映了人类正沦为手机寄生虫的状态，传统阅读正寂寞地淡出人们的视线。结尾的三个'寂寞'意味深长，我看题目就可以用'寂寞'，'有感而发——无题'有点儿搞怪，也没有什么特别的意义。"虎爸滔滔不绝，具有评判的绝对权威，"但是，开头太突兀，没有背景介绍，可以渲染一下寂寞的气氛。末尾还可以增加一段，补充写一段社会上大家都在看手机的情景，说明看手机现象的泛滥。你能想到这样的事例吗？""我们班有同学玩手机，公交车上有人玩手机，大街上也有人玩手机。"鸡仔脱口而出，这些都是他熟悉的。上次游学，小朱偷偷带了手机玩游戏，说他和几个同学还联网玩《王者荣耀》。鸡仔羡慕得口水都流下来了，可是虎爸坚决不同意他玩。鸡仔也知道自己的自制力差，于是淡了玩手机的念头。

"你说的这些都可以，但不集中，很难放在同一个时空中，表达的效果不够。再想想看呢？"虎爸说。"嗯，写什么呢？"鸡仔托着脑袋，眼睛骨碌骨碌转。"有了，可以写上次吃小馄饨时看到的情景。"鸡仔兴奋地说。"对，对，当时小店里等待吃的、正在吃的，所有客人都在看手机，老板和老板娘包馄饨、下馄饨时，眼睛都盯着手机。"兔妈连声附和。"嗯，这个可以。"虎爸笑着点点头。

"快吃晚饭吧，饭都要凉了，我们已经吃过了。"兔妈说。"好的。"虎爸这才感觉到饥饿。红烧排骨、青椒土豆丝、番茄蛋汤，又是鸡仔的最爱，不过也确实可口，今天真是一个开心的日子！"今天是个好日子，心想的事儿都能成。今天是个好日子，打开了家门，咱迎春风……"虎爸心里哼起了歌，原来这才是"摩羯"想要说的故事。鸡仔第一次主动写作文，真不容易，虎爸由衷地高兴。以前他因怕写作文而被处罚，经历了几次阵痛后，鸡仔终于蜕变了。

鸡仔已经窸窸窣窣动起笔来，时而凝视着墙角沉思，时而自言自语后浅笑，时而颔首奋笔疾书。欢快的笔尖在笔记本上吐出一行行红色的印记，如奔涌的热血，每一个笔画都跳跃着鸡仔的创作激情。

虎爸刚刚吃完晚饭，鸡仔已经完成了作文的修改。"爸爸，你再帮我看看，行不行？"鸡仔的大眼睛里流着一泓清泉。"好的，好的。"虎爸也急切地想看看鸡仔改得怎么样。他放下碗筷，来不及擦擦嘴，目光锁住笔记本。笔记本上充满激情的红色修改笔迹与原有深沉的黑色字体互相补充，完美融合。虎爸字斟句酌，反复比较与思考，平静的表情微微起了一丝波澜。

鸡仔悄悄地端走了虎爸的饭碗和菜盘子，又拿来白色抹布擦餐桌。擦过一遍后，塑料玻璃上留下斑块形水迹。他侧过身子，扭头看看桌面，又用抹布使劲擦擦，再看看，又擦擦，最后满意地点点头，拿着抹布回厨房。厨房里立刻传出"哗哗哗"的流水声与"叮叮当当"的碗碟碰撞声，鸡仔在洗碗，虽然动作不太娴熟，但洗得认真。"儿子，好样的，如果能一直保持这样，就更好了。"兔妈欢快地称赞道，自豪中还有一份贪婪。"这就是我的本色啊。"

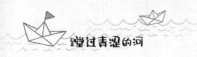

鸡仔走出厨房，对着兔妈龇牙咧嘴地笑。"这个本色好，我喜欢，好好保持，儿子。"虎爸打趣道。鸡仔笨拙的动作焕发出最美的光彩。

"爸爸，作文改得怎么样？"鸡仔收起笑容，小心地问。"怎么说呢？"虎爸的笑容瞬间消失了。在一旁的兔妈看着虎爸，双眼皮又不停地跳跃，她是希望虎爸多多鼓励儿子。看，这个孩子今天表现多好！嘿嘿，虎爸想笑，他怎会不知道兔妈的意思？需要她提醒吗？自己不过是在和儿子闹着玩呢。鸡仔有些局促不安，不停地用大拇指搓着食指，用充满期待的目光注视着虎爸。"我只能说——改得确实好！文笔流畅，表达准确，有一定的现实意义。"虎爸笑得满脸折出线条。兔妈跳了起来。"爸爸，能投稿吗？"鸡仔却显得有些冷静。"当然，一定帮你投稿。"虎爸说。

"儿子，我还想问问，你怎么想起来自己写一篇作文？"虎爸问。"就是心中有话要说。"鸡仔回答。"具体什么原因呢？"虎爸又问。鸡仔说："今天下午很无聊，帮兔妈买鸡爪、倒水时，看见她完全沉浸在手机里。后来还发现她带回来的两本书，她只看了一个开头，书的封面都已经落满灰尘了。又想到现在大家都在看手机，很少有人读书了，就写了下来。""嗯，不错！以后多写这样的生活感悟。继续加油！"虎爸和鸡仔默契地击掌。

"摩羯"走了，一夜和风。收走了斗篷，洗净了空气，留给天空一片蓝。那是怎样的蓝？虎爸感觉词穷了，淡蓝、蔚蓝、湛蓝？都不是。这是天独有的蓝吧，干净、纯粹，像一面透明的蓝镜子。你看，镜子里映着鸡仔无邪的笑脸、兔妈希冀的目光和虎爸遥远的梦。

"摩羯"突然来了，又匆匆走了。鸡仔演绎的本色呢？能否永远留住？

附：

寂寞

盛夏的午后，寂寞的太阳消散了上午的万丈热情，慵懒地躺在云层里打盹。

一张没有线条装扮的素纸孤零零地平躺在书桌上，形单影只，寂寞了我的心。我在书房里晃荡，百无聊赖。窗外，风中一片飞舞的银杏叶，在我心中激起涟漪。对，天气不热，出去转转也是好的。

"妈妈，我出去帮你买鸡爪，行不？"这是我最好的理由。"好的。"妈妈坐在客厅，专注地看着手机。手机倚靠着支架，稳稳地立在茶几上，妈妈看得神采飞扬，毫无倦怠之意。

下楼，一个人孤单地行走，连风也不与我做伴。买了鸡爪，我又寂寞地往回走。"妈，鸡爪买回来了。"我打开家门，一边换鞋一边说。"谢谢。"妈妈眼睛未离开手机屏幕一毫半分。我走到沙发边坐下，把鸡爪送给妈妈。妈妈迫不及待地接住，娴熟地撕开包装薄膜，捏起一个鸡爪开啃。她盘坐在地上，怀里塞着个抱枕，眼睛始终盯着手机，甚至都没瞥我一眼。

"儿子，帮我倒些水。"妈妈柔声呼唤。今天，妈妈已经叫我倒了多次水，她自己懒得挪动。我不太情愿地倒了满满一杯，端到妈妈面前。"就放这儿。"妈妈指着两本卧在茶几上的书。

那两本书是《文化苦旅》与《行者无疆》，封面质朴，是当代著名作家余秋雨的作品。看着它们寂寞的身影，我看到了妈妈刚刚捧回家时的激越。一回家，她就兴趣盎然地翻开《文化苦旅》，像书虫一样咬文嚼字。但没过几天，热情就化为乌有。书呢，已

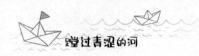

寂寞了一个多月，《文化苦旅》的封面已蒙上灰尘，只有书签还紧紧咬住，不肯松开。

我把水杯放在书上，可贵的精神食粮竟成了一种摆设，甚至被当作杯垫，而《行者无疆》还一页未动。妈妈端起水杯，浅浅地抿了一口，随手一放，水杯落在了茶几上。《文化苦旅》的封面上留下了一道疤痕，凹陷的一圈。我抚摸书的封面，想把印记抹平，除了沾上一手灰尘，无济于事。

"妈妈，这书你看完没有？"我明知故问。"没呢。"妈妈一边看手机，一边啃鸡爪。"你还看吗？"我追问。"看，已经看了一部分。"妈妈掩饰着。"你好久没看了。"我斩钉截铁的话，让妈妈投来诧异的目光。

天空阴沉沉的，大风不时地刮来，愁云依旧不散。我无奈地叹息，精彩的手机，寂寞的书。何止妈妈，整个社会都病了，"低头一族"成为绝大多数。书，几乎没有什么人能专心品味了。

前几天，我和爸爸妈妈出去吃小馄饨。那是一家简陋的餐厅，我们点好餐，在餐桌边等待。周围的人都低着头，不论是等待的还是正在吃的。而老板与老板娘亦是如此，包馄饨、下馄饨的时候，目光都没有离开手机屏。

我打开书签夹着的那页，文章的题目是《寂寞天柱山》。我看到了寂寞，寂寞的书，寂寞的人。

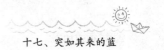

十七、突如其来的蓝

这些日子，天一直蓝，蓝得突如其来。于是，所有人的心里像是种下了一颗诗的种子，它在蓝的滋养下，长成了一首浪漫的诗。

虽已是八月末，清晨的阳光还是如盛夏一般灼热，天气异常闷热。上班路上，虎爸眯着小眼睛，后背很快被汗打湿。汽车不急不缓，跟着前车跑，没有一丝烦躁。鸡仔下午将参加"利郎杯"优秀作文交流活动，虽然他已有作品在省级刊物《莫愁》发表，但这样的活动，他还是首次参加。颁奖仪式上，文学大家葛老师还将授课点评，希望鸡仔在文学的道路上能如这天一般，一直蓝。想到这里，虎爸看了看车窗外的蓝天，不由自主地哼起小曲。

"儿子参加征文获奖了，下午有一个颁奖活动。其实也就是小奖，不去吧，又不太好。"一上班，虎爸就请了半天假，请假的理由说得低调，声音却响亮。他坐在办公室，仰望蓝天，似乎看到了鸡仔插上了翅膀，在自由翱翔。鸡仔是真的长大了吗？和这蓝天一样变蓝一样突然……想着想着，虎爸的心也蓝了。

昨天下午，主办方微信通知，今天下午两点报到，活动于三点正式开始，其间获奖者可以交流，主办方提供水果和糕点。可鸡仔十二点半至两点半要参加新概念英语学习，在时间上有些冲突。虎爸和兔妈商量对策，寻找最佳的解决方案。

兔妈脑筋转得快，想到了一个两全其美的办法："先去学习英语，提前一小时结束，再去参加作文交流也来得及。"虎爸托

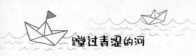

着下巴，小眼睛盯着墙角，仿佛是在沉思。其实，他早就想好了，下午早点儿去，可以和几位难得一见的文友品茶闲聊，但不能明说。其实平时他不太喜欢和文友闲聊，但这种情况下他是乐意的，毕竟鸡仔获了奖，在众多参赛者中脱颖而出。"难得有这样的活动，英语课就放弃一次吧，让儿子好好玩玩，也不在乎这一两个小时。"虎爸微笑着亮开嗓门。他想，自己的倡议一定能得到鸡仔的拥护，不用说有点心吃，就是玩的吸引力也足够大了，再说还不用去参加英语学习，他仿佛听到了鸡仔欢呼着高喊"老爸万岁"。

"爸爸，"鸡仔从房间跳了出来。"我要去上新概念英语课，不能缺课。"鸡仔嘟囔着。什么情况？虎爸不解，这完全不是鸡仔的一贯作风啊！"早点儿去，可有你喜欢吃的糕点哟。"虎爸一脸错愕。"无所谓，午饭多吃点儿就好了。"鸡仔一脸灿烂的阳光。"可两头儿赶的话，时间终究来不及啊。"虎爸再一次提醒。"来得及，每次培训最后一小时都是自己做习题。我可以做得快一点儿，提前半小时结束，绝对没有问题。两点钟出发，参加交流活动也来得及。"鸡仔清澈的双眸流动着天的蓝。"儿子真棒！给你点赞！"兔妈竖起了大拇指。虎爸张着的大嘴半天没有合上，复杂的味道在心中翻滚，既有自己无法品茶闲聊的失落，又有因鸡仔爱学习而生出的喜悦。

下午两点不到，虎爸的汽车就停在马路边的梧桐树荫下。虽说是树荫，却也热得够呛，虎爸不时地朝马路对面张望，期盼早一点儿看见那个熟悉的身影。"爸爸。"整两点，鸡仔提着蓝色布袋，从培训学校奔跑出来。红色的T恤在风中飘起，像一团燃烧的火焰，纤细的小腿裸露在黑色中裤外，崭新的黑色运动鞋轻松地托起消瘦的身躯，奔跑中的鸡仔轻盈得像一阵风。这身穿着是兔妈为鸡仔参加下午的活动特意挑选的，"运动风"符合鸡仔好动的特点。

"呜——"一阵轰鸣，汽车绝尘而去，留下了几片飞舞的梧桐枯叶。"爸爸，不着急，开慢一点儿。"鸡仔坐在后排大声提醒。"知道了，知道了。"虎爸收回了油门，汽车顿时安静乖巧了许多。"爸爸，你看，天上的云像是大海中的石头。"鸡仔欢快地喊。这是什么比喻，新鲜！虎爸向天空扫了一眼，小眼睛瞪得滴溜圆。还真是奇特的景观，纯粹的蓝幕上散落着几朵白云，白云的上部形状奇特，凹凸不平的轮廓，线条分明，像是从蓝中勾勒出来，而往下却渐渐模糊了，最后和蓝融为一体。白就像是从蓝中长出来的，如大海中隆起的白色珊瑚礁石。"真的很美！儿子仔细观察，记在脑海里，爸爸也没有看到过这样奇特的云。"虎爸提醒道。"知道的，好好开你的车吧。"鸡仔摇头晃脑地望着窗外。

终于到了，汽车穿过马路，驶进一扇由不规则的黄色石块垒起的小门，右拐后沿着一排花架前行至酒店大门。大门口有些冷清，除了一台挖土机在烈日下劳作，就不见人影了。虎爸推开两扇玻璃大门，大厅内坐满了孩子及其家长，所有人的目光都被手中的手机吸引。"吱嘎"，大门反弹的声音在大厅中回旋。

"请大家到负一楼的休息室，那边准备了水果、糕点和茶水。"虎爸和鸡仔刚坐到一个沙发上，一位穿藏青色工作服的工作人员招呼大家，她的肚子高高隆起，显然已经有了好几个月的身孕。大家陆续起身，三三两两走到负一楼，转过两个弯，一块绿茵茵的人工草坪上摆放着回字形会议桌，桌上覆盖着鹅黄色桌布，两边整齐地摆放着古铜色靠背椅，每一把椅子的背后都扎着一朵红色的绢花。会议桌的一侧有三棵人造树，两株绿色阔叶的，一部分伸展到了会议桌上方的墙顶，有粉色小叶的那棵树相对小一些，点缀着房间的一隅。会议桌的另一侧是古罗马风格的墙壁，三根

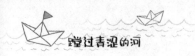

乳白色罗马柱中间的墙壁上有四行英文，是浮雕款式，竖条形方框上端雕刻着一些碎花，中间整齐地排列着几行英文字母。

穿过临时会议室，再登上一楼，便是休息室，这是一间有着狭长形落地窗的小屋。这里已是酒店的背面，窗外斜躺着一块不太宽阔的草地，再往前就是一条清澈的小河了。这条河时而宽，时而窄，在湿地公园的边缘蜿蜒前行，河水如周围的景致一般静谧。"爸爸，那是什么？"鸡仔指着远方的河面。虎爸眯起眼睛，似乎有一个黑点儿，黑点儿好像在移动。忽然，黑点儿踩着水面飞了起来，河面豁开一道口子，口子又很快愈合，荡开几圈波纹后恢复平静。"哦，那是野鸭。"虎爸说。

虎爸刚在窗前落座，会议便要开始了。鸡仔遇见了一个熟悉的小伙伴，便不再搭理虎爸了，兴高采烈地走进会议室。作为家长，虎爸只能坐在外围，远远地看着。外围也行，总比看不见强吧。会议一开始，家长们便忙着拍照，虎爸也凑了热闹。手机对准鸡仔时，红色的身影便不停晃动。虎爸十分着急，可又不能说话，等了半天，鸡仔竟把脑袋藏到了奖品后。这家伙，上了小学以后便不愿意照相了。

赞助商发言时，点到了好的作品。虎爸便竖起了耳朵。"《简约与激情》，写得不错，与我们的品牌有缘。作者来了没有？"赞助商看起来有六十多岁，个子不高，皮肤略黑，有些瘦，戴着黑色的棒球帽。鸡仔从座位上站了起来，平静地致意。虎爸挪了挪屁股，浅浅的微笑下却是澎湃的心潮。到了葛老师授课环节，虎爸端着椅子向会议桌靠了靠，这个学习的机会不能错过。佳作点评时，虎爸有些紧张，不知道鸡仔的作文在不在其中。五篇作文全部点评完了，没有鸡仔的。虎爸有些失落，他希望鸡仔的作文得到大师的肯定，更期盼得到指点，帮助鸡仔进一步提高写作水平。一些事情尽了力就好，有缺憾也是一种美，他这样宽慰自己。鸡仔没心没肺，一脸阳光，让虎爸感到温暖。他俩牵着手，提着奖品，一路欢笑地离开了酒店。奖品是一摞《诗经》等精装古典书籍，虎爸在回家的路上说，希望鸡仔有时间多看一看这些书，提高文学素养。鸡仔看着窗外，心不知飞到了哪里。

晚饭后，鸡仔拿出一张白纸，专心致志地写着什么。虎爸飘了过去，哇，字写得这么好！仔细一看，是写给小表弟绿巨人的信。小表弟小名叫小布丁，绿巨人是刚起的名字。他俩玩《复仇者联盟》中的塑料玩偶时，鸡仔喜欢蜘蛛侠，便自称蜘蛛侠，小表弟喜欢绿巨人，自然是绿巨人了。

"什么内容？字写得这么好！"虎爸的语气里满是惊讶。"不准偷看。"鸡仔立刻用纤细的手掌加上骨感十足的手臂遮挡。"哟，还保密呢，我看见了，是写给小布丁的，什么内容啊？"虎爸继续问。"小布丁要上一年级了，作为有经验的哥哥，我要给他一些建议，帮助他尽快适应小学生活。等写完了，再给你看，妈妈明天早上上班带给阿姨。"鸡仔正色道。"不错，是个有心人。不打扰你了，好好写吧。"虎爸乐呵呵地走开了。

"大功告成！"一篇散文还没有看完，虎爸便听见了鸡仔兴奋的声音。"爸爸，你看怎么样？"鸡仔拿着作品走到虎爸身边，那些黑色的字体整齐地排列着，像是等待检阅的军队。"乖乖，真的不错嘛！儿子厉害了。"兔妈凑了过来，刚看一眼便啧啧称赞，"这字写得漂亮！""好，好，好。"虎爸端详了一番，也连连称好。"有情有义有经验。小超人画得也十分传神，明天早上带去学校。"兔妈接过鸡仔的作品，小心地收好。

"不行不行，还是先在微信上发一下。"虎爸按捺不住。"微信上看得不真切，这么美的作品，还是应该当面看。"兔妈表示反对。

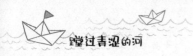

争执之下，决定权交到了鸡仔手中。鸡仔清澈的大眼睛闪了闪，说：
"今晚发微信，先让布丁学习一下，明天早上妈妈再带去学校。"
鸡仔先选了一个灯光照射的无影区，把作品铺平整，再打开虎爸
的手机，横聚焦，竖聚焦。"咔嚓！""嗖！"微信发出去了。
鸡仔哼着《植物大战僵尸》的旋律，去洗澡了。

　　"叮咚"，手机屏幕亮了，虎爸一看，微信有了回复。打开微信，
是一段一分十二秒的语音。虎爸指尖轻触，手机里传出稚嫩的童音：
"亲爱的表哥，你要、你要健健康康……"是小布丁的天籁之音，
他在给鸡仔回信呢！天真的内容，认真的表达，让虎爸觉得十分
有趣。"让我听听。"兔妈又过来凑热闹。卫生间却十分安静，
虎爸觉得奇怪。若是以往，听见表弟发来语音，鸡仔一定大呼小叫，
难道他没有听见？

　　"爸爸，我想写一篇作文。"鸡仔洗完澡走出卫生间，冒出
这样一句话。"可以啊，是写今天的交流活动吗？"虎爸笑得小
眼睛都成一条缝了。"不是，是写小布丁，我准备明天早上写。"
鸡仔平静地说。怎么突然想起写小布丁？虎爸有点儿疑惑。"好的，
去睡觉吧。"他看了看手机，已经九点了。

　　鸡仔刚走进房间，便折了回来。"爸爸，我想现在就写，可
以吗？"鸡仔轻声问。虎爸和兔妈不由自主地对望，异口同声地说：
"当然可以。"看着鸡仔忙碌的身影，虎爸心想，儿子今天怎么了？
为何迫不及待地要写一篇作文？是什么触动了他的心灵？难道和
这天一样，突然就蓝了？蓝得令人猝不及防！应该是自己的教育
成功了，耐心终于等得花开。"别哼歌，儿子写作文呢！"兔妈
小声责怪道。哼歌了吗？虎爸赶紧捂住嘴。

　　鸡仔拿出黑色笔记本，时光在笔尖流淌，又凝结成一个又一
个字。一行，两行……一页，两页，三页，笔尖才停止舞蹈。

这是虎爸看到的鸡仔用最漂亮的字写成的作文，篇幅也突破了两页的魔咒，字里行间流露着真情。“这篇作文不错，有人，有事，有情。”虎爸的小眼睛放出了光芒。

“爸爸，我写的都是真实的，刚才听到小布丁的声音，我激动得流泪了。当时，心中一个声音告诉我，把情感写下来。”鸡仔说出了心里话。“说得好，做得对。写作就是这样，要善于抓住自己情感的波动，灵感就在一闪念之间。”虎爸赞许地点点头。

窗外，夜色已深。浩瀚的苍穹，只有一颗星在闪烁。星光微弱，却点亮了蓝色的天幕。

附：

表弟心语

表弟的出生是我的幸运，我的快乐多了一个源泉。

表弟生得威武，性子里有一种不爱被束缚的“猴性”，与我颇为相似，我俩便成了形影不离的好友。若是一日未见，我俩都会油然而生“断肠人在天涯”的郁闷哀愁。

表弟有着他这个年纪不应有的勇敢。一次，我失足将球踢到坑里，那儿鼠栖虫居，高高的杂草已将球淹没。表弟笑了几声，推了推我，示意让我去捡。我虽然天不怕地不怕，但那软绵绵蠕动的虫儿总让我惊悚。没准儿到时候，哪个恶虫就叮上我香喷喷的肉，让我起上好一阵鸡皮疙瘩呢！我说：“不了吧！”企图用一句话掩盖内心的恐惧。表弟像只机灵的小猴一样溜进草丛，不一会儿，他嬉笑着抱着脏兮兮的球回来了。我从心里佩服他，表弟以前最怕虫子，见到蜘蛛在门廊柱上织网，吓得连大气也不敢出。随着和表弟的不断接触，我也耳濡目染，改了一些坏习惯，他像

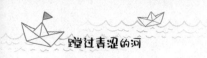

吸尘器一样，吸走我永远掸不掉的灰尘。我真是个幸运的表哥，有这个天使般的表弟。

不过，表弟有时也会让我无比窘迫。一天晚上，我和他共进晚餐，婆婆不停地往我和表弟碗里夹肉，表弟狼吞虎咽，我却"大家闺秀"般小口小口品尝，然后将"半废品"——剩一半的翅骨丢在桌子上，而表弟却啃得干干净净。"你看看，都上初二了，还没有小巴西会吃！"婆婆立马发动了语言机枪，每发子弹都令我难受无比。我窘得无地自容，表弟这时候也发难了："表哥，你都没我吃得好！"……结果当然不用说。

表弟的存在，让我有苦有乐，令我的生活多了一份精彩。今天，我坐在语言的星空下，想摘下最灿烂的星星，来为即将上小学的表弟送去祝福。

我要用最漂亮的字，最真诚的话语，来写下对表弟的殷切期盼。我慢慢地编织文字，在白纸上尽情表达。最后，我画了个迷你小超人，仿佛已经看到表弟如同这个超人一般，在学习的舞台上自由飞翔。

我十分郑重地将这封"祝福书"放在无影区，用最准的聚焦，将每个字拍得十分清晰，发给表弟，希望这每个字都成为点亮表弟学习道路的星光。

写完后，我去洗澡。此时，老爸的微信上竟然收到表弟的来信，那是表弟的语音："亲爱的表哥，你要、你要健健康康的……"我的心陡然一颤，跳舞的水花控制不住地落了下来，只留下偶尔的"滴答滴答"。我的心弦一次次被触动，一头钻进水里，屏住呼吸，闭着眼睛，四周的水了然无声，仿佛与我一起聆听着这天籁之音。

"你要观察大自然，像青蛙什么的。你要健康，像我一样。

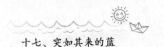

我长大以后要和你一起吃饭、聊天。亲爱的表哥……"表弟稚嫩的话语刺激了我的泪腺，我强忍着，在水中，回忆往事……我不敢睁眼，生怕一睁眼，水中就会映出表弟最纯的笑脸。

终于，我浮出水面，挂在眼角的晶莹水珠，不知来自我的眼眶还是浴缸。表弟天真的语音像一首动听的歌儿，流向了我的心田，开出了一朵温煦的小花。

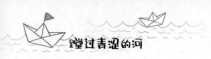

十八、良好的开端

　　"丑八怪，能否别把灯打开……"窸窸窣窣的声音里，夹杂着熟悉的歌声。鸡仔已经起床了？手机闹钟还没有响啊！虎爸感觉全身像被什么东西捆住了，他伸伸手脚，使劲挣脱那无形的束缚，翻身，弯腰，右手臂自然垂到地板上，从地板上摸索着拿起手机。

　　据说手机辐射可能会影响大脑，虎爸就不敢把手机放在枕头下了。放在哪里最合适呢？虎爸分别在床头柜和地板上做了实验。他躺在床上，手机在床头柜上，拿起来麻烦，伸直手臂也够不到，且离头部近。放在地板上，离头部稍微远一些，且只要翻个身，手臂自然垂下，便可拿到手机。于是，手机被放在了地板上。"有必要吗？这个世界哪里没有辐射？手机放在拖鞋旁边，呵呵。"兔妈笑虎爸是胆小鬼。"小心点儿好。"虎爸嘴上不反驳，可心里想，万一有影响呢？这怎么是胆小呢？上有老，下有小，中年男人不如猪啊！

　　虎爸努力把小眼睛拨开一条缝，迷迷糊糊地打开手机。"九月三日，清晨五点五十。"还有二十分钟才到起床时间，鸡仔怎么这就起床了？想要爬起来，真的很难，睡到自然醒的暑假说没就没了。今天是鸡仔开学的日子，从此又得每天六点起床了，还得慢慢适应。虎爸很不情愿地把眼睛的那条缝掀开，无奈地下床，摇摇晃晃地走出房间。

　　鸡仔正在刷牙，白色泡沫从哼着歌的嘴里往外溢。鸡仔真的起床了！奇怪了，小家伙今天怎么起这么早，还毫无倦意。若是以往，不被催十几遍，他是起不来的，即使起来了，也是"瘟鸡"一只，或者是别人欠他钱没有还似的。想到这里，虎爸完全清醒了。"儿子，这么早！"虎爸伸了个懒腰，让浑身的筋骨都松动松动。"哪里早啊，不是开学了吗！"鸡仔吐出白色泡沫，两颗发黄的大门牙特别醒目。兔妈反复提醒，大门牙要多刷刷，可就是不见效果。

早餐是老三样：白粥和煮鸡蛋，外加面包。今天的面包是手撕面包，圆圆的老大一坨，表面金黄油亮。兔妈说很贵，她和鸡仔都爱吃，可虎爸看了没什么胃口，不知道是嫌油腻，还是因为小时候放过牛的缘故。鸡仔吃得很开心，大片大片撕，小口小口品，嘴角慢慢沁出油来。吃完早餐，时间已经有些紧张。"爸爸，快点儿，快点儿！"鸡仔麻利地背起书包，书包里挤满了刚刚贴上塑封的新书，那是虎爸昨天一个下午的劳动成果。"儿子，新的学期，新的一天，加油！"兔妈带着灿烂的笑脸送鸡仔出门。

窗外，天空突然变了性情，收起了动人的蓝，灰蒙蒙的一片混沌。太阳失去了踪影，闷热、潮湿压得人喘不过气来。上学路上，鸡仔依旧打开收音机，一段英文摇滚立刻在耳畔炸开。虎爸既听不清内容，也听不出感觉，从后视镜里看到鸡仔一副陶醉的样子。虽然他听得有些烦躁，但儿子喜欢就行，他宽慰自己，但心情还是难以平静。施工队的工作效率也太低了，都两个月了，学校南门前的路还没有完全改造好，大部分车都要分流到北门。就北门那条小巷，会堵成什么样呢？虎爸的思绪刚刚飞到这儿，还没有进入学校路段，前方汽车已经排起了长龙，一辆黄色的两厢轿车如泥鳅一般钻来钻去。这素质！虎爸鄙视地摇摇头。

车缓慢地爬行，有音乐相伴，鸡仔并不着急。看到前车不时地被加塞儿，虎爸心生怒火，这水平，你倒是跟紧啊！走走停停，

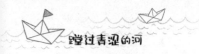

汽车好不容易挤到了校门口，虎爸浑身黏糊糊的，很难受。"儿子，下车小心。上课要认真听讲，认真记笔记。"虎爸不忘唠叨，虽然知道说与不说没有区别，但每次还是忍不住要说。"知道了，再见！"鸡仔下了车，还是和从前一样，径直走向校门，书包挡住了身体的绝大部分。

过了学校门口，路就敞亮了。虎爸一脚油门，疾驰而去。转弯过了一个信号灯，车子很快停在湿地公园博物馆前。青瓦白墙的博物馆建筑群安静地卧在河边，不新不旧，路边的银杏树一如既往地绿意浓浓，打羽毛球的、散步的、玩空竹的，三三两两，随处可见。两个月不来了，还是熟悉的画面。"曹老、赵总，早上好！"虎爸下车，向正在晨练的好友打招呼。"哎哟喂，好久不见，今天终于来啦。"曹老个子不高，声音却很洪亮。"是呀，是呀，不是儿子开学了吗，今天第一天。"虎爸笑着搭话。"过来打一场。"赵总挥舞着羽毛球拍。"好的！"虎爸从后备厢翻出已经沉寂了两个月的羽毛球拍，也该让它见见阳光了。虎爸跑过去，架势还没有摆好，突然下起雨来，豆大的雨点砸在博物馆房顶的琉璃瓦上，噼里啪啦地响。下雨了！这是一道无声的命令，晨练的人甚至来不及相互打招呼，赶紧用手遮住脑袋，嘻嘻哈哈地散开了。他们钻进了自己的车，一辆接着一辆驶离这里。雨点开始只是稀稀疏疏的，一会儿就密集起来，热闹的公园只留下它们欢跃的身影。

雨越下越大，虎爸到了办公室，窗外已树起雨墙，隔着一条马路的建筑物都看不真切。幸亏赶得及时，不然路上太难走了。听着窗外"哗哗"的雨声，虎爸的心反而静了。他泡上一杯绿茶，坐在窗前，看着大雨发呆。他喜欢一个人盯着某一处发呆，静滞的目光下，是汹涌的思绪。他曾说过，寂寞是一种巨大的力量，在一个人的世界里，思维最为活跃。凭借一个人的寂寞，他产生了许多创作的灵感，有些故事连他自己都不知道是从哪里冒出来的。可今天思绪的天空里都是鸡仔的影子，尤其是鸡仔刚上幼儿园时，坐在小板凳上，局促不安的神情。

鸡仔刚上幼儿园时，与同龄孩子相比，显得特别小，有婴儿肥，肌肤又白又嫩，大眼睛清澈如水。虎爸每天都干同一件"坏事"——送鸡仔上学。看着鸡仔满眼的泪花和无助的目光，一股怜爱之情从虎爸心底升起，向全身蔓延。他只能无奈地掰开鸡仔拽得紧紧的小手，笑容满面地说一句："宝宝再见！"他目送着鸡仔的背影走进校门，拐弯消失。有时他迟迟不肯离去，一个人跑到围墙边上伸着脖子看。鸡仔的教室就在围墙边上，隔着一块不大的塑胶活动场地。运气好的时候，就可以看见鸡仔的小半张脸。

那时，兔妈问虎爸："宝宝太小了，要不要留一级？"虎爸沉思了很久，说："再看看吧，学习跟得上的话，就不留。如果实在不行，再说。"这一"再说"，就是七个学年。令人欣慰的是，鸡仔很聪明，不仅跟得上，而且跑在了前面。虎爸永远记得小学六年级上学期期末考试时，鸡仔自信地对他说的那句"爸爸，我会让你骄傲的"。事实证明，那次鸡仔考出了极好的成绩，三门学科中语文、数学年级第一，英语成绩也排在前列。

一杯茶后，茶香还在萦绕，雨突然没了踪影，好像就从来没有来过，太阳也放出了炽热的光。看着这说变就变的天气，虎爸心里忽然有些忐忑。昨天晚上，他做了一个梦，一个美梦。八年级开学了，鸡仔的行为习惯完全变好了，学习成绩再次进入班级前五名。可人们都说梦都是反的，鸡仔在学习上会反复吗？开学第一天，这天气就如此诡异，上学途中那么堵。唉，虎爸擦了擦额头上的汗，多么希望再次听鸡仔说一句"爸爸，我会让你骄傲的"。

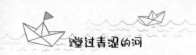

蹚过青涩的河

　　下班回家后，兔妈正忙着做晚饭，虎爸没有如以往那样，过去献殷勤，而是一言不发地靠在沙发上，张开双臂，扭一扭脖子，让紧张的肩颈舒缓一下。"咔嗒"，鸡仔红扑扑的笑脸出现在门后。"爸爸、妈妈。"甜甜的声音先飞进了家。"哎！儿子回来啦！"兔妈高兴地走出厨房。"嗯。"虎爸立刻从沙发上弹了起来，从鸡仔肩上接过沉重的书包，鸡仔背上贴着书包的地方已经湿透，画出两个椭圆。"开学第一天，感觉怎么样？"虎爸问得小心。"很平常，没有什么波澜。"鸡仔轻松地回答。"不过，有一件事，我克制住了。"鸡仔想了一下说。"什么事？"虎爸的目光中充满期待。"小袁今天非要把数学参考答案给我抄，正巧有一道题不会，我本来想看看，后来还是没要，自己反复思考，终于做出来了。"鸡仔的大眼睛散发着自信的神采。"做得对，儿子！"虎爸和兔妈来了一记响亮的击掌。"好样的，儿子。幸亏你没有抄，小袁可能是考验你的，你若是抄了，也许他就会瞧不起你。再说了，会就是会，不会就是不会，抄只是自欺欺人。学习一定要踏实，假装会的人永远都学不会。"虎爸的话意味深长。

　　"妈妈，今天生物课上好多人偷写家庭作业，连小朱都写了。我没写，我要把生物成绩赶上来。我想，我做作业的速度快，中午能赶上他们。"鸡仔说得很认真，虎爸从他的目光里看到了熟悉的感觉。"还有小艺，一直想抄我的作业，我坚持没有给她。"鸡仔说。"好孩子，不错不错！"兔妈连连称赞。"生物课上老师讲的内容，你觉得有趣吗？"虎爸问。"还行吧。"鸡仔说，"可是有很多人随便说话，课堂很乱，老师发火了，下节课起让我们抄书，真倒霉。"

　　"唉！不说了。爸爸，先检查一下课堂笔记。"鸡仔对照课程表逐一打开英语、数学、语文和生物的课堂笔记。端正的字迹

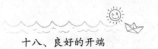

像是列队等待检阅的士兵，在鸡仔的指挥下，向虎爸行注目礼。虎爸心花怒放，小眼睛放出光彩。"很好，但兵力还可以多一点儿。"虎爸找到了将军的感觉。"什么兵力？"鸡仔好奇地瞪大眼睛、"咳，咳，哦，是笔记的内容还可以再多一点儿。"虎爸笑着说。"嗯。"鸡仔点点头。

"哇！儿子今天表现出色，继续加油啊！"兔妈美丽的大眼睛笑成了月牙。"嘿嘿，就是不知道我能不能坚持。"鸡仔腼腆地笑了。"能！一定能！爸爸妈妈相信你，也会帮助你的。人生贵在坚持，成在坚持。现在努力了，多年后你会发现一个不一样的自己。"虎爸向儿子投来鼓励的目光。"嗯。"鸡仔笑成了清晨的第一缕阳光。

"儿子，晚饭还没有好，先做一会儿作业吧。"兔妈边炒菜边说。"嗯。"鸡仔开始忙碌起来。一摞书整齐地放在桌上，不再是自由散漫地铺满桌。灯光淘气地触碰鸡仔专注的脸，还去抚摸作业本上俊秀的黑色字体，又跳起来点亮了鸡仔的眼睛。虎爸站在一边，笑而不语。"别傻看，过来帮忙。"兔妈嗔怪道。"好的！"虎爸明白，其实并没有什么下手要打，只是兔妈不想让他打扰鸡仔。

对照家校联系本，虎爸认真地检查每一项作业。作业整洁，字迹端正，正确率百分之百，虎爸的心里乐开了花。他沉思片刻，提笔准备在家校联系本上写一点儿鼓励的话，可刚刚写出一个点儿，就被打断了。"良好的开端是成功的一半。"鸡仔和兔妈脱口而出。什么情况？都成精了！"你们怎么知道我一定写这个？"虎爸的眼中满是疑惑。"这就叫心有灵犀啊！"兔妈的脸上漾起春风。"爸爸，不能写啊，开学才一天，怎么能说是开端？老师看见了，会笑话的。"鸡仔有些不安地提醒。

"第一天就是开端啊！"虎爸和兔妈齐声说。"开学第一天

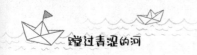

表现出色，但要继续保持，相信你会有一个比较持久、稳定的良好开端。"这一次，虎爸的唠叨里温情满满。鸡仔微笑着点点头，灯光下，斜长的影子随之跳动。

"良好的开端是成功的一半。鸡仔，加油——虎爸2018年9月3日"，家校联系本上流淌出了虎爸洒脱的字体。

鸡仔——

"每人准备一个这样的语文抄写本，从下节课起抄书。"一向平易近人的生物老师高举起附近一位同学桌上的练习本，冒出这么一句话。我们的窃窃私语声惹怒了她，即使作为一名"副科"老师，她也应受到尊敬啊！

讲台下一阵骚动，我是其中一位。生物老师太狠心了吧，这抄书不得抄死人啊，我在心里默默埋怨，同时将她的淑女形象贬低至极限。老师依旧面无表情地上课，让我们，其实是"逼"我们咀嚼那些无味的知识。这真是一堂令人无奈又痛苦的课，以后就要生不如死了。唉！

不情愿的"下节课"还是来了，生物老师走进了冷清的课堂。"把本子拿出来吧，画小节。"我们极不情愿地打开了生物书，以前觉得工整规范的字体，如今便是一道阴冷的墙，阻挡了通往自由的道路；它又像是一个黑色的滤镜，将生物老师滤成了我们心中的"恶魔"。"第××页，第×自然段，包括下一小节的加粗黑字体，画上！下一页……"我狠狠地翻过一页，故意将"哗哗"声弄得很大，以示不满。

终于画好了书上的重点，接下来便是抄写了。正好，可以练练销声匿迹的怀素狂草了，不能正面给生物老师打击，那我就用字来让老师头晕目眩吧。于是，我翻开薄薄的本子，报复性地撩起字来。笔珠就不曾离开过纸面，这写起来多爽！同桌是以"卑微木柴式"一笔一画写的。而我的速度已是他的几倍，大约抄了二十分钟吧，我就大功告成了。生物抄写本上的字几乎没有一个能让人看懂，横竖七扭八歪，撇捺毫无章法，钩提直插云天。这些字就像丑八怪一样，张牙舞爪。同桌看着我的抄写本，不禁笑出声来，大眼睛成了一轮下弦月。孙大胖炫耀地举起他的本子，连他的字也比我的好。他看到远处有一团"糨糊"，像个绿巨人似的，龇牙咧嘴地笑了。此时，我应该是班上最差的学生了吧，我成功、流畅地告别了自尊！

事后，我才发现这样是极易惹出大麻烦的，应该会重写。男子汉敢作敢当，大不了再写一遍呗。我想，都是老师您逼的，仿佛我是个拯救世界的悲剧式英雄。

又一节生物课到了，课代表捧着一摞本子进来，我的心随即悬了起来，应该没事吧，不会要重写吧？班上字差的人多的是，总不能只叫我一个人重写！我盯着那堆粉红的本子，仿佛那些本子是一个夹子，夹住了咽喉，夹住了心，夹住了呼吸。本子飞到了我面前，正好打在我脸上。"不能再准点儿吗？"我骂了一句，所有的积郁都发泄到了扔本子的人身上。一打开，不堪入目的字体映入眼帘，我赶紧翻过这一页，接下来的红字令我吃了一惊："期待你一次比一次好！"老师并没有批评我，而是留下了如春风拂面般温暖的话语。瞬间，我感觉老师对每个人，尤其是我，充满了期望，期望我们能在她亲切的鼓励中进步。我是绝不能令她失望的，得找回作为一个学生的自尊和体面。虽然这堂课老师还是老套路，埋怨声依旧不绝于耳，但是对我而言亲切多了。这次作业，我要争取写好每个字，让它们成为严谨的士兵，好让它们被老师检阅时，能做出规范的"敬礼"。老师红色的评语成了一束信任

的目光，激励着我前进，它们写在本子上，也刻在我心中。

　　第三节生物课，我照样得到了老师的评语，这次她似乎写得比其他时候都兴奋轻松，笔底流露着愉悦和欣慰："你做到了！再接再厉，你是很棒的！加油！"

　　我对生物老师完全改变了看法，之前的沟壑被满满的理解填平了！老师真是超凡脱俗了，不以暴力解决，而是以积极向上的态度鼓励。生物老师幻化成天使，她散发的每束光，都照进我的心中，那朵沉睡的莲花绽开了。

　　我并不清楚这是最后一次抄书，只知道我用了最大的力量，将字写美观，比上一次更好。笔珠在纸上跳着灵动的舞蹈，一种信念留在心间：不负老师的希望，做到最好！横平竖直，撇捺利落，点得浑厚，提得豪迈。

　　我满怀憧憬地交上了作业本，仿佛看到生物老师脸上漾起了笑容……

十九、蹩脚朗读者

时光的步履悄悄走进九月，打开一扇清凉的窗。凉风掠过，窗外的世界渐渐绚丽起来，植被不再是单调的绿，赤橙黄绿紫，装点了这个秋，让它生动起来。

刚刚入夜，皎洁的月光乘着轻柔的晚风，将一抹清辉洒在落地窗前。听，隐约有一阵窃窃的蝉鸣萦绕在淡淡的银光里，又不太真切，如一缕浮动的游丝，若有若无。不知是哪一隅的秋蝉被这如水的月光撩动，也用这浅吟低唱来拨动这静谧的夜色。

"秋天真的来了，好一个宁静舒爽的夜！"兔妈站在落地窗前赞叹。她静静地欣赏着月色，睫毛的疏影斜落在清亮的眼眸上，拉起一道朦胧的栅栏。路过窗前的夜风情不自禁地钻进阳台，调皮地轻抚兔妈的白色睡裙。于是，月光与睡裙齐舞，交相辉映，婀娜的身姿泛着淡淡的银色光泽。"爸爸，快看，妈妈成仙女了！"鸡仔惊奇地嚷道。"哦，真美！月光送来的？不过，头发太短，像鸡的尾巴，没有凤尾的飘逸。人生古难全，美景有缺憾。"虎爸笑着说。"哟，爸爸都吟上诗了吗，厉害了！"鸡仔竖起大拇指。"短发怎么了？啰唆，好好读你的文章吧。"兔妈狠狠地瞪了虎爸一眼，这个古板的家伙，眼里只有长发飘逸的美，没品位。

"来来来，儿子，喝茶。"虎爸给鸡仔倒了一小杯茶，向鸡仔眨眨眼，赶紧扯开话题。玩笑归玩笑，如此美好的情景，应该好好享受，不能打破愉悦的气氛。"啊，真香！"鸡仔很配合，

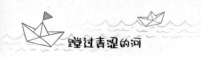

端起小口杯，浅浅地抿了一口，淡淡的绿茶香在唇齿间缭绕。"好茶。"虎爸也情不自禁地呷了一口，然后一饮而尽。

"儿子，知道今天是什么气节吗？"虎爸神秘地问。"气节？视死如归？宁死不屈？还气节呢，笑死我了！"兔妈笑得前仰后合。"爸爸，是节气吧？"鸡仔也跟着笑起来。"不好意思，说反了，说反了。"虎爸连忙打哈哈。"二十四节气，我读过，就是不知道是哪一个。"鸡仔抓抓脑袋，短发跟着翘了起来。"背背看呢。"虎爸投来鼓励的目光。"立春、雨水、惊蛰、春分、清明、谷雨、立夏、小满、芒种、夏至、小暑、大暑、立秋、处暑、白露、秋分、寒露、霜降、立冬、小雪、大雪、冬至、小寒、大寒。"鸡仔炒豆子似的一气报完。"白露，白露！今天是白露节气。"兔妈在心里嘀咕了片刻后说。"对，是白露！鸡仔厉害了，二十四个全记得。兔妈更牛，一语中的。"虎爸连连赞叹。"那还用说！"兔妈和鸡仔异口同声。

虎爸说："今天是二十四节气中的'白露'，清晨的露水日益加厚，在草叶上凝结成一层白白的水滴，故称'白露'。《诗经》有云，蒹葭……""蒹葭苍苍，白露为霜。所谓伊人，在水一方。"鸡仔和兔妈异口同声。正到兴起时，话被硬生生地掐断，不是话，是诗，虎爸最想朗诵的诗！他的喉咙被堵住了，心里憋得慌。这也太蛮横了，一定得好好地刁难他们。

"乖乖，都不得了了，显示书读得多？可知道意思吗？"虎爸翻了翻小眼睛，表现出不屑。"嘿嘿。"鸡仔不自觉地蜷缩起身体，眼睛看着兔妈。"芦苇长得茂密，露水结成霜。一个漂亮的女人，站在水的一边。"兔妈针锋相对，一副不可侵犯的高傲姿态。"是所爱的人，好吧？还漂亮女人，哪有那么多仙女！"找到一处小毛病，虎爸有些得意。"咯咯咯"，鸡仔没心没肺地笑得仰在椅背上，真是一场有趣的战斗。

虎爸畅饮一盏茶，清香凝成一条线，迅速温润了胃与肺，心情慢慢地舒畅。虎爸接着说："停，停。言归正传，白露是一个转折，伴着这个富有诗意的节气，天气将逐渐转凉，许多植物都将在瑟瑟秋风中盛极而衰，由荣而枯。还有白露勿露，露了冻泻肚。""什么意思啊？绕口令一样。"鸡仔忽闪着大眼睛，又笑起来。"正经点儿，就是说天气凉了，要注意保暖了，你晚上不能再吹电风扇了，睡觉要盖住肚子。"虎爸扬了扬眉。"啊，那怎么行？不开电风扇，我睡不着。"鸡仔双手按住桌面，有些着急地皱着眉。"爸爸说得对，切不可贪凉，感冒了可不得了。"兔妈柔声说。虎爸心情更加舒畅了，战斗归战斗，关键时候兔妈是靠得住的，尤其在教育鸡仔的问题上，他们的统一战线一向牢不可破。"唉！这可怎么办？"鸡仔耷拉了脑袋。

"怎么办？反正不可'凉拌'！抬起头，最精彩的朗读开始了，今天选了两篇描写秋天的散文。"虎爸的小眼睛炯炯有神，每到朗读时间，他就特别精神。"首先请听《秋日私语》，作者刘妍，朗读者虎爸。秋天如期而至，这是一个让人觉得深邃的季节。秋风渐渐凝重……"普通话算不上标准，但语调抑扬顿挫，情感伴着文字起伏，虎爸已入忘我之境。

鸡仔心想：唉，又是朗读。这朗读者，那普通话真是，我都不好意思说了。真弄不懂，爸爸怎么回事，听完手机上的朗读，又迷恋上了自己朗读，只顾自我陶醉，就从不想想听众的感受，真是要命。我还是去休闲一下吧。想到这里，鸡仔悄悄离开餐桌，蹑手蹑脚地溜到沙发上，躺了下来。软软的，真舒服！鸡仔心里哼起了小曲。兔妈放下书，那是余秋雨的《行者无疆》。自从鸡仔上次写了《寂寞》以后，她减少了看手机的时间，《文化苦旅》

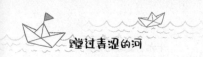

已经读完了,《行者无疆》也看了近五分之一。她轻轻拍拍鸡仔的肩,朝他努努嘴。鸡仔把头一扭,毫不在意地晃起腿来。

"它沉潜了夏日的喧嚣和浮华,博大而沉稳,让人释放心怀,安静地想去触摸自己的灵魂。看,写得多美!"虎爸抬起头,发现鸡仔已不在对面的座位上。他环视了一圈,发现鸡仔正躺在沙发上闭目养神呢,两条细腿交叉着高高地翘起。"喂,怎么回事,跑到沙发上去了?"虎爸板着脸,有些生气,这也太不把朗读者当回事了。"不是一样听吗,这样舒服。"鸡仔晃了晃腿,眼睛掀开一条缝。"不行,必须坐过来,这么美的文章,得好好听。"虎爸提高了音量。"快去,快去。"兔妈催促。警报响起了,鸡仔只能懒洋洋地爬起来,蔫头耷脑地踱回了座位。

虎爸稍稍调整了一下情绪,继续朗读:"一季绿叶走向了生命的终点,缓缓地飘落,优雅地带着诗意的凋零。不曾见到悲怆的眼泪和幽幽的叹息。这岂是终结?更像是新生的起步。我相信所有的生命轮回,无始无终,无论在时空的哪一个节点,都释放着生命的热情。"虎爸读得热血沸腾,正想点评这段的精彩之处,就见鸡仔正低着头,抬着左手,右手捏着左手上挂着的胡桃核雕刻的小篮子饰品,目光调皮地从篮子孔穿过,不知道是在欣赏怎样的奇妙。

要说这胡桃核小篮子,鸡仔已经戴了快十年,在鸡仔皮肤的滋养下,它的颜色已经变成暗红,表面裹着一层包浆,静静沉淀着岁月的光泽。胡桃核小篮子是鸡仔小时候虎爸亲自雕刻的,虽然不是太精致,但鸡仔一直戴着,年前才换了一条新的红丝线。虎爸希望这颗小小的胡桃核能给鸡仔带来平安、健康和幸运。

戴了十年,还没有看够?"咚咚咚",虎爸敲了敲桌子。鸡仔一惊,仿佛突然从梦中醒来,赶紧收回目光,挺直腰杆,双手平放在桌面上，但眼神仍在游离。虎爸感到腹中一股热在快速上窜，直奔头顶，那是心中燃起的怒火。冷静，冷静，要克制住情绪，一个声音响起。扮演朗读者，不就是为了他吗？若是此时发火，效果只能适得其反，令他更加拒绝阅读。

为了陪伴鸡仔阅读，虎爸想了很多办法。看不下去就听吧，他在手机上下载了软件，和鸡仔一起听主播朗读。鸡仔从最初的不接受，到渐入佳境，可维持了一段时间后，他又厌倦了听手机上的朗读。虎爸也反思了，软件中主播朗读的文章大多是纯美散文，生涩难懂，听起来比较吃力。于是，他将阅读时发现的比较适合鸡仔阅读的文章打印或保存，自己扮演朗读者的角色，读给鸡仔听，朗读的过程中还对文章进行评析。刚开始效果不错，鸡仔听得专注，还不时地纠正一下朗读中错误的发音。时间长了，虎爸的朗读水平有了明显提升，鸡仔却又不专心了。

"儿子，又耐不住性子了？好的习惯一定要坚持。看，妈妈不是也在看书吗？你交给的任务快要完成喽。"兔妈温柔的声音乘着风从沙发上飘来，"嗯，虎爸的朗读水平也见长了，刚刚那一段朗读得很有感情。"

一阵清凉的风拂过，虎爸的怒火熄灭了。他猛喝一口茶，也许茶放久了些，竟有些苦涩。"作者写秋天别具一格，既不写丰收的喜悦，也不写植物枯萎的惆怅，而是如写春天般，写对生命的憧憬。这个写法，很有新意，值得借鉴。"鸡仔点点头，虽然没有完全听懂，但必须认真听了，兔妈也在看书了，再说强大的虎爸发起威来。可不是羸弱的鸡仔所能承受的。

"第二篇是老舍《四世同堂》的节选《北平的秋天，白露》。中秋前后是北平最美丽的时候。天气正好不冷不热，昼夜的长短也划分得平均。没有冬季从蒙古吹来的黄风，也没有伏天里挟着

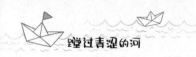

冰雹的暴雨。天是那么高，那么蓝，那么亮，好像是含着笑告诉北平的人们：在这些天里，大自然是不会给你们什么威胁与损害的。西山北山的蓝色都加深了一些，每天傍晚还披上各色的霞帔……"虎爸一边朗读，一边不时地用余光观察。鸡仔的神情渐渐专注，明亮的眼眸里流淌着惊喜，惊喜于北平的秋天，集市的水果琳琅满目，惊喜于一季的果香萦绕，惊喜于老舍质朴准确的表达。

"北平之秋就是人间的天堂，也许比天堂更繁荣一点儿呢！"虎爸呷一口茶，润润嗓子。《北平的秋天，白露》篇幅要比《秋日私语》长得多，可鸡仔安静地听完了。"听完什么感觉？"虎爸微笑着看着鸡仔。"写得真好，我口水都要流下来了。"鸡仔也笑了，"老舍把视觉、味觉、嗅觉、听觉都用上了，让我真切地感受到那些水果的存在。"

"啪啪啪"，兔妈鼓起掌来，目光中满是骄傲。"儿子，赞！"她微笑着竖起大拇指。"呵呵。"鸡仔挠挠头。"爸爸，妈妈看书不认真。"他突然对虎爸说。"哪里是我不认真，是虎爸朗读得太好了，北平的秋天那么美，让人抵挡不住啊！"兔妈一脸无辜。"不是我朗读得好，是老舍写得太好了。"虎爸咧开了嘴。"不要太谦虚了！"兔妈和鸡仔异口同声。

"好了，言归正传。老舍用朴素的语言刻画出了生动的画面，水果色、香、味俱全。尤其是香，贯穿了文章的始终。你有印象特别深刻的地方吗？"虎爸问鸡仔。"有，那个卖水果唱的'果赞'蛮有意思的。爸爸读的儿化音也很准。"鸡仔很认真地说。"谬赞了，谬赞了，我再朗读一下'果赞'。'唉——毛钱儿来耶，你就挑一堆我的小白梨儿，皮儿又嫩，水儿又甜，没有一个虫眼儿，我的小嫩白梨儿耶！'"虎爸洋溢着朗读的激情。

"啪啪啪"，兔妈给蹩脚的朗读者鼓起了掌。

二十、虎爸出差

悠扬的手机铃声响起，一段小提琴的旋律在大厅萦绕。对面拿着粉色手机、穿灰色长裙的女人，脸上突然放出了光彩。那是幸福由内而外的漫溢，候机大厅都蒙上了温柔的色彩。

"宝宝，吃过没有啊……嗯，真棒……有什么事啊……哦，买枪啊，坐飞机不允许带啊……是吗，那好吧，你喜欢什么样的枪？是水弹，还是黄色塑料弹……好的，妈妈知道了，就是那种'狙击步枪'……就这样，再见，宝宝……嗯，知道了，带红外线瞄准镜的……嗯，宝宝，再见。再见，宝宝。"小提琴旋律戛然而止，取而代之的是女人温柔得能融化铁艺座椅的声音。电话刚刚挂断，悠扬的铃声又响起，女人的丹凤眼又成了一轮弯月。她优雅地把手机放到耳畔："哎，宝宝，不是去海南，是去广州……广州是我们中国的呀，海南也是中国的，有点儿远吧，妈妈回家在地图上指给你看……再见了，宝宝，再见啊！"

听着女人不厌其烦的话，虎爸鼻子一酸，不禁想起鸡仔。昨天晚上，得知虎爸将赴广州学习一周，鸡仔不停地问："爸爸不在家，我们吃什么呢？家庭作业谁检查呢？爸爸出去住哪里啊？"虎爸淡淡地说："这些都不用你管，你只要负责认真学习就好了，千万不能马虎。"与鸡仔清澈的目光相撞，虎爸的目光主动撤退了，他不想让鸡仔发现隐藏在慈爱下的不舍。"怎么？当我是空气吗？放心，饿不死你。"兔妈扬起柳叶眉。鸡仔傻愣愣地笑。"爸爸

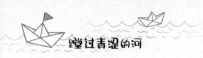

不在家，作为男子汉，你要有担当，多帮妈妈做力所能及的事。"虎爸拍拍鸡仔的肩。"放心吧，爸爸。"鸡仔挺起胸。

天还没亮，鸡仔就起床了。"时间还没到，怎么不多睡一会儿？"兔妈正在准备早餐，看见鸡仔走出房间。虎爸正在最后一遍检查行李，身份证、现金、手机、剃须刀、洗发水……鸡仔没有说话，只是看着虎爸嘿嘿地笑，虎爸昨晚已经检查过两次了。"你应该多睡一会儿。"虎爸埋怨儿子。其实他清楚，鸡仔早起是因为知道他六点前就要出门了，他心里暖暖的。以前出差学习的机会，虎爸都是让给别人，这次原本也不想去，鸡仔上学需要人送，菜要买，作业要检查，阅读要督促……一大堆事呢，他心里放不下鸡仔。但单位领导特别关心他，兔妈也表态支持，事情也就定下来了。

女人准备带一把"狙击步枪"给儿子，我呢？带吃的，鸡仔对吃好像没什么兴趣；带图书，鸡仔最怕阅读；带玩具，鸡仔倒是开心，可已经读初中二年级了，老师也说必须告别玩具，才能走出幼稚。想到这里，虎爸不禁犯起了愁。安静的候机楼忽然嘈杂起来，散落在各处的人群很快拉成两列纵队，队伍越拉越长，拉不下就拐个弯，继续拉。虎爸看看手机，竟然没有晚点，真好！

在广州培训期间，虎爸趁休息时间，独自去了广州的"城市客厅"——花城广场。地铁三号线换乘八号线，珠江新城站下车，不知拐了多少个弯，才触摸到灿烂的阳光。广州塔扭着小蛮腰，刺破了蓝天，俯瞰花城。地铁出口周围全是高大建筑，椭圆形、矩形、三角形等各种形状的玻璃幕墙闪耀着光芒，虎爸头晕目眩，迷失了方向。幸好路边指示牌有花城广场的名字，沿着指示牌上箭头的方向，虎爸把自己扔在行人中，随着人潮的流动前行。前几日晚饭后，他就是这样把自己藏在夜色中，随着夜风飘动，没有目的，没有方向，累了就回酒店休息。

人群里，恍惚有一张亲切的笑脸，他揉一揉眼，素未谋面。又看见一个熟悉的背影，他追上去一瞧，从未相识。熙熙攘攘的人群里，没有一位与他携手同行，一丝孤独涌上他的心头。鸡仔、兔妈，你们好吗？虎爸喜欢一个人的寂寞，却难以忍受一个人的孤独。他坐在一棵高大的椰子树下，循着灰白的水泥柱一般的树干，仰望着广州的天空。广州的天特别低，似乎奋力跳起就能触到飘浮在蓝天上的白云。白云更像是天丝织成的纱，薄薄的、透明的白，这里一缕，那里一条，毫无章法地散落在这蓝里。若是鸡仔在这里，定是像在三亚，又要欢呼了，他喜欢看这么低、这么蓝的天空。

"叮咚"，手机屏幕亮了。虎爸打开一看，是兔妈发来的微信，他心中涌起一阵暖，倏地消融了孤独的凉。这是飞越千里的信鸽，捎来了虎爸的牵挂，兔妈、鸡仔，你们还好吗？虎爸眯起小眼睛，赶紧点击屏幕。

兔妈说，儿子又作怪了！啰里啰唆了一上午，又说早知道不报名了，不会画什么的，真是一点儿韧性也没有。从不太连贯的语句里，虎爸可以感受到兔妈的气愤与无奈。为何会这样？报名参加科幻画比赛是鸡仔同意的呀。此时家里的情形如何？兔妈是否目光灼灼，正在厉声斥责？鸡仔呢，泪流满面，大声反驳？虎爸心里绷得紧紧的，多想马上飞回去，飞回那个温暖的家。

出差前两天，虎爸收到老师的消息，老师询问鸡仔是否参加科幻画比赛。当时，他也没有特别在意，这些活动是否参加都无所谓。鸡仔是喜欢画画的，参与一下，玩玩也行，反正也不用有什么压力。

"儿子，跟你说件事。"虎爸召唤正在玩跳跳球的鸡仔。"什么事啊？不会又是写作文吧？"鸡仔很警惕，右手紧握红蓝双色

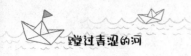

跳跳球。"不是，老爸在你心中就是这样的形象？"虎爸笑了笑。"不是就好，不是就好。什么事啊？"跳跳球恢复了自由，蹦跳翻滚中成了紫色。

"老师说有个科幻画比赛，你参加一下吧。"虎爸说。"啊，科幻画，怎么画？"鸡仔有些迟疑，跳跳球滚到了墙角。"很简单，就是你以前画的机器人、铁螳螂什么的，再说还早，有一周的准备时间。"虎爸解释。"哦，这样啊。"鸡仔挠挠头。"对啊，对你来说，只是小菜一碟。如果你愿意的话，可以画几个机器人对打或追赶的场景，这样效果应该不错。"虎爸目光里充满期待。"好吧。"鸡仔点点头。征得鸡仔同意后，虎爸就报了名。

到广州后，虎爸就把这件事忘了，直到兔妈发来这条消息。老虎不在家，小鸡和兔子就乱了套。现在该怎么办？虎爸握着手机的手微微颤抖，他一口气喝光了整瓶矿泉水，把矿泉水瓶砸向垃圾桶。"砰"，矿泉水瓶从垃圾桶的开口边缘反弹回来，滚到他的脚边。虎爸捡起来再砸，又弹了回来。他再捡起来，轻轻一扔，进了。虎爸忽然心中一个激灵——强硬往往不能解决问题，扔矿泉水瓶如此，对鸡仔的教育更是如此。

"让儿子接电话。"虎爸立刻拨通兔妈的电话。"爸爸。"手机里传来鸡仔有气无力的声音，没有一丝欢愉。"吃饭了没有？"虎爸关切地问。"没有。"鸡仔干巴巴地说。"为何不吃？"虎爸的心隐隐地痛，此时早过了吃饭时间。"妈妈生气了，我也没有心情。"鸡仔说。"什么原因？"虎爸又问。"我不想画画，太难了。"鸡仔说。

"就因为这个啊？我还以为出了什么大事。"虎爸轻描淡写地说，"首先要表扬你。""表扬我？"鸡仔满腹狐疑。"是啊，这么认真的孩子不表扬，表扬谁？觉得难，那是因为你对自己要求高。若是一般的孩子，胡乱画一张，不也能交差？"虎爸啧啧称赞。"嘿嘿。"鸡仔不好意思地笑了。"你就随便画一幅吧，别让妈妈生气。"虎爸和鸡仔商量。"爸爸，放心吧，我会认真画的，保证不再让妈妈生气了。"鸡仔又恢复了活力，"爸爸，昨天我们班水漫教室了。""什么个情况？"虎爸问。"张杨那个家伙，笑死我了……"鸡仔的话如决了堤的河水，源源不断地从千里之外涌来。

下午四点，兔妈发微信传来了鸡仔的画。那是一栋建在海底的大楼，以圆形元素为主，展现了人类进军深蓝的憧憬。楼底部是很小的弹簧型设计，这样设计能随意向任何方向摆动，提高应对海底洋流冲击的安全性。中间主体部分是一个大圆环，环中间是一个球体，球体与圆环的中间有造型不一的建筑，好似悬浮。上部是一个大的圆柱顶着一个小圆柱，大圆柱宽扁，能清晰地看到里面的陈设；小圆柱细长，类似观光电梯。大楼周围活跃着各种鱼，它们外形各异，姿态万千。

虎爸发过去一个竖起两个大拇指的表情，并给了满分。兔妈说："我用黑笔描了一下，实物比照片还好看呢。""老婆辛苦了！"虎爸回了一颗爱心。"哪里哪里，都是你教得好！儿子画得真好！"兔妈发了一个笑脸。虎爸感受到兔妈洋溢在文字里的快乐。

保存，发微信朋友圈，虎爸一气呵成，并标注了2050年，加上一个龇着牙的笑脸。点赞漫天飞来，那是亲朋好友对鸡仔的支持与鼓励。好友驿路风铃还专门致电虎爸："鸡仔画得不错，转发给专业老师，他们都给了很高的评价，说要好好培养。""哪里哪里，孩子画着玩的。"虎爸嘴上这么说，心里却吃了蜜糖一般。

培训结束，返回当天，虎爸一大早赶去附近卖进口商品的超市。这个超市，虎爸一到广州就选定了，从他住的酒店步行二十分钟

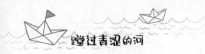

就能到达，里面的进口食品和水果相对物美价廉。超市在广州酒家的旁边。这个广州酒家，虎爸一直没有数清到底有多高，走到它脚下，向上看，直插云霄，根本就看不见楼顶。

经过广州酒家，到了超市门口，大门紧闭，只见大门左上角的方形牌子上写着，营业时间十点至二十二点。虎爸傻眼了，出发时间为十点十分，等开门肯定来不及。他责备自己怎么就没看看营业时间，怎么昨晚没过来，他仿佛看到鸡仔期盼的目光。虎爸垂头丧气地回酒店，一路走，一路目光搜索，大老远来，总得带点儿什么给鸡仔。途中看见一个店面装修精致的面包房，虎爸喜出望外。他进店一瞧，价格高得惊人，应该很好吃吧，鸡仔一定会喜欢。他先向营业员咨询哪种口味好吃，保质期有多长，然后仔细挑了四种口味的月饼，还配了精美的包装盒。总算没有空手而归，虎爸愉悦地踏上了归途。

披着夕阳的余晖，虎爸拉着行李箱，满面春风地打开家门。"回来啦！"兔妈送来微笑。"爸爸！"鸡仔飞奔过来。"哎！回家了！回家真好！"幸福瞬间裹住了虎爸。"广州特产——正宗广式月饼。据说味道很不错，都来尝尝！"虎爸打开行李箱，拿出月饼盒。"哇！好漂亮啊！"兔妈大声说。

"爸爸，全班就我一个人参加了科幻画比赛。"鸡仔兴奋地说。"嗯，厉害！其他同学大概都被'科幻'两个字唬住了。"虎爸神秘地眨眨眼。"我画得怎么样？"鸡仔问。"当然不错！我看了，很有创意！我发在朋友圈了。你看，美术专业的老师都给了很高的评价，继续加油！"虎爸打开手机。"让我看看。"鸡仔抢过手机，他的心和所有的赞一起跳跃。

"来，爸爸精心挑选的广式月饼，百来块钱一斤啊！"虎爸自豪地说。"疯了，疯了，日子不过啦！"兔妈嗔怪。"只要儿子表现好，钱不重要。"虎爸扬扬眉。"谢谢老爸！"鸡仔高兴地说。

鸡仔打开月饼，轻轻咬一口。"真好吃！"鸡仔笑了，融化了虎爸的心。

鸡仔——

"唉！什么时候才能喝水啊？太阳毒得简直……"老赵满头大汗，一条湿得能拧出水的外套挂在他的肩上晃来晃去。

一阵风刮来，张杨模仿着摩托车开动的声音，像牛一般向前冲去，我有些忍俊不禁，可是口渴感更加强烈。队伍已经四分五裂，同学们在太阳的炙烤下叫苦连天，曹颖已经一个滚儿躺在了滚烫的地上，像只被烤熟的鸭子般一动不动。

几经周折，同学们个个气喘吁吁地到了教室。门不知被谁一脚踹开，同学们立马拥了进来，那气势似乎要将墙壁挤碎，大家争先恐后地跳跃着，拿出水杯，踩着别人的椅子赶到饮水机旁边。

"哗……"一阵水流声传出，简直是天籁之音，抢到水的同学立即仰头灌水，心满意足，似乎感受到了重生的狂喜。

只剩最后一滴晶莹的水珠，在水孔边微微颤动着，它紧紧地抓住水孔，不肯掉下来——没水了！桶中空空如也。同学们急得如热锅上的蚂蚁。"没水啦！渴死了！"庄俊挤到前面，满脸通红，眼巴巴望着饮水机。

"让开！"张杨来了，吃力地拖着一桶水，青筋暴出。他将空桶一拳打飞，摆出胜利的手势，大佬般神气。

五十四双眼睛充满期待地看着张杨，他更神气了，眉毛飞扬，眼睛眯成了一条缝。"看我的！"他中气十足地喊道。随即，他搬起这个十八升的水桶，慢慢抬起，每抬高一点儿，就多了一丝

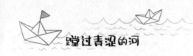

饮水的希望。他手脚并用地将桶抬到桌面上，对着长龙般的队伍，像熊猫一样憨厚地笑了，眼睛笑成了一弯月牙。

"哐！"一声巨响响彻教室，天花板上的灰尘都要震下来了。水桶突然从桌上摔到地上，水疯狂地在桶中横冲直撞，诉说着自由的渴望。张杨不知所措地站在那儿。"快点儿，搬不动，别逞强！"老赵愤怒地叫着。"我们要渴死了！"其他人迅速附和。这一激，反而使这个有着圆球一样身子的人龇牙咧嘴地笑了起来。"没事，再来！"张杨说。他用一只脚顶住桶身，一只脚维持平衡，双手抱紧水桶，像个小丑一样。突然，一个踉跄，水剧烈晃动起来。这一下，让每一个口干舌燥者的心也剧烈晃动。这是"生命之水"啊！

"哐！"门被踢开的声音吓得张杨手一抖，水桶摇摇欲坠。"别管事！"孙强霸吼一声，要将水桶抢过来，他向来是搬水的高手。同学们仿佛看到了希望之光。可晚了，张杨因非要自己出一次头，出一份力，本来刚要装上的水桶被他一推一抱，又掉下去了。他笑着用力一抬，耳鼻都像要冒气一样，可不胜"水桶之力"。"扑通"，水桶瞬间爆炸，水实现了愿望，拼命冲向四周……

不一会儿，水势蔓延开了，教室里到处是水。张杨傻了，笑意全无，呆立在原地。弄巧成拙，无异于在他的心头蒙上一层阴影。

其他人也没了刚才的躁动，一个个面无表情，水杯里空落落的，心里也空落落的……

二十一、秋天已经来临

"叮咚"，手机信息提示音响起。不会又是什么垃圾短信吧，虎爸悠闲地打开手机。是鸡仔班级微信群的消息，虎爸的小眼睛亮了起来。班主任老师发了两张图片，一句话："好文共赏，也指导一下孩子。"

不会是鸡仔的作文吧，虎爸心里有些激动。他小心地点开图片，放大，再放大，熟悉的字体，特别是鸡仔的名字，跃入他的眼帘。题目《挑战自我》的旁边是老师批阅的九十四分，鲜红的数字，如热血一般激昂。虎爸顿时心潮澎湃，把文章从头到尾读了一篇，感觉写得真好，尽管昨天晚上检查时已经读过。老师表扬的仅此一篇，虎爸看看周围的同事，欲言又止。他把目光投向窗外，那些飘浮的白云在蓝天的映衬下越发动人。纯净的蓝与无瑕的白交相辉映，虎爸的心也随之荡漾起来。

临近下班时，班主任又发了出色的默写作业。虎爸急切地翻了一遍，一大批，可惜都没有名字。再仔细看一遍，有两个字体秀气的，似乎有点儿像鸡仔的作业。他想，应该就是了。有家长在微信群里表示，这都是别人家的孩子。看着别人酸溜溜的话，虎爸有些飘飘然了。

鸡仔放学回到家，一进门便笑眯眯地喊："爸爸、妈妈"。虎爸、兔妈相视一笑，又该嘚瑟了，稳住，稳住，不能太喜形于色，使鸡仔滋生骄傲。"爸爸，三个好消息，先听哪一个？"鸡仔拉

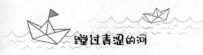

住虎爸的手，像只欢快的小鸟。"这个问题有点儿难，我不知道是哪三个消息啊，怎么选？"虎爸面露难色。"哦，是的，我就一条一条说吧。"鸡仔顿了顿，"首先，作文被老师表扬，全班就表扬了我一个；其次，数学九十七分，第一名，与小朱并列第一，这个坏家伙总是黏得这么紧；第三，英语默写全对。"

"哇！儿子，你太牛了！"兔妈大呼小叫。"厉害了，我的儿！"虎爸也竖起大拇指，"语文默写得怎么样？是九十八分吗？""不是，八十五。不过问题不大，我都会，就是有三处没有和标准答案完全一致。"鸡仔狡黠地笑了笑。"哦，让我看看。"虎爸有些失落。他想，虽然分数低了点儿，但只要会就可以了。虎爸打开默写本，字在扭曲着狂舞，他皱起了眉，本想发火，想想又作罢："下次一定要把字写好。""知道了，放心吧。"鸡仔立刻合起默写本，把那些丑八怪关在黑暗里。

窗外弥漫着浓浓的夜色，苍穹没有一颗闪亮的星。鸡仔做完家庭作业，进入梦乡了。今天作业做得很快，字写得也可以，但虎爸还是皱着眉对兔妈说："儿子是不是真的那么好？我总有些不安。"兔妈说："瞎琢磨什么，成绩不是都明摆在那里吗？不要草木皆兵，自己吓自己。""是啊，但愿我是瞎想，就怕这小家伙报喜不报忧，以前可是吃过苦头的。"虎爸也觉得自己有些神经质。

第二天在单位食堂吃午饭时，虎爸还是情不自禁地告诉好友，鸡仔最近表现还可以，尤其是作文，得到了老师的表扬，还被发在班级微信群里，就他这一篇。"虎父无犬子！鸡仔不错！你的努力没有白费！"好友一个劲儿地称赞虎爸教子有方。"哪里哪里，就怕是表面现象。"每逢此时，虎爸都会显得很谦虚。话音刚落，兔妈发来微信，先是一张图片，接着是两句话，一句是"老师发来鸡仔昨晚的作业"，一句是"该怎么回"。越简短越是问题严重，虎爸感受到了兔妈燃烧的怒火。

昨晚的作业？昨晚的作业都检查过啊，能有什么大问题？虎爸点开图片，是练习册，字迹还可以，但红叉连成了片，列成一排排红栅栏。那些不太多的黑色笔画，像是犯了错误被捉到，被关在红栅栏里，一动不动地趴着。末尾评价处，鲜红的"中"字清晰刺眼。不，那不是一个字，而是一把利箭！虎爸顿时感觉两眼发黑。"怎么了？"好友关切地问。"没什么，没什么。"虎爸定了定神，迅速放下手机，可内心再也无法平静。

午睡时，虎爸辗转难眠。综合来看，鸡仔最近的表现应该不错啊。作业的整洁度、考试分数、习作情况等，都还是可以的。回家后，鸡仔也总是说要和小朱竞争，力争超过他，学习状态也很好。这个情况是意外，还是本来就已经松懈了？良好的学习表现，只是鸡仔为了掩盖真相而粉饰出来的？

窗外，天一如既往地蓝，自八月以来，一直蓝得令人心醉。鸡仔的天空呢？也许蒙上了尘埃，但本质是纯净的，只要时常拂拭，一样清澈可爱。就做鸡仔的"拂尘者"吧，永远守护他成长——虎爸把心中的乱麻慢慢理顺。他已经决定，收住"虎威"，好好引导教育，毕竟鸡仔还很幼稚。

下班前，老师又发了一大拨默写作业比较好的图片。虎爸眼花缭乱，扒住手机，颠过来，倒过去，瞅了半天，也没弄清楚哪份作业是鸡仔的，好几份都像，又似乎不像。总应该有吧，昨天刚批评过他，虎爸安慰自己。

夕阳燃烧的余晖还没有完全熄灭，西方天际残留的一抹红，拉长了鸡仔消瘦的身影。鸡仔到家了，背着小山似的书包。虎爸和兔妈都有些惊奇，今天明显早了，前些天都是披着夜幕回家的。

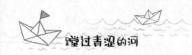

"雨伞还没有放在教室里吗?"兔妈眼睛厉害,一眼就瞧见了插在书包一侧的土黄色雨伞,它已经跟随鸡仔上学放学好几天了。鸡仔低着头,目光落在脚尖,几步走到沙发边,放下了书包。

"儿子,有没有事要告诉爸爸?"见鸡仔没有说话,虎爸忍不住了。"没有。"鸡仔一脸木然地低着头,拉开书包拉链,翻来翻去,不知道在找什么。虎爸脸微微泛红,嘴角抖动了几下。做了几个深呼吸后,他压住了火气。"晚饭还没有准备好,先检查一下课堂笔记吧。"虎爸黑着脸。"嗯。"鸡仔把课本从书包中掏出。语文、数学、英语、物理、政治,虎爸一门一门地问,一门一门地看。总体上,字写得还算工整,尤其是语文,记了不少内容。"嗯,还行,一定要认真记。"虎爸说。

"爸爸,你看。"鸡仔打开了手中的练习册,一串红叉迅速跳了出来,手也跟着抖了一下,"昨天家庭作业做得不好,得了个'中'。""什么原因?"虎爸瞥了一眼,实在是无法看。"有的不会,有的写得太简单,有的是凭自己的感觉写的。"鸡仔耸着肩,看着虎爸,目光闪烁,楚楚可怜。"呃,其实我早就知道了,老师已经拍了图片发给妈妈。没有直接问你,主要还是想看看你是不是诚实。对了,今天的默写怎么样?"虎爸突然想起老师发的图片。"八十五。"鸡仔已经打开默写本,声音有些迟疑。"什么?"本已稍稍平息的怒火被点得更旺,虎爸从鸡仔手中猛地抽过默写本,字如昨天一般七扭八歪。"什么原因?"默写本被重重摔在沙发上,封面折出一道印痕。那道伤,是一阵痛,全家人的痛。"和昨天一样,没有完全用老师的语言默写,有三处不同。"鸡仔弱弱地说。"什么是默写,默写就是必须一样,为何不用老师的语言?"虎爸压低了声音。不要急,不要发火,他在内心不断提醒自己。"早读课没有认真背,默写的时候,就大概写写。"鸡仔的声音更低了。

"你、你……唉！字为什么写这么差？"虎爸叹了口气。"默写要求速度，怕来不及。"鸡仔抬起头。"来不及？我问你，默写完，剩多少时间？"虎爸说。"大概一分钟。"鸡仔说得有些犹豫。"还一分钟，只能说明你不熟练。人家都能认真写好，为什么你就不能？赶那么急干吗？时间多出来又没有用，以后默写必须写好字。"虎爸一气说完。"哦。"鸡仔又低下头。

"嘀嗒嘀嗒"，小闹钟迈着轻快的步伐，永不停歇地向前。每一步都是那么均匀，不大不小，不快不慢，不像鸡仔，好好坏坏，反反复复。虎爸望着电视机的黑色屏幕发呆，鸡仔的学习如果能像互联网电视剧那样，可以回看就好了。鸡仔心里七上八下，不知虎爸会给他什么样的处罚。让他抄书？写检讨？还是其他惩罚？想着想着，他眼圈就红了，就像他在回家路上看见的残留一抹红的天空。

"你说说，是什么原因造成默写和家庭作业如此差？"停顿了一会儿，虎爸终于又问。"是……是……大概是……可能是……要么是课堂上听得不认真，要么是作业做得不仔细。"鸡仔吞吞吐吐，语无伦次。"还'要么要么'，我看两个原因都有。更重要的是，这些天，表面看学习情况良好，于是乎，你就马虎了，学习不求甚解，作业随意草率，是不是？"虎爸越说声音越大。"你是怎么知道的？我就是随便写写的。"鸡仔说。看着鸡仔天真无邪的表情，虎爸又好气又好笑，怒气也消了大半。

"儿子，真相始终是真相，你是藏不住的，最多不过是拖延一下暴露的时间。学习马虎，必然会体现在作业和考试成绩上，七年级惨痛的教训忘了吗？你说想考试超过小朱，可没有扎实的行动，怎么可能呢？即使有时超过，也只会是昙花一现，懂吗？"虎爸的脸色缓和了许多。"知道了，我有时就是管不住自己。"

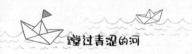

鸡仔说。"有爸爸啊，爸爸会帮助你的。检查课堂笔记，检查家庭作业，就是督促。但你不能主观上去掩饰真相，欺骗爸爸，更是欺骗你自己。准备怎么改？"虎爸问。

"认真听课，认真写作业。"鸡仔说。"太笼统了，要有具体措施，怎样才能让你认真？"虎爸又问。"做错了就、就处罚。"鸡仔咬了咬嘴唇。虎爸说："这样吧，准备错题集，家庭作业做错了，订正两遍；家庭作业中发现疑问并提出来的错题，和课堂作业的错题一样，订正一遍。默写，还有考试，不要过于赶时间，如果字不好，就抄十遍。""英语默写不行，老师要求比速度的。"虎爸还没有说完，鸡仔急了。"哦，英语比速度的话，可以例外，但也不能写得面目全非。能不能做到？"虎爸想了想说。"好的。"鸡仔点点头。"这些要求，从明天开始执行。今天晚上好好写一下近期的反思，以此来警醒自己。"虎爸说。"又写作文啊。"鸡仔有些不乐意。"这是你擅长的啊，写下来作为一个时间节点，现在和今后可以以此不断勉励自己。"虎爸微笑着说。"那好吧。"鸡仔的语气轻松了些。

完成家庭作业后，鸡仔拿出黑色软面笔记本，翻至上一篇作文的后一页，厚厚的一本只剩约三分之一白页了。他沉思了片刻后，便洋洋洒洒地写了起来。虎爸坐在对面，看着微信公众号中的散文，不时地瞄鸡仔一眼。水笔携着影子在灯光下舞蹈，留下了一行又一行黑色的脚印。那也是鸡仔前行的脚印，可是带着音乐的节拍？

一声哨音传来，瑟瑟秋风从窗户灌入，蛮横地四处乱闯。嘿嘿，那不是鸡仔吗？浪起来吧！风抱住鸡仔，想和他一起飞翔。鸡仔的衣襟和黑发，经不住风的撩拨，飞舞起来。虎爸感受到扑面而来的阵阵凉意，不知不觉，秋天已经来临。"咔"，熟悉的身影一闪，兔妈已经关上了窗，掐断了那些顽劣的风，风只能贴着窗户鸣鸣地哭。兔妈就是这样，总是及时出现在需要的时候。你却不知道她是怎样出现的。

夜黑得深沉，天幕下，万家灯火悄悄地向风诉说着自己的故事，一个秋天里的故事。

鸡仔——

我摔了一跤，头破血流，痛苦万分。

曾经第一名的荣光已成泡影，不值得怀念了。重要的是，我面前摊着一本批着"中"的练习册，那是我的。八十五分的语文默写拿在手中，那也是我的。

昨天晚上的"辛苦"，成了今天的冰雹。这个晚上也许会很难过，我简直想跳跃时间，把今晚过滤掉。可是，终究不能。

时间终于走到晚上，夜很黑，没有一颗星。看着练习册，爸爸的脸也是黑色的。我十分紧张，像是等候宣判的罪犯。"为什么会这个样子？"爸爸问。我沉思了一会儿说："有的地方多填了，有的地方少填了。"仿佛这句话能成为我的挡箭牌。我知道，它的背后是我一贯的马虎，什么事有个大概就行，只是我一直不愿承认。

可纸终究是包不住火的。学习马虎必然会在作业中体现，逃也逃不掉。昨天的语文练习册就是如此，因为不动脑筋，答题太马虎，差不多就行了，才写得那么差。

"这些天，表面看学习情况良好，于是乎，你就马虎了，学习不求甚解，作业随意草率，是不是？"爸爸毫不留情地揭开我的伤疤。我还想辩解，但无言以对，这是事实啊。

"儿子，真相始终是真相，你是藏不住的，最多不过是拖延一下暴露的时间。学习马虎，必然会体现在作业和考试成绩上，

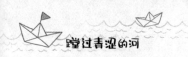

七年级惨痛的教训忘了吗？你说想考试超过小朱，可没有扎实的行动，怎么可能呢？即使有时超过，也只会是昙花一现，懂吗？"爸爸语重心长。

作为处罚，爸爸要求我恢复写错题集。爸爸问我能不能做到，我想我能做到。我要以小朱为目标，像他一样认真对待每一件事。

我说，我摔了一跤。

爸爸说，没关系，爬起来拍拍泥土，继续前行。

二十二、城市在生长

夕阳涨着红彤彤的脸，圆滚滚、胖乎乎的，随时都有可能坠落到地平线下。金色的阳光透过窗户，染红了办公桌，也染红了虎爸欢愉的脸。

虎爸看了一下电脑，还有四分钟，将正式进入七天放假模式。终于迎来了祖国母亲的生日，他怀着激动的心情关闭电脑。让他高兴的还有晚上的小聚，因一直陪伴鸡仔学习，他已经好久没有外出吃饭了，没有闲聊国际风云了。放长假了，禁不住老友的再三相邀，他便答应了。

"叮咚"，还没有下班呢，就催着吃晚饭了？虎爸边想边打开手机，没想到是鸡仔的语文老师发来的微信，通知鸡仔参加改革开放四十周年征文活动，要求十月八日早上交打印稿。他心里咯噔一下，怎么写？这篇命题作文，鸡仔能完成吗？不参加或草草应付都不行，这是老师的信任与关怀啊。可鸡仔尚未写过这样的题材，恐怕写作不会太顺利。

地平线再也支撑不住那张硕大的红脸，夕阳很快落下去了，虎爸的心也随之一沉。怎么写？怎么写？他在下班途中一路思考，这件事不解决，他哪有心情与老友们畅聊？

夜幕已经拉开，路边高大的建筑群模糊不清，楼顶似乎长到了天上。虎爸猛地打了一个激灵，可以从此处入笔，先写城市长高，再与四十年前的城市对比；还可以写一写滨湖公园整治前后，生

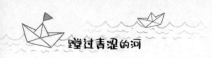

态环境的巨大变化。想到这里，虎爸从容了许多，汽车跑得更快了。

虎爸准时到了聚餐地点。"爸爸，老师和你说征文的要求了吗？怎么写啊？"他还没有落座，鸡仔就打来电话，听起来有些焦虑。"放心吧，有爸爸呢，我都想好写作思路了，明天我们一起讨论。"虎爸的声音充满信心。鸡仔也松了口气，今晚可以安心地看看电视了，淘气猫与可爱鼠追逐的画面又浮现在眼前，他情不自禁地咧嘴笑了。

阳台已经盛满阳光，窗帘一打开，阳光便漫进房间。虎爸睁开眼，亮晃晃的一片，闭上小眼睛，再慢慢打开一条缝，房间才渐渐清晰。全家都睡到了自然醒，外加回笼觉。起床后，虎爸仍然感到晕乎乎的。

"爸爸，征文怎么写？我没有头绪啊！"鸡仔已如阳光一般活力四射。"我也觉得挺难写的，这是个大格局的命题。"兔妈跟上一句。虎爸朝兔妈看了一眼，对鸡仔说："乍一看，是有些难，仔细想想，其实并不难，只要抓住变化来写就可以了。可以先写现在城市长高了，这个你可以观察；再写改革开放初期城市的面貌，这一点，今天中午到爷爷家吃饭时，你可以问爷爷。吃过饭，爸爸再带你去滨湖公园，看看那里的风景。""太好了！谢谢老爸！"鸡仔欢快地跳了起来。"千万不要大意，这个题材，要写好，还是有难度的。你必须仔细看，认真听，深入想，抓住细节写，千万不能只浮于表面。"虎爸提醒。"知道了，没有问题。"鸡仔回答得漫不经心，目光一刻也没有离开手中拨弄的 3D 立体迷宫球玩具。

这是一个益智类电视节目推荐的，一个全封闭的球，里面是立体式纵横交错的轨道，一个小钢珠从起点，上下前后左右不停地在轨道里翻转前行，闯过一百三十八关取胜。小朱有一个，鸡仔便让兔妈也买了一个。鸡仔很快就玩得很熟练了，虎爸开始觉得简单，可每次都过不了几关，索性就不玩了，有时似乎还觉得它有些碍眼。

吃饭前，鸡仔只顾和小表弟玩得不亦乐乎，虎爸有些不悦，提醒道："儿子，赶紧问问爷爷。""哦。"鸡仔气喘吁吁。"爸爸，你做我的助手。"鸡仔坐到爷爷跟前，汗不停地往下流。"写作是你的事，你要根据需要问。"虎爸说。"爸爸，帮帮忙呗。"鸡仔谄媚地笑。"叫你认真想想，你不当回事。可以问爷爷改革开放以前城市有多大，房子、街道、商店、饭馆等，各是怎样的。"虎爸禁不住鸡仔磨。"以前嘛，街宽不足三米……"鸡仔爷爷打开了话匣子。"要扣住一条河、一条巷写，河是由北向南，巷是自西往东。"虎爸补充道。"那有码头吗？"鸡仔问。"当然有，而且相当繁忙……"爷爷又陷入了回忆。

"儿子，你正在长身体，多吃点儿肉，爸爸小时候想吃还吃不到呢。"虎爸有意抛出话题。"那个时候，哪有这么多好吃的！"一家人果然七嘴八舌地说起来。尤其是爷爷奶奶，一沾上忆苦的话题，便停不下来。牛肉、鸡肉、虾仁……鸡仔的碗里堆满了菜。可即便每天如此，鸡仔的身材还是一如既往地骨感。奶奶问："宝宝吃的肉都到哪里去了？""都到骨头里去了。"鸡仔笑着答。一家人也跟着哈哈大笑。

午饭后，虎爸带着鸡仔和鸡仔的表弟去滨湖公园。一路阳光，一路天蓝，还有柔风相伴，虎爸心情舒畅。两个小朋友却对窗外视而不见，只顾在车内打闹。汽车行至滨湖新城时，虎爸提醒："看看窗外，蓝天下那些楼是什么颜色？形状呢？像什么？""这个地方将建全区最高的大楼，有五十多层，你们可以看看路边的效果图。"过了一个信号灯，虎爸又说。

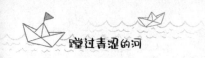

　　滨湖公园的停车场基本已经饱和，虎爸转了一圈，才在一个不起眼的角落找到一个狭小的空间。人们这儿一簇，那儿一群，无规则地散落在公园里。一位姑娘正在巨大的铁艺红玫瑰花前拍照，乌黑的长发和淡黄的连衣裙齐舞于风中，又是一朵绽放的花。虎爸正想召唤鸡仔，两个孩子已经奔跑至人工堆积的小土坡上。绿线勾勒出平缓起伏的弧形，红的、绿的、黄的、红蓝相间的……各种色彩的帐篷长在坡上，似雨后冒出的蘑菇。"儿子，仔细看看有多少种颜色的帐篷。"虎爸边追边喊。坐在帐篷边的人们用诧异的眼神看着虎爸，有的是一家三口各自看书，有的是一对情侣依偎着遥望远方，有的是两三个孩子嬉戏打闹。

　　踏上坡顶，看清了湖的全貌。蓝天白云下，湖水烟波浩渺。阳光下，秋风里，银光铺满了小半个湖面。"儿子，好好观察这景色。"虎爸话音刚落，一只白鹭优雅地在蓝天上画出一条白线，"快看，有白鹭飞过，瞧那姿态！""知道了，哦，真有一只白鹭。"鸡仔在湖边的大石头上跳跃。大大小小的石头靠在一起，沿着湖岸蔓延，石缝间回荡着孩子们的欢笑声。

　　真是快乐的一天！鸡仔问作文能不能明天写，他还想抓住这一天的尾巴，让快乐在晚上延续。"呃，不行。"虎爸直摇头，今日事，今日毕。鸡仔只能拿出自备的黑色软面笔记本，手托着脑袋，望着窗外。许久，写下两行字。鸡仔放下笔，对坐在他对面看书的虎爸说："爸爸，开头是这样写的，好不好？一颗最闪耀的星占了整个天幕，我凝望着它，它也凝望着我。""不错，继续努力。"虎爸觉得还有点儿感觉。

　　夜，弥漫着黑，一颗星星无力将它点亮。鸡仔打了个哈欠，虎爸用余光瞟了一眼，作文写完一页又三行。不知又过了多久，星星也有些疲惫了，鸡仔说："我要睡觉了。""想睡就去吧。"

兔妈说。"写好了吗？"虎爸问。"还剩一点点，结尾要再想想。"鸡仔又打了个哈欠。"睡吧。"虎爸见作文完成了近两页，想想鸡仔朗读的第一段，应该不会差，没有检查就答应了。

放假真好，又睡到自然醒。虎爸伸了个懒腰，准备刷牙时，见鸡仔已经起床，正坐在沙发上玩迷宫球。对于他来说，这个透明的球已经不是迷宫。在他的手中，迷宫球忽上忽下，忽左忽右，忽快忽慢，小小的不锈钢珠，如游龙灵活地穿梭，闯过一个个关卡，从入口到出口，一气呵成。可在虎爸手中，便成了呆头呆脑的狗熊，连一个坎都翻不过。

怎么没有先完成作文？虎爸有些不悦。他打开笔记本，看一看鸡仔到底写得怎么样。看到第二小节，脸就黑下来，他找出一支红笔，边读边批注。读着读着，红笔越来越忙碌，他的脸色越来越难看，像是一阵突如其来的风，卷着乌云把太阳遮得严严实实。"过来。"虎爸阴沉着脸。鸡仔立刻扔下迷宫球，跑到虎爸身边，看到作文上满是红圈红叉红浪线。

"早晨起来为何不写作文？"虎爸没有评点作文好坏，鸡仔满不在乎的态度更让他生气。"不是你在看吗？"鸡仔针锋相对。"我在看？我什么时候看的？"虎爸心中的怒火已点燃。"我又不想写，这么难。"鸡仔嘟囔着。"有什么难的，不是都分析过了吗？我看你是压根没当回事，这是你的作业，主观上要努力。"虎爸声音有些颤抖。鸡仔低着头，不再说话。

虎爸做了几个深呼吸，稍稍压住情绪。他严肃地说："看看你写的，就第一句好一点儿，后面内容空洞，结构杂乱，层次不清，细节缺失。""那……我重写吧。"鸡仔咬了咬嘴唇。"你看，三个部分的层次可以这样设计……"虎爸心一软，又滔滔不绝地说出自己的想法。鸡仔听得出神，清澈的大眼睛注视着虎爸。"白

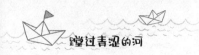

鹭滑行的优雅可以作为细节，知道怎么写了吗？"虎爸问。"嗯。"鸡仔点点头。"写在白纸上吧，便于修改。"虎爸又说。

鸡仔拿出一张白纸奋笔疾书，不一会儿，黑字便整齐地列了好几排。四十分钟左右，满满的一张呈现在虎爸眼前。鸡仔瞪大眼睛，神色紧张，两只手紧紧地握着，直到虎爸微微一笑，他悬着的心才放下。"总体来说，比昨天写得好多了，其实你是能够写好的。"虎爸说。鸡仔傻傻地笑了。"不过，几个细节还需要修改。"虎爸又说，"大楼向上拔的形态、青石板的光滑、菜肴的色香……尤其是近年对环保的重视……""要重写吗？"鸡仔问。"直接在纸上改就可以了。"虎爸说。

二十多分钟后，黑字间插满了密密麻麻的红字。虎爸看了半晌说："改得不错，可我老花眼了，看不清。""我重新誊写到自备本上吧。"鸡仔很认真地说。"嗯，以后还可以再看看。"兔妈表示赞同。"不错，能严格要求自己了。建议你誊写的时候，可以继续改改，文章不厌百回改哟。"虎爸也给予肯定。"嘿嘿，我知道的。"鸡仔难掩内心的窃喜。

"爸爸，我又改了一处，读给你听听，好吗？"鸡仔问。"当然，洗耳恭听。"虎爸微笑着说。"我望着窗外，仿佛眼前出现了一个直插云霄的巨人，阳光在他丰硕饱满的肌肉上攀爬，他似一尊守护神。"自信的光芒乘着鸡仔的声音四溢。"改得不错，修辞用得好，攀爬这个词也不错，加油。"虎爸脱口而出。"嗯。"鸡仔埋头，"沙沙沙"地写着。一页，二页，三页，满满的三页。

"爸爸，我把刚刚改的地方都读给你听一下。"鸡仔放下笔。"慢慢慢，我也来欣赏一下。"兔妈急忙从房间里跑出来。"天蓝得出奇，没有一丝杂质，几片浮云被它当成了棉絮，全身擦个遍。云似乎挺乐意，不急不缓地拂拭。湖水借秋风的手，把自己抹蓝，让阳光在脸颊洒了些金闪闪的亮粉，纯美至极……"鸡仔的思绪踏着文字飞翔。"此处应有掌声！"虎爸的掌声响起。"哇，漂亮！"兔妈也跟着鼓起掌来。

窗外，城市在炽烈的阳光里，兴奋地生长。

附：

生长

"砰！"巨大的爆炸声把我的目光拽向窗外。烟花上升到了一定高度，突然笑成一朵花，五彩的火光朝四周扩散。黑夜瞬间被点亮，前方在建的大楼还在生长。

晌午，金灿灿的轿车载着全家去爷爷家吃饭。向南行至第二个信号灯时，左侧的高楼异常醒目。它们着深棕色的外衣，骄傲地伫立着。那些在建的，披着绿网，如雨后春笋，一节一节向上拔，争抢着拥抱蓝天。父亲说，前方将建成金坛最高的大楼。我眼前仿佛已经出现了直插云霄的巨人，阳光在他丰硕饱满的肌肉上攀爬，他就像一尊守护神。

奶奶已经准备了丰盛的午餐，通红的盐水虾、嫩绿的莴苣丝、饱满多汁的烧鸡……摆了一大桌。阳光似乎被菜的香味吸引，偷偷从门缝钻进来，在菜上兴奋地跳跃，难道它们已经品尝了美味？

"儿子，多吃肉，正长身体呢，爸爸小时候想吃都吃不到。"父亲夹了三片牛肉，牛肉清晰的纹理将记忆的河流缓缓地疏通开来。"还肉呢，都是自家地里的菜干炒炒，油都少得可怜。"伯父也感慨道。"吃饱就不错喽，我们小时候饭都没的吃，大家抢着挖野菜，很多人营养不良。"奶奶说着说着，我的碗里已经堆满了菜。

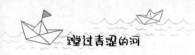

"现在好了，都长大了。看，宝宝长高了，金坛也更高更大了。"爷爷饱经风霜的脸上露出了笑容，双眸放出光芒。

改革开放前，金坛就是一条河、一条街。街是思古街，沿河自西向东。说是街，其实不过是条巷，宽不足三米，由青石板铺成，向东门外延伸。街的两边是木质房屋，房屋有伸向街心的飞檐与吊脚。狭窄的巷曲折幽长，一样光滑的青石板，一样古老的房屋，我小时候走着走着，就失去了方向，父亲不止一次说。那青石板上，何止是父亲的足迹，那磨得光滑鲜亮的，是金坛人祖祖辈辈的印记。赤脚的、穿草鞋的、穿布鞋的、穿皮靴的，孩子的笑声、买卖声、问候声、闲聊家长里短声，房屋建了、旧了、破了、再建，等等，都与时光一起被收纳进了青石板里。如今，青石板已不知去向，带走的还有金坛的记忆。宽阔的黑色柏油路面，高耸的大楼，炫目的霓虹灯，川流不息的车辆……金坛日新月异，现代都市气息封存了历史。

河是丹金溧漕河，贯穿南北。旧时，它承载着金坛与外界货物的沟通，船只来来往往。码头自然是热闹的地方，装货、卸货全由肩扛。狭长的跳板在岸与船之间悠悠摇晃，晃出了金坛千百年的历史，晃出的是一曲动人的歌、一首隽永的诗。如今，丹金溧漕河已经由白龙荡改道。因此，南新桥南，北新桥北，都已没有了船影，只有河水静流。只有河畔"开一天"的招牌，还在诉说着一段历史。

"'开一天'的小笼汤包好吃。"爷爷咂了咂嘴。好吃吗？太油腻！我将啃了一半的排骨丢给了小狗。小狗欢快地叼到门口，伏在地上开始享用它的大餐。

午饭后，太阳慷慨地将满身的金光抖落，一切生机勃勃。为了不负这大好时光，父亲带着我和表弟到滨湖公园游玩。湖边，各色帐篷东一顶、西一顶落在绿色坡地上，三五成群的人南一簇、北一簇说着、笑着、跑着。湖岸上，大小不一的石头落了一大片。经不住湖水的轻柔抚摸，临水的石头"哗哗哗"地欢笑。孩子们可开心了，争相在石头间踩出快乐的音符。胆大的像猴子一样，敏捷地从这一块跳到那一块，甚至奔跑起来；胆小的先爬上一块，再蹲下来，手摸着另一块，脚慢慢挪上去，然后手舞足蹈一阵，又锲而不舍地向下一块前进。

天蓝得出奇，没有一丝杂质，几片浮云被它当成棉絮，全身擦了个遍。云似乎挺乐意，不急不缓地拂拭。湖水借秋风的手，把自己抹蓝，让阳光在脸颊洒了些金闪闪的亮粉，纯美至极。远处，一个白点儿优雅地滑翔而来，是一只白鹭，蓝天与澄湖被它撕开，又迅速融合。

"爸爸，天怎么这样美？以前是灰蒙蒙的。"我惊诧于这片纯粹的蓝。父亲意味深长地说："改革开放四十年，经济建设取得了巨大的成就，人民生活得到极大的改善，但也付出了一些代价，正如你所说，从前有时天空灰蒙蒙的。而党的十八大以来，国家高度重视自然环境的修复与保护，打响了环境保护的攻坚战，大力治理大气、水资源等，才有了今天的美景，才有了人与自然的和谐共处……"

烟花骤停，思绪戛然而止。夜空中，只剩下一颗摇曳着微光的星，凝视着这座城市的生长。

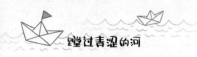

二十三、热度三分钟

　　镀了金的银杏叶，撩动日落时的风。风从天际而来，裹着的夕阳余晖的暖色与银杏叶的金色相撞。"哗啦啦""哗啦啦"，天籁之音不绝于耳。

　　一片叶在忘情的舞动中，挣脱了树枝，欢快地奔向大地。刚落下一米多，它又被风托着向上飘起，左摆一下，右晃一下，再轻盈地翻一个跟头。它多情的目光在不停地闪烁，可是在寻找心仪的那一方寸？旋即，一个俯冲，叶安静地依偎在树下裸露的根旁。根感受到叶内心的炽热，风里雨里，白昼黑夜，多少个日夜的仰望，终于等来了这一刻的温暖。它张开双臂，以最温柔的姿态拥抱下一片，以及更多叶的归来。

　　风的手，悄悄拉开了夜的幕。不知不觉中，夜色淹没了秋天所有绚丽的色彩。所有美丽的景致都会消失，或是暂时，或是永远。也正是因此，那些美好的存在才值得珍惜。虎爸深有感慨地走向学校大门。一迈腿，他就感到了冷意，方才站在银杏树旁，竟忘却了冷。尽管他换上了全毛的厚西装，还是有阵阵寒意侵入。他将西装裹紧，又扣上所有的扣子。

　　秋天越走越深，白昼越来越短。天一擦黑，世界仿佛就慢了下来，人的目光慢了，汽车慢了，电瓶车也慢了，于是交通更加拥堵。公交车便有了晚点的理由，即使正点，鸡仔也不一定正好赶得上。然而，时间的脚步从不懈怠，鸡仔只能披着黑黢黢的夜色回家。

每天回到家时，班级"英语角"的背诵名单，往往接龙到二十几名了。"英语角"是英语老师专门建立的微信群，要求学生将每天的背诵过程录视频，然后接龙上传，起到相互监督的作用。同时，为了鼓励学生积极背诵，老师还规定，每天排在前十位的学生，才有资格评"学习标兵"。鸡仔常常抱怨不公平，即使一回家就背诵，他也赶不上啊。虎爸安慰他，因为这个原因当不上"学习标兵"，没关系，其他方面达到的话，他就是虎爸心中的"学习标兵"。可兔妈持反对意见，"学习标兵"还是要争取的，同时晚上做作业的压力也越来越大。她建议鸡仔放学还是由虎爸开车去接，这样可以节省许多时间，作业也能提前完成。虎爸完全同意，决定即日起开车接鸡仔回家。

学校南门前特别繁忙。汽车停满了道路两侧，电瓶车集中停在大门前方，接孩子的人遍布校门周围，这儿一群，那儿一簇。年老的大都伸着脖子朝校园里张望，也有交谈的；年轻的一般都低着头，把自己塞进手机里。

虎爸走到大门前，自动门紧闭着，传达室前的小门敞开着。小门周围的人越聚越多，不时有人打招呼，还有相谈甚欢的。孩子们三三两两走向校门时，大家都把目光投向校园。当等待的脸上漾起笑容时，不用说，孩子放学出来了。那些孩子和同学一路谈笑风生，出了校门，道了别，再走向挥舞着手臂的老人时，却是一脸漠然。忽然一阵怪风，虎爸感到一阵刺骨的寒冷，不由得两手交叉抱住。

一团红色从校园深处飘来，越来越清晰，是鸡仔！鸡仔终于放学了！"儿子，书包给我。"虎爸笑眯眯地迎上去，接过鸡仔背上的书包，那分量，没有足够的力气还真拎不动。"爸爸，我告诉你……"一看到虎爸，鸡仔就有说不完的话。父子俩并肩走

向不远处的轿车，校门口的路灯画出了两个瘦长的身影，越画越长，越画越淡。

"今天有什么特别的事吗？"虎爸发动了引擎，轿车慢慢离去，路边还有许多等待的车辆。"今天知道数学成绩了。"鸡仔说。"哦，还好吗？"虎爸问。"九十三分。小朱一百，第一名，这个坏家伙，气死人了！"鸡仔气愤地说。"差距又大了？数学可是你的强项啊。"虎爸有些疑惑。"是的，不知道什么情况，最近小朱越来越厉害了。"鸡仔沮丧地说。"一分耕耘，一分收获。他一定付出了许多你不知道的努力。"虎爸说。"哦。"鸡仔若有所思，"爸爸，你以后要监督我，对我要求要更严格，你叫我干什么，我就干什么。""嗯，放心吧，爸爸会一直陪伴你。只要肯努力，就一定会有成效。"虎爸十分欣慰。

"妈妈，我先背完英语再吃饭。"鸡仔拿起兔妈的手机。"好的，加油！"兔妈露出灿烂的笑容。"今天比昨天提前近半个小时到家。"虎爸说。"嗯，辛苦你了。"兔妈说。"这小子有趣，在车上让我对他严格。"虎爸说。"受刺激了？"兔妈问。"嗯，小朱数学考了一百分。"虎爸说。"妈妈，英语背完啦！"鸡仔高兴地喊道。兔妈一看，英语背诵破天荒地接龙在第八位。

检查完家庭作业，虎爸一看，时间还早，前些日子作业做得晚，鸡仔好久没听朗读了，便说："儿子，听我朗读一篇散文吧。""又听朗读啊！"虎爸话音未落，鸡仔就嘟囔起来。"你！"虎爸瞪圆了小眼睛，一团怒火倏地从心底升起。看着鸡仔满不在乎的样子，火越烧越旺，穿越了心脏，直冲到大脑。强烈的心痛过后，虎爸的大脑一片混沌。"什么屁话！"虎爸大吼一声。鸡仔吓了一跳，低声说："我又不喜欢听。"

"怎么了？作业做得不好吗？"兔妈急切地问。父子俩从进门一直好好的啊，怎么忽然就出问题了？"他……唉！"虎爸欲言又止，脸憋得通红。"儿子，怎么惹爸爸发火了？"兔妈把目光转向鸡仔。"我、我也没怎么，就是不喜欢听朗读。"鸡仔低着头。"哎哟，还以为什么大事，吓死我了。爸爸不是朗读得蛮好的吗，你以前也喜欢听啊。"兔妈说。

停顿一下后，虎爸感到过于失态，似乎有些反应过度了。冷静、冷静、冷静，他连做几个深呼吸，稍稍平复了心绪。"还不喜欢听，你若愿意自己看书，谁又愿意读？不都是在陪伴你，帮助你成长吗？"虎爸的怒气还荡着余波。"呃，听就听吧。"鸡仔有气无力地说。

虎爸想起了开学以来鸡仔信誓旦旦的一些事。第一次，物理考得不如小朱时，鸡仔发现小朱在做课外补充习题的秘密。"妈妈，我要买《学霸》。"鸡仔对兔妈说。"什么霸？"兔妈有些不解。"当学霸好啊，有志气！"虎爸竖起大拇指表扬。"什么当学霸啊，是买物理《学霸》课外作业。"鸡仔着急地说。"哦，怎么突然想到要买物理课外作业了？"虎爸开心地问。"小朱在做，所以他考得很好。"鸡仔说。"没问题，包在妈妈身上。"兔妈已经打开了淘宝。"要快点儿，最好明天就做。"鸡仔说。"明天可能来不及，后天一定到。"兔妈订货后，特别要求卖家安排顺丰快递。第三天收到《学霸》，鸡仔一回家便埋头做了好几页，兔妈笑得咧开了嘴。可是做了一两次后，仿佛就忘了，至今一页未动。第二次，英语考得比小朱差时，鸡仔决心强化听力训练，于是一上虎爸的车就听新概念英语光盘。虎爸虽然听不懂，但儿子学习重要啊，他也乐得入耳。可是没几天，鸡仔又摇头晃脑地听起了音乐。再后来，发现小朱爱看小说时，鸡仔又要求看小说。虎爸乐悠悠地带回三本文学杂志，鸡仔翻了一下，又扔在一边睡大觉了。

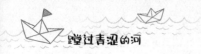

"不是听就听，儿子，你总不能做什么都三分钟热度吧？放学时，在车上还说，我让你干什么，你就干什么，还没过夜呢，你就这样了，唉！"虎爸叹了一口气，"你说，物理《学霸》做了多少页？小说看了几篇？英语听了几次？这个样子，你怎么能赶上小朱？""那、那我不和他比了。"鸡仔目光黯淡。"爸爸也没说非要求你和他比，你能超过自己就行了。其实，你还是有很多长处的，比如字和作文就写得比小朱好。你只要脚踏实地，一步一步前行，不要三分钟热度，做好自己，就可以了。"虎爸的语气亲切了许多。"哦，知道了，我会认真的。"鸡仔说。"爸爸知道，其实你主观上是要求好的，开学第一天的表现就能说明一切。还有，每次换新本子做第一次作业时，你写的字都非常漂亮。可良好的开端只是成功的一半，若不坚持，一切都将付诸东流。你现在最关键的问题，不是比不上小朱，而是管不住自己，做事没有恒心。"虎爸语重心长地说。

"爸爸，你读散文吧，我认真听。"鸡仔重新拾回一份自信。"轻松一点儿，这不是课堂。"看着鸡仔一本正经地把两只手臂平展着叠放在一起，虎爸不禁又想笑，这孩子真是可爱。"呵呵呵。"鸡仔笑了。"我今天朗读的是《时间怎样地行走》，作者迟子建，朗读者虎爸。墙上的挂钟，曾是我童年最爱看的一道风景。我对它有一种说不出的崇拜，因为它掌管着时间，我们的作息似乎都受着它的支配……"虎爸的朗读有很强的仪式感，每次都要报上题目、作者和朗读者。

球形吊灯下，一壶绿茶氤氲着淡淡的香，两个身影在餐桌上静默。前些日子还不太标准的普通话，甚至是有些滑稽的朗读，今天听起来却特别悦耳，鸡仔的思绪随着虎爸的朗读飞翔。他看见了时间行走的步履，钟表转动的指针或跳动的数字，都只是时间的外衣；自己拔节的身高、父母额头增添的皱纹和阳台上那盆兰花的花开花落，才是时间的内在。鸡仔想，一直不知道时间在哪里，原来就在身边，时刻伴随着他成长。在他前行时，时间与他步调一致。在他止步时，时间依然前行。难怪虎爸一直说，时间不等人，光阴一去就不会返。他必须抓住它，学习不能再三分钟热度了。

"只要我们在行走，时间就会行走。我们和时间是一对伴侣，相依相偎着，不朽的它会在我们不知不觉间，引领着我们一直走到天荒地老。"虎爸放下手机，浅浅地呷了一口茶，淡淡的香温润了嗓子。"儿子，你说时间在哪里？"虎爸充满期待地问。"就在爸爸的朗读里。"鸡仔想了想说。"为什么？"虎爸目光充满惊喜。"时间是虚幻的，更是具体的，一天的时间就在一天的事情里。在你的朗读里，既有你的时间，也有我的时间。"鸡仔说。"对对对。"虎爸连连认可。"还在爸爸严厉的批评中。"鸡仔又狡黠地说。"还在兔妈温柔的目光里。"虎爸朝鸡仔挤挤眼。"对，在兔妈温柔的目光里。"鸡仔大声重复，他俩一起笑了起来。

"什么事情，又拿我开涮呢？"兔妈的声音轻快地跳来，就像她从钢琴上弹出的音符。凶起来的是你们，好起来的也是你们，脸倒是变得快。她生命中这两个最重要的男人，一举一动、一颦一笑都牵动着她的心。"夸奖你啦！"虎爸和鸡仔异口同声。"是吗？那谢谢你们啦！"兔妈笑盈盈地说。

"爸爸，时间还早，我想写一篇作文。"鸡仔的大眼睛如窗外的路灯一般闪亮。"写一篇作文？"虎爸以为听错了，但确实没错，便说："那敢情好啊，准备写些什么呢？""写班上发生的事，尝试用小说的形式。"鸡仔说。"好的，就应该关注身边的事，你现在把它们记下来，以后看，会很有意思。小说的形式也很好，

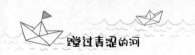

如果坚持每周写一篇，到了初中毕业，就会积累很多。可不能三分钟热度哟！"虎爸乐得小眼睛眯成了缝。

　　鸡仔沉思片刻后，黑色水笔便在笔记本上欢快地跳起了舞蹈。虎爸的目光轻轻扫过，俊秀的"花开"二字映入眼帘……

　　窗外，风裹着璀璨的灯光，在夜色中呢喃。

附：

花开

　　"等待花开"，经常被虎爸念叨，但在鸡仔看来，似乎还有点儿远。八年级以来，他觉得自己从没有开出一片明净、芳香的花瓣，花蕾反而有些颓废、腐臭。

　　天空蓝得无一丝杂质，越往中心越深邃，鸡仔觉得诡异。清脆的上课铃声响起，同学们纷纷飞入教室，而心还陶醉于楼下的那隔桂花香。数学老师急速而来，鸡仔的眼神寸步不离地盯住，盯住她手中那沓试卷。鸡仔的眼睛似两盏探照灯在试卷里搜寻。

　　阳光透过玻璃窗，在教室的一些角角落落漫游。一缕爬上鸡仔课桌上的阳光正在蠕动，似乎在寻找宝藏。鸡仔不耐烦地用手在桌上一挥，阳光一跳，跃上了他的手背，再跳到桌面，继续寻宝。

　　"把试卷拿下去！"老师的话似用火烧过。鸡仔迅速坐正，漫长的两分钟，煎熬着他。试卷传到他手中，火红的九十三分狠狠地给了他一巴掌。阳光又爬上试卷，先看看分数，又跳到鸡仔的脸上，观赏他每一个滑稽的表情。手中试卷千斤重，心里似有万般痛。他的脸异常扭曲，五官都集中到了一处。

　　"一百分，小朱。"老师的话瞬间让鸡仔怦怦乱跳的心沉沦到失落的黑海，鸡仔转眼一看，那双狐狸一般贼溜溜的眼睛，正对着他发出异样的光芒。在这以前，鸡仔的考试成绩已经在小朱面前"跪"过好几次，语文、数学、英语、物理竟被全面碾压，七年级的优势荡然无存。"得意什么！"鸡仔将脆弱的眼神绷紧，射到小朱面前，但立马被小朱的气场粉碎。

老师评讲试卷，以前的天籁之音现在却异常刺耳。鸡仔恨不得把周围抽成真空，阻止那些声音进入耳朵。他左手撑着头，望着窗外的蓝天。那最深邃的地方裂了一道口子，把鸡仔的灵魂吸了进去。

下课铃声将鸡仔的灵魂拽回，他的四肢开始活动。他冲出门外，小朱正往卫生间走。小朱察觉到了鸡仔，回首摆出防御的姿势，大战在即。鸡仔将满身怨气汇聚到手上，疾速出击。小朱一侧身，右手接住那拳，左手向鸡仔手腕下攻击。鸡仔立即回撤，夹住那手，一掌从右打出。小朱被打了个透心凉，气愤得转身离去。

鸡仔望着小朱的背影，蹲下来，一滴倔强的眼泪在眼眶里攀爬、失足、落下。"啪"，一朵水花碎裂成无数颗晶莹剔透的心。

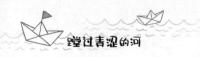

二十四、爱上吃肉

夜垂着黑色的翅膀，城市似近若远，影影绰绰。车怒瞪明亮的眼睛，道路似有若无，断断续续。不管是宝马，还是奔驰，抑或保时捷，都只能盯着前车的尾部慢慢溜。

后车眨眼、嘶鸣，不停交替。"有本事开到夜的翅膀上飞过去！叫叫叫，谁不着急呢？"虎爸有些不高兴，他打开电台，调至《哈哈乐翻天》节目，打发无聊的时间。一阵怪风突然袭来，虎爸听见了它在车外狰狞地吼叫。鸡仔此刻应该已在校门口了吧，冷不冷？他将车窗打开一条缝，野蛮的冷风横冲直撞地灌进来，车内的暖顷刻间消失。虎爸不由自主地打了一个冷战，对前车缓慢的爬行很不满，汽车便呐喊了起来。

最后一个左拐的信号灯，等了三次终于过了，车灯划破那片黑，快到学校门口了。那是鸡仔吗？站在路边张望的男孩。是的，就是鸡仔，瘦长的身体背着比大大的书包，在风中摇晃。他迈开细长的腿，闪亮的目光已经捉住了汽车。看见鸡仔欢快地跑来，虎爸忽然感觉眼睛痒痒的，接着就湿润了。"咔"，车门打开，鸡仔倏地跳上了车，停车时间不足三秒。"儿子，冷吗？"虎爸心疼地问。"不冷。爸爸，今天有很多大事。"鸡仔鼻子红红的。"很多大事？都是什么大事？"虎爸问。"考试成绩都知道了，你知道我数学多少吧？嘿嘿——九十七分，第一名。"鸡仔难以掩饰兴奋。"嗯，不错。"虎爸的眼睛亮了。"物理九十五分，第二名。

英语九十六分，第一名。"鸡仔几乎要笑出声来。"太厉害了！给你点赞！"虎爸心里也亮了。

"爸爸，今天晚上吃什么？"鸡仔问。"妈妈在家烧饭呢。"虎爸成功超越了一辆匍匐前行的慢车。"有肉吗？"鸡仔问。"肉？有！"虎爸说。"爸爸，以后每天都要烧肉给我吃。"鸡仔说得很肯定。吃肉？儿子突然就变了？虎爸感到纳闷。是的，他没有听错，鸡仔想吃肉了，还要天天都吃。"好嘞，没问题。"喜悦溢满了车厢。"金碧园大酒店里一条一条红色的海鲜肉很好吃，一席婚礼公园里烤鸡也很好吃。唉，以前只顾瞎聊，都没有怎么吃到。"鸡仔不由得咽了咽口水。"红色的是蟹肉棒。当时叫你吃，你还有意见，现在知道了吧，以后一定要多吃。"虎爸心里乐开了花。

几个星期前，虎爸在食堂吃饭时，好友忧心忡忡地告诉他，孩子最近瘦了，只有一百一十二斤。"你家孩子多高？"虎爸问。"一米七二。"朋友说。一米七二？瘦吗？虎爸心里咯噔一下，手指不由得抖了几下。鸡仔接近一米七，才八十斤多一点儿，看人家这爸爸当的。鸡仔必须增加营养了！虎爸回家后便和兔妈商量解决的办法。兔妈说："吃小公鸡可能会有改善，很多孩子发育时都吃小公鸡。烧汤，再放点儿药，不放盐。""吃小公鸡可以，但不放盐不行，儿子肯定吃不下去。药也不用放了，人家那是帮助发育的，他个子蹿得这么高，不需要。"虎爸说。"嗯，那就红烧吧，红烧口味好，关键是要让儿子喜欢吃，多吃。"兔妈说。第二天，虎爸便专门赶回父母家，逮了一只还没有打鸣的小公鸡给鸡仔吃。小公鸡很嫩，鸡仔吃得很轻松，骨头都嚼了嚼。虎爸和兔妈都不吃，只是看着鸡仔笑。"你们怎么不吃？"鸡仔好奇地问。"呃，这是爷爷养的小公鸡，专门给你吃的。"虎爸说。"对你长身体有好处，多吃点儿，身体棒棒的。"兔妈说。"哦，那好吧。"

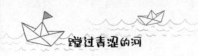

鸡仔似乎敞开了胃口，一个人两顿便吃完了。星期天回家，虎爸叮嘱父母，不用买别的菜，杀一只没有打鸣的小公鸡即可。如此，七八只小公鸡进了鸡仔的肚子。

前天，兔妈做了红烧肉，鸡仔吃得津津有味，称赞兔妈厨艺好，可以打满分，还说要吃一半。虎爸和兔妈都没有吃，鸡仔果真就吃了一半。什么情况？虎爸和兔妈面面相觑。看来是猪肉买得好，虽然价格高了一点儿，但还真不错，下次还买这家，虎爸想。看来这次烧得好，可得好好总结经验，是花椒还是冰糖的功劳，兔妈琢磨着。昨天，剩下的另一半红烧肉，全被鸡仔吃完了，汤汁也拌了饭。

想想从前，想让鸡仔吃点儿肉，是非要拍桌子、敲板凳的。记得鸡仔很小的时候，虎爸夹一块肥肉给他，他噘着小嘴不肯吃。虎爸便说："那吃一块瘦的吧，必须二选一。"鸡仔手托着脑袋想想，说："好吧，还是吃一块肥的。"虎爸心里嘿嘿直笑，夸自己真是天才。可等他再大一些，选择题就不管用了，鸡仔会用小手把碗遮住，嘟囔着："一个也不选，一个也不选。"于是乎，虎爸的小眼睛瞪圆了，嗓门大了，桌子也拍疼了。再后来，鸡仔眼泪汪汪地吃下几块肉，吞咽时脖子伸得老长。这哪是吃肉，分明就是受罪。

想着想着，车灯的光束一路划破黑夜，已把小车牵进了小区。他们回到家，兔妈已经准备好了晚饭：红烧猪蹄、清炒土豆丝、青菜蛋汤，两菜一汤，稍显简单，但有清炒土豆丝就能解决所有问题。"先洗手吃饭吧。"兔妈已经开始盛饭。"爸爸，肉呢？那是什么啊？"鸡仔指着猪蹄问。这小子，以前从来不关注菜肴，连红烧猪蹄都不认识。"猪蹄。"虎爸说。"猪蹄？什么是猪蹄？"鸡仔有些好奇。"猪蹄就是猪的脚。"虎爸说。"啊，多恶心啊！"

鸡仔不悦，"踩着猪粪的脚，上面还都是皮。""猪蹄好吃，而且主要吃皮，你先吃一点儿试试。"虎爸知道鸡仔的怪癖，不吃皮，鸡皮、鸭皮、鹅皮，甚至是鱼皮，都要揭掉；还怕啃骨头，什么爪，什么头，一概不吃，就连吃块仔排，都还剩很多肉就扔了。让他啃猪蹄、吃猪皮，确实有点儿难。"多吃点儿土豆丝。"兔妈赶紧送上笑脸，把盛土豆丝的盘子推向鸡仔。

鸡仔没有看土豆丝，却夹起一小块猪蹄，上看看，下看看，目光已经把肉嚼烂。一滴暗红色的汤汁挣脱了肉，缩成圆球，带着香，落在餐桌上，溅出了一朵花。鸡仔小心地把肉夹到唇边，舌头舔了舔，再放进嘴里嚼一嚼，脸上笑开了花。"我全包了啊！"话音刚落，盛猪蹄的盘子已跑到鸡仔面前。鸡仔瞄准一块大的，下筷，用力一夹，猪蹄滑落；再夹，又滑落；三夹，还是滑落。于是，他干脆放下了筷子，用手抓起，边啃边喃喃道："好吃，好吃。"片刻，不剩一丝肉的骨头落在桌上，黏稠的汤汁把鸡仔的嘴唇染成暗红色。他顾不上吃一口饭，细长的手指又捏起一块，塞入口中。虎爸和兔妈目瞪口呆，清炒土豆丝才是他的最爱啊，怎么回事？口味咋就变了？甚至连啃骨头嫌麻烦的坏毛病都改了！

深秋的风，吹出了五彩斑斓的树林，吹黄了此起彼伏的稻田。蟹脚痒痒了，迎着风攀爬，正是吃蟹好时节。周末，虎爸的一位忘年交送来一份蟹，说是给鸡仔吃的，每年如此，可鸡仔总是懒得吃，除非肉被剔出来。于是，每年都美了虎爸和兔妈的味蕾。

"爸爸，你拎的什么啊？"鸡仔见虎爸提着一个绿色的盒子进门，跑过来问。"螃蟹，一位爷爷刚刚送来的。"虎爸晃了晃手中的绿盒子。"今天就吃吧，味道好像不错啊。"鸡仔说。"好的，现在就煮。"虎爸从绿盒子里拎出一个绿网袋，十多只绒螯

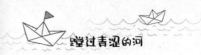

蟹叠在一起，像一块块石头，了无生气。"一人两只，一公一母，怎么样？"虎爸问。"可以可以！"兔妈和鸡仔都高兴地赞同。虎爸小心翼翼地倒出六只，公蟹多了一只。他抓回网兜，换了一只母蟹。螃蟹入了洗菜池，便不再安静，张牙舞爪地向上爬。虎爸卷起袖子，拿着板刷清洗时，蟹们高高举起覆盖着金色绒毛的大螯，锋利的钳子全部张开，亮出白刃，随着虎爸的手势挥动。"不得了了，这么凶！"鸡仔叫了起来。最终，还是虎爸厉害，他捏着螃蟹背的两侧，任螃蟹怎样疯狂，都奈何不得。螃蟹一只一只在挣扎中，被洗净了身体，与葱、姜、酒、盐一起入了锅。

鸡仔的目光与灶上"嗞嗞"的火苗一起舔着不锈钢锅，他不时地走近，瞧一瞧，听一听。锅里水的响声越来越大，一不注意时又渐渐小了。"沸腾了，沸腾了，爸爸！"鸡仔大叫。"嗯，还得小火焖一会儿。"虎爸说着，把火调到了最小。

十多分钟后，虎爸关了火，端下锅。鸡仔迫不及待地揭开锅盖，一阵热气白花花蹿出来。他稍稍扭开脑袋，热气跑完后，一锅通红的蟹映入眼帘。一只蟹的两只红色大螯高高竖起，但已不能动弹。所有蟹的动作都被定格，爪子全部张开，那应该是挣扎的姿态。它们一定很痛吧，真可怜，鸡仔心生怜悯。"开吃啦！"虎爸把它们夹到大汤碗里，端上桌。"好嘞！哈哈哈！"说到吃，鸡仔的怜悯瞬间丢到九霄云外了。"来了，来了！"声音带着兔妈急匆匆地赶来。

"吃蟹要先剥脐，后揭盖，再去鳃。接着从中间一掰两半，注意中间有一条泥肠要去掉。再抓住脚，一片一片掰开吃。"虎爸边说边演示。"嗯，嗯。"鸡仔专注地点点头。"爸爸，盖上的黄可以吃吗？"鸡仔揭开蟹盖后一脸认真地问。"当然可以，中间吐泡泡的地方，有一块硬的不要吃。"虎爸边吃边说。"咔"，鸡仔折断一根蟹脚，用金黄的利爪掏蟹盖上的黄，可总是掏不下来。他干脆丢下折断的蟹脚，直接用手指抠。手指刚刚沾上蟹黄时，鸡仔放在嘴里吮一下，脸上就溢出了阳光。

鸡仔吃得十分仔细，蟹腿一根一根掰，白皙的蟹肉完全裸露。吃完蟹身的肉，再咬断脚的两端，吮出中间的肉，剩下金色偏红的方形空管。肉是一条，外面裹着灰色半透明的膜。"爸爸，大脚咬不动。"鸡仔抓着大螯，歪着头，放在嘴里咬了咬，换了一个角度再咬，壳太硬了。"给我吃吧。"兔妈眉开眼笑地从鸡仔手中接过蟹螯。"你不吃大螯吗？里面的肉可多了，便宜妈妈了。"虎爸扬了扬眉。"啊，这么多肉啊！"鸡仔看着兔妈咬开的大螯，直愣愣地盯着一簇簇白嫩的肉。

鸡仔吃到第二只大螯时，兔妈说："给我吃吧。""不，我自己吃。"兔妈话音还没落，鸡仔便断然拒绝。"你的牙齿咬得动？"兔妈笑着问。"可以吧。"鸡仔像兔妈一样奋力掰开大螯的半边钳子，张开嘴，大螯被咬去一块。他向前伸长脖子，双眸圆瞪，左手举着大螯，右手捏着半边钳子，小心地掏出一丝一丝白皙的肉，神情专注得令人惊讶。一小片蟹肉落下，如一片轻盈的雪花。鸡仔伸出手指轻轻拈起，放入口中，捏着半边钳子继续掏。

"爸爸，你看。"鸡仔晃了晃手中的蟹螯。光滑的内壁映入虎爸的眼帘，与壳外披着的绒毛形成鲜明的对比。"不错，只要努力，就没有你办不了的事。味道怎么样？"虎爸问。"好吃，大脚里面的肉真多。"鸡仔兴奋地说。"所以，什么事都要积极尝试，否则你永远不知道它到底怎么样。"虎爸笑盈盈地说。"嗯。以后我还要吃更多好吃的肉。"鸡仔说。"有志气，努力做一个'吃货'！"兔妈哈哈大笑。

虎爸似乎看见，鸡仔身上的肉正在"嗞嗞"生长。

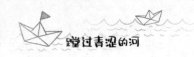

鸡仔——

　　星期天下午，爸爸带回了一份螃蟹。

　　太阳似乎困了，收敛起光芒。螃蟹活跃了起来，不停地用利爪"咯吱咯吱"地抓纸箱。我无法观察，却能感受到它们对光明与自由的渴求，不禁生出一丝怜悯。也许从出生那一天起，它们就注定成为人类的美食。弱肉强食，自然界最残酷的法则，没有一个生物能超越。

　　夜幕初垂，爸爸将箱子打开，娴熟地将装螃蟹的绿网拎出，解开网口，螃蟹一只只掉落到洗菜池中。螃蟹慌乱地爬来爬去，四周是阴森的机械味的银墙。有一只奋力向上攀爬，四只爪子就要探出，我急忙用一根黑棒将它捣了下去。其实，我很欣赏它的顽强与坚毅，它却不知自己的抵抗只能成为强者的笑柄。

　　螃蟹长得实在骇人，覆盖全身的青色甲壳坚硬无比，用木棒敲一下，有快板的声音。甲壳边上长有许多刺。八只利爪一侧边缘长有金黄的毛，两只大螯披着细长的金色绒毛，银白色的钳齿闪着寒光。我把棒伸向它，它立刻举起大螯，跟随棒子挥动，俨然一个威风凛凛的将军。"咔嚓"，大螯夹住了棒，气吞山河，似乎要将把棒剪断，我将它放入池中，它立刻松开钳子逃命去了。

　　爸爸先抓了一只公蟹，它八脚朝天，两只大螯不停挥动，想咬到爸爸的手，可无济于事。它徒劳地挣扎，任淡黄的腹部被刷洗，被冲淋。最终，它被清洗干净，放入锅中。螃蟹似乎感受到了死亡的威胁，尖爪抓个不停，可一切无济于事。爸爸将锅放在燃气灶上，点了火，蓝色的火苗"嗞嗞"舔舐着锅底。"吱嘎吱嘎"声急促地响起，螃蟹在垂死挣扎。声音又渐渐平息，只有火苗与水的合唱。

终于可以开吃了,爸爸揭开锅盖,青蟹全部被染红。其中一只,大螯指向天空,也许最后关头还想着逃命,而此时,所有的动作都已定型。

我拎出一只公蟹,它那骇人的利爪已经没有任何威胁性。我将它翻个身,脐像一座陡峭的孤山陷在淡黄的肚皮上,边缘有一些细细的金黄色的毛。剥开脐,鲜嫩的蟹黄就从脐口溢出,芳香也随着四溢开来。再揭开它的盖,一条条灰色的腮中间耸立着几近透明的膏,咬一下,黏稠得连嘴巴也粘住了。我将中看不中吃的腮刮掉,抓住蟹脚,将螃蟹掰成两半。白皙的肉一丝一丝露了出来,肉有一层一层纹理,我顺着纹理一口一口咬下来,再连着脚一起啃。啃脚时,先将两边的关节咬断,再用力一嘬,脚里的肉披着灰色的外衣出来了,只剩下隧道一样中空的壳。

吃大螯就难了,它似乎不想被人知道里面还有一个"夏官"。于是,外面长满了棕色的毛,周边生出大刺。我将钳子掰断,一点白色映入眼帘,把覆盖着毛的壳咬破,"夏官"全部裸露。我取一截断爪,从里面掏出白皙鲜嫩的一丝一丝蟹肉,直至最后一丝跑进我的嘴里。

煮过的螃蟹都已经成了外红内白的壳,七零八落地堆在餐桌上。没有煮的,被囚禁在绿网里,吐着泡泡。

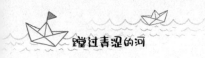

二十五、小雪落雾

愉快的周末，恰逢小雪节气，却没有飞雪的身影。轻纱一般的夜幕刚刚垂落，夜色又蒙上一层薄雾，一切都虚幻起来。

道路成了一条条系在城市身上的光带，又似星光闪烁的银河，一辆车就是两颗星。星光的流动速度越来越慢，时常停滞，于是光越来越密集。虎爸适应了拥堵的常态，悠闲地打开收音机，捉一段快乐，填充一个人前行的无聊时光。

"春暖花开……"手机铃音响起。虎爸拿起蓝牙耳机，娴熟地打开耳机开关，准确地塞到耳洞里。"老爸，还是老地方，啊。"虎爸还没有回过神来，鸡仔已经挂断了电话。时间还没到啊，今天怎么早了？汽车突然躁动起来，左瞄瞄，缝隙太小；右瞧瞧，正好有半个车身的间隙。右转灯眨起了眼，橘黄的光如千万缕丝线，透过夜色与薄雾，向四周晕染开来。"嘀嘀——"右侧后车猛地跟紧。虎爸叹了口气，向来只有被加塞儿，就没有加塞儿成功过。熬过一段路程，右转北行，车辆锐减，虎爸似乎面对广袤的草原，策马扬鞭。"唰！"一堵白墙竖在眼前，除了白，什么也没有。虎爸惊出一身冷汗，立即勒马缓行。他再也拦不住一句冲向嘴外的脏话。

天越来越冷，路越来越堵，校门口停车也越来越难。虎爸和鸡仔商量，他算好时间，停在学校东侧的面包房门前，鸡仔步行过来，可以避开学校门前的拥堵，反而节省时间。如果鸡仔先到了，就在路边梧桐树下等候。如没有特殊情况，鸡仔都是和小朱一起离开学校。小朱由外婆接送，小朱外婆每次都让鸡仔打个电话给虎爸。"看到婆婆，有没有打招呼？"虎爸不放心。"当然，婆婆可开心了。"鸡仔得意地说。

梧桐树下，鸡仔探着脑袋，滴溜圆的眼镜架在瘦小的脸蛋上，这不是哈利·波特吗？靠边，停车，解锁，"吱嘎"，右侧后车门打开，鸡仔伸进脑袋，拽着身体，钻了进来。"儿子！"见到鸡仔，虎爸之前的惊吓与无聊消失得无影无踪。"爸爸。"鸡仔平静如水。

一片梧桐叶泛着内敛的黄，打着旋儿，从车窗边滑过，越去越远。"爸爸，我准备八个星期不玩了。"鸡仔一字一字，说得坚定。"为什么？"虎爸虽然看不见鸡仔的表情，但可以听出他是郑重其事的。鸡仔看着窗外，灯光里不时有梧桐树叶飘落，影影绰绰，虚幻了时空。

下午第三节下课，鸡仔帮小朱到办公室搬数学家庭作业本。虽然不是数学课代表，但他总是陪着小朱一起到数学办公室，于是数学老师给他封了一个"第二课代表"。刚进办公室门，数学老师就乐呵呵地对十一班的数学老师说："下学期，小朱就交给你了。""嗯，是棵好苗子。"十一班的数学老师点头称赞。

十一班是什么？走读班啊！全年级最好的五十名学生集中在一起，学习数学和英语。"老师好！"小朱脸上漾起的阳光，照得鸡仔无处躲藏。尽管鸡仔的数学成绩一直比较理想，甚至经常超过小朱，但这次期中考试，他的竞争对手小朱起飞了，飞到了年级前十，可他还徘徊于百名之外。那是高山之巅啊！得知成绩后，鸡仔都不敢相信那是真的，一度暗自落泪。现在，他的好朋友小朱要进走读班了，他怎么办？虽说只有数学、英语两门课，可对

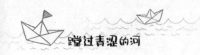

于与小朱形影不离的他来说，已是残缺不全了！

　　"我一定得赶上，前十就不想了，必须进入前五十。"鸡仔眼中放出坚定的光芒。"嗯，不错，就要有这股不服输的劲。"虎爸心里乐开了花。"可、可是我只有三分钟热度。"那光芒渐渐黯淡了。"没事，有爸爸呢，爸爸会陪着你，提醒你。"虎爸赶紧打气。

　　"什么声音？"兔妈吃力地抬起重似千斤的眼皮。"有声音吗，没有吧？"虎爸迷迷糊糊地回答，又翻了一个身，准备继续美梦。梦中，鸡仔正在认真地做作业，清秀的字体格外醒目。"应该是儿子起床了。"兔妈清醒了，世界清晰起来。"是吗，几点了？"虎爸揉了揉眼睛。"刚过七点。"兔妈打开手机。"这么早！以往周六早上不到八点，一定是起不来的。"虎爸套上睡衣，穿鞋时一个趔趄，倏地清醒起来。

　　果然是鸡仔，他正在房间里写作业，台上摊了好多书。"儿子，这么早就起床做作业了？"虎爸笑眯眯地说。"爸爸，你吓了我一跳。"虎爸走近时，鸡仔竟然没有发现，"我六点不到就起床了，台上都是做好的作业，你先检查一下。""是吗，太辛苦了。"虎爸边说边打开作业，整齐、美观，看了特别舒服。"嗯，做得不错。好！好！好！"兔妈走了过来。"你看，儿子五点多就起床了。"虎爸递过作业本。"乖乖，不得了了！什么情况啊？"兔妈的脸上写满了疑惑。"嗯，秘密！"虎爸和鸡仔异口同声。

　　"虎爸，来一下。"兔妈回到房间里喊，和声细语里充满了力量，虎爸就被这力量席卷着进了房间。兔妈的目光在他脸上扫了扫，他就交代了。虎爸说兔妈的目光能杀人。"别高兴得太早，莫忘了三分钟热度。"虽然这样说，但兔妈的声音是轻柔的，抑制不住外溢的喜悦。

　　阳光暖暖地透过阳台，触碰这一方宁静。兔妈在手机的世界里畅游，除了目光中神采的流动，倚着沙发的姿态已经在窗前定格成一幅画。阳光从地砖上跳起，斜射过来，好奇地窥探那个小窗口里面的神秘世界。餐桌边，虎爸和鸡仔对坐，虎爸沉浸在笔记本电脑里，不时地在键盘上敲打，十四寸的大窗口里跳出的字句是他心灵的舞蹈；鸡仔埋着头，笔尖"沙沙"地跟着目光飞翔，"哗啦啦"翻一下书，宁静的时光掀起涟漪后又恢复平静。

　　一上午的时间，除了作文，鸡仔的作业全部完成了。虎爸检查后，感觉确实做得不错。可对于作文，鸡仔又犯了难。"'生命'，这个题目写什么？怎么写？"鸡仔目光锁住虎爸，期待如以往一样得到帮助。虎爸沉思片刻说："儿子，以后作文要独立完成，必须是你自己的思路。爸爸说多了，就不是你独特的东西了，至多只能在你完成构思后提提建议。""那我好好想想。"鸡仔有些失落，打开了目光的锁。

　　"出发！"接近中午十一点时，虎爸发出号令。鸡仔立刻来了精神，换好鞋第一个跑到门外。每逢周六，虎爸都会带些水果之类的，和兔妈、鸡仔到鸡仔的爷爷奶奶家里吃午饭。鸡仔不太清楚为什么，但他能从爷爷奶奶的目光中感受到幸福。鸡仔说，长大后也会对虎爸兔妈好，就像他们对待爷爷奶奶那样。

　　午饭后，阳光温暖着大地，和风在光上滑行，好似春天的感觉。"儿子，到田野转转，说不定就能找到写作的灵感。"虎爸已经沐浴在阳光里。"好嘞！"鸡仔飞奔而来，顺手抄起一根竹竿，他总是喜欢那种舞枪弄棒的感觉。

　　田野里，到处流动着暖暖的色彩，杂草、树木都被季节的手涂得五彩斑斓。微风轻拂，不时有或黄、或红、或红黄交错的叶，跳着轻盈的舞，优雅地滑落。"叶的飘落，岂是生命的终结？根

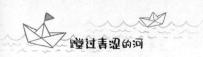

的拥抱，是生命的再一次轮回。"虎爸情不自禁地低吟。"哟，诗人嘛！"鸡仔持"剑"砍下一棵野草的脑袋后赞叹。他这一路走来，不知多少野草断了头。

"爸爸，这是什么树？你看，纤细的树干多直啊！"鸡仔好奇地盯着一棵和他手中竹竿一般粗的树。"呃，这个？没关系，爸爸有利器。"虎爸掏出手机，打开微信小程序"植物识别"，对着树拍照，上传识别。鸡仔伸过脑袋，手机屏上跳出一个小圆圈，不停地转，一秒、两秒、三秒……转了十多秒也没有结果。虎爸换了一个角度，再试，还是无果。"什么利器啊？都是传说！"鸡仔收回了目光，挥舞着竹剑走向田野深处。

回家后，鸡仔写作的灵感也有了，半个小时便完成了作文。虎爸检查时发现，题材就是初冬的田野，虽然还有一些不足，但总的来说还可以，字迹也端正。"已检查，十一月二十四日。"鸡仔的家校联系本上留下了虎爸工整的行楷字体。

星期天，《数学新思维》《物理课时通》《英语时文阅读》《语文片段训练》等，鸡仔在以往考试成绩落后于小朱时要求买回来的这些练习册，都约好了似的，一起跑出来。鸡仔一一填饱它们的肚子后，才将它们整齐地摞到书桌上。

鸡仔以"生命"为题的作文得到了全班最高分，还被朗读。数学第一，英语第四；数学第二，语文第五；接连几次小测试成绩也还理想，除了英语落后于小朱，其他科目都超过了，鸡仔很满意。虎爸高兴之余却发现，鸡仔写的字又像从前了。虽然他不断地提醒，但仍然每隔一段时间就出现反复，且扭转不了总体后退的趋势。

怎么办？怎么办？面对鸡仔这样那样的理由和越写越油的字迹，虎爸万分焦急。过于批评打击肯定不行，但一年多的强化训练可不能付诸东流。写好字，对中考、高考都很重要，等到以后再练，又是痛苦的煎熬。对，训练！持之以恒地训练，让鸡仔每天练几个字，及时纠正散漫的笔迹，不断规范书写行为，逐步养成良好的习惯。

虎爸打开 word 文档，以稿纸的格式进行了打印，为了美观，把方格线条选成红色。他在微信公众号上挑选了一篇优美的散文，提笔写起。一笔一画，一字一句，竭尽所能地写好。为了激发鸡仔的写字兴趣，提高他的写字速度，字体略偏向行楷。他写一行，空一行，留给鸡仔临摹。可写着写着，他就忘记了空行，再重写。写完一张，瞧一瞧，他很满意，用手机拍下来，放大后再看，亦不错，仿佛这就是鸡仔考试时的答题卡。

"儿子，爸爸送你一件礼物。"虎爸笑眯眯地说。"什么礼物？"鸡仔兴奋地夺过虎爸的手提包。巧克力？玩具？还是……奇怪，什么也没有啊！鸡仔把包的肚子掏了个遍。"别急别急。"虎爸拿回包，不紧不慢地拿出薄薄的一沓纸。"你看。"他把纸翻了一个身，送到鸡仔面前。"这是什么礼物啊？"鸡仔顿时泄了气。这不就是平常的书法纸吗，字嘛，还算得上美观。"送给你。"虎爸依然微笑。"家里不有字帖吗，还要这书法纸干吗？"鸡仔不情愿地接过去。"呃，不一样。"虎爸神秘地眨眨眼。"有什么不一样？"鸡仔翻来覆去地看。"什么情况？我来看看。"兔妈走了过来，接过书法纸，目光一扫，便发现了奥妙。"儿子，你看，这像谁写的字？"兔妈微笑着问。"像，像，对了，像爸爸写的字。"鸡仔眼中突然放出光彩。"嗯，不错嘛！待会儿我也来写！""不着急，等家庭作业完成了再写。"虎爸说，"上面的文章是我专门挑选的优美散文，你每天练一点儿，可以一举两得。""好，没问题。"鸡仔说。"好样的，儿子，看好你哟！"

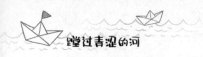

兔妈说。

每天晚上,鸡仔多了一份作业——对着虎爸的字临摹一两行。虎爸告诉他,别急,慢慢写。练字不求数量,但要有质量,同时还要细细品味散文的语言。柔和的灯光与明亮的目光,牵着鸡仔纤细的手指,笔尖伴着虎爸的字体舞蹈,虽然有些生涩,却也愉悦了目光。虎爸眯起小眼睛,咧开了嘴。

夜色贴着落地窗,远远地瞧不出所以然,兴许是受了感染,随着风的吟唱荡漾起来。

附:

生命

昙花只是一现,却在盛开时给人惊艳之美。海棠虽然无香,却在点缀春天时留下婉转旋律。植物的生命虽然微不足道,却在大自然中添上了浓墨重彩的一笔。

午后,刺眼的太阳坐在自己的宝座上,锐利的眼睛俯视着臣民。它散发温暖,似乎想让每个生命对它俯首称臣。我与爸爸漫步于田埂上,探寻生命的气息。

田野里,到处是油亮的绿色、红色、黄色……它们聚在一起闲聊着,欢笑着,空气中弥漫着泥土的芬芳。田野被分成方方正正的几十块,每一块上种着不同的植物,有些松松散散,毫无章法,有些则紧挨在一起,远看像是绿色的地毯一般。

一根根直立的木棍突然映入眼帘,它们外形粗糙,表皮呈银灰色,阳光射到干上,立刻被它紧抱住,再不肯放手。走到近处,才发现那不是木棍,而是一棵棵细长的小树。它大约两米高,像被人工改造过似的,离地面一米内绝无旁枝,它的枝也不张牙舞爪地伸展，像一个个士兵，坚守在此地。

"这树长势不错，树干像尺子那么直，从来没见过！"爸爸挠挠头。"好直啊！"我也不由得赞叹，情不自禁地摸着它细长的树干和粗糙的皮肤。"哎哟！"我的手指隐隐刺痛。它并不喜欢被人抚弄，所以全身长满尖尖的刺，来拉开距离！一个个小刺闪着寒光，给任何一个想要侵犯它的人以重击。

它虽然瘦小，却有笔直的干，有着"头可破，血可流，身不可辱"的气概。它从不弯腰，甚至鄙视身边高大魁梧的雪松的低头和其他任何生命的浑浑噩噩、任人宰割。它哪怕流尽最后一滴血，也不会跪倒，有着坚定的信念和不屈的意志！我对眼前这棵不知名的树顿时起了敬意，仿佛它是君，我是臣。用脚踢踢它，它只是颤抖几下，便岿然不动。如果想要用手掰断它的身躯，它一定会用自己的力量，让你也尝一尝"痛"的滋味。即使它倒了，腰还是直的，在拦腰截断处，会留下几根冲天的刺，不屈地向你示威。

秋瑾宁可牺牲，也决不出卖同志；邓世昌宁可沉入碧波，也决不投降。他们有着挺直的腰板，不变的气节，铁打的信念，怎能不伟大？

树笔直地站立，站成了一首不朽的诗。

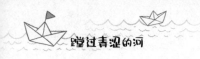

二十六、大雪飞雪

"下雪了!"一个空灵的声音不知从何处而来,亦真亦幻。虎爸抬起头,凝神向窗外张望。下雪了吗?似乎有雪花幽幽的白色身影,揉一揉眼睛再看,它又失去了踪迹。

手机上的天气预报说今天有雪,虎爸不相信,尽管预报的准确度越来越高。虽说已至大雪节气,但江南小城的初冬,还残存着阵阵暖意。在他的记忆里,雪是从未在大雪节气时落过的。作为驾驶员,他害怕下雪,一旦下雪,再遇上傍晚,车将难开,接送儿子的路就更难走了。但潜意识里,他似乎又希望下雪,今天是值得庆贺的日子。区作家协会主席发微信告诉他,市作家协会已批准他入会,恰逢大雪节气,若是再落雪,便是一首动人的诗了。

"下雪了!"惊呼声接二连三,打断了虎爸的思绪。真的,下雪了!白色精灵的身影越来越清晰,天空渐渐朦胧起来。欢乐的气氛很快在微信朋友圈中蔓延。大家都在"晒",晒雪景,晒惊喜,晒浪漫。雪越下越精神,大片雪花漫天飞舞,窗外朦胧成童话世界。虎爸也随之荡漾起来,站在窗前,瞪圆了小眼睛,想把一片雪花刻在心里。雪花一片又一片飘过,可他总是看不清它们的样子。他右手贴着窗玻璃,由心底涌出的炽热,经过手,温暖了玻璃的一角。突然,一片雪花冒冒失失地横飞过来,豌豆大小的不规则的白落在了他的手心处。虎爸迅速把手拿开,可雪倏地就融化了,甚至连水迹也没有留下,顷刻间消失得无影无踪。

虎爸眉宇微蹙，右手举起又放下，期待雪花再一次靠近，又担心手掌的温度将其融化。天总是难遂人愿，飞舞的雪花没有一片再来，他眼里流露出一丝失落。临近傍晚，漫天的雪突然歇了，正如它突然到来。虎爸留不住雪的身影，路面也仅仅蒙上一层湿的印象。

匆匆忙忙的一场雪，来得惊艳，去得诡谲，骚动的朋友圈很快恢复了平静。"你来与不来，我都在，来不喜，去不悲。"虎爸一个激灵，脑子里突然冒出这么一句，不知道是原创，还是从哪里抄袭的。人非草木，孰能无情，他想。于是，他有了伤感的理由，远看地面的湿痕，一声轻轻的叹息。

雪停不久，夜色悄悄弥散开来，路灯的光越来越亮。还有半小时就要去接鸡仔了，虎爸看了看时间。鸡仔的学习成绩也会如这怪诞的雪吗？鸡仔前几次考试的成绩都很理想，给他带来了很多意外的惊喜，会不会突然再次下降？虎爸微微一颤，感到了一阵寒意，心神不宁。

浓浓的夜色把鸡仔推进了汽车，一阵寒意顺势涌入。"儿子！"虎爸的呼唤声立刻温暖了车厢。"爸爸。"鸡仔的嗓子眼里挤出两个若有若无的字。虎爸瞄了一眼后视镜，鸡仔头顶着前座椅，吃撑的书包咧着嘴，压在弓着的背上，形成一个大驼峰。"怎么了？身体不舒服？"虎爸关切地问。鸡仔没有回答。车外，风卷着树叶，簌簌飘落。"今天数学考试了。"鸡仔的声音如落叶一般虚浮。"考砸了？"虎爸听得很清楚，心里咯噔一下。"应该是吧。选择题已经扣了六分，小朱一分也没有扣。"鸡仔沮丧地说。"扣了六分，不还有九十四吗？小朱其他题目也会错的。"虎爸嘴上宽慰着儿子，心里也不是滋味，数学是鸡仔的强项啊。

"这次肯定考不到九十分了，这些题小朱都会做，他要考

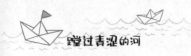

九十九分了。我怎么会选年级第九名作为竞争对手啊，是不是太不自量力了？"鸡仔说道。"你不要气馁，不要过于看重一城一池的得失，前几次考试不是都超过小朱了吗？"虎爸耐心地劝说，"学习上有目标是好事，有目标才有前进的动力，但不是说非要超过目标，更重要的是和自己比。如果今天的你超过了昨天的你，那就是好样的。"

"那两道选择题怎么就做错了！"鸡仔深深自责，"砰！"拳头猛地砸在前座靠背上。"儿子，失败不要紧，关键是要积极面对，从中吸取教训。失败是财富，每个人都是在自己的失败上成长起来的。"虎爸说。

"爸爸，我喜欢数学，又怕数学。"短暂的沉默后，鸡仔嘟囔一句。"为什么？"虎爸问。"数学很神秘，我喜欢。可考试时有的题目太难，我不会做，就害怕了。"鸡仔说。"傻孩子，你不会，别人也不会啊！再说了，数学的魅力也正在于此啊。"虎爸说。"可小朱会做，他很厉害。"鸡仔有些无奈。"那没关系，考试时不要想那么多，把自己应有的水平正常发挥出来就可以了。遇到不会做的题，也不要害怕，更不能因紧张而导致发挥不正常。只要尽力了，不管成绩如何，爸爸都会高兴的。"虎爸说。"假如我尽力了，仍然考得很差，怎么办？"鸡仔想了想又说，"尽力了，应该就不会差吧。""是的，在爸爸的眼里，你一直是最棒的。"虎爸笑了。

"今天学校里有没有特别的事？"虎爸问。"有，今天下雪，班主任拿着一沓试卷到教室，大家都以为体育课上不了了……"鸡仔恢复了往日的神采。此时，虎爸是最好的倾听者，他要让鸡仔滔滔不绝，意犹未尽，以此增加他写作的动力。

翌日，数学成绩揭晓，鸡仔果然考得不太理想，八十九分，低小朱三分。鸡仔告诉虎爸，又考了英语，每一道题他都细心做了，选择题答案和小朱一样，应该不会差。虎爸满意地微笑，为鸡仔战胜了自己而欣慰。

寒风与时间互相追赶着，日历才翻过两三页，气温便骤降至零度以下。寒冬带着骄傲，强势入驻。银杏已褪去了金衣，了无生气的虬枝杂乱而清晰地刺向天空，阵阵寒风在虬枝间吹出了响亮的口哨。梧桐树继续落叶翻飞，不断地给大地送来温暖的色彩。

冷风裹着夜色，一触到肌肤便刺入骨内。汽车前挡玻璃顽强地与寒风对抗，沁出的微汗很快便模糊了身体。虎爸立刻打开暖风，前挡玻璃上的雾气慢慢消失，在玻璃中间画出两个圆圈，越画越大，快速合并。虎爸视野清晰了，车内也温暖了起来。汽车不再迟滞，轻快地奔跑起来。

鸡仔站在路边，探着脑袋，防风衣的帽子戴得严严实实，路灯柔和的光摸不到脸的轮廓。防风衣是兔妈刚买的。对于款式，母子俩还经过一番激烈的争论，最后还是由虎爸拍板决定。那时起，虎爸发现鸡仔对穿衣、穿鞋有了自己的想法。站在寒风里，鸡仔却没有感觉到冷，一股难以掩抑的兴奋使他忘却了寒冬的到来。

"爸爸。"鸡仔跳上车。"哎，儿子，外面冷吧，爸爸开了暖风，摘掉帽子，拉开衣服。"虎爸看见鸡仔的鼻子红彤彤的。"爸爸，数学成绩出来了，你知道我考了多少分吗？"鸡仔来不及拉开衣服。"九十三？"虎爸猜。"不对，九十九。"鸡仔淡淡的语气，却掩藏不住喜悦。"厉害了，我的儿！"虎爸嘴角高高上扬。"你知道小朱考了多少分吗？八十八，嘿嘿。"没等虎爸猜测，鸡仔便脱口而出。

是九十九吗？鸡仔反复确认，正是九十九！面对数学试卷，九十九分像一个太阳，热烈地拥抱鸡仔，一股暖流快速涌遍他全

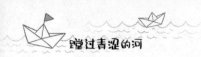

身。小朱考了多少分？鸡仔立刻飞了过去。八十八，是的，就是八十八！"哦，是没有看清题目吧。"鸡仔喜滋滋地安慰他。"鸡仔，多少分？"数学尖子扬着九十三分的试卷，大声问。"九十九。"鸡仔轻声回答，这声音如一根针刺进了对方的耳朵。数学尖子大吃一惊，这份试卷可是很难的。看到鸡仔的试卷后，他垂头丧气地离开了。鸡仔很淡定地乐在心里，在看似无意的打探中，隐约了解到全班第二名九十三分。会当凌绝顶，一览众山小，应该就是鸡仔此时的感觉。

"在爸爸和老师的眼中，你就是这样聪明啊！"听着鸡仔兴奋的讲述，虎爸心里乐滋滋的。鸡仔没有因为上次数学考试的失利而泄气，这次重新拾起自信。车轻盈起来，迎面的车灯也绽放出一朵朵炫目的花。

"爸爸，英语和物理考试的分数也出来了。"鸡仔兴致勃勃地说。"哦，没有考砸吧？"虎爸呵呵一笑。"英语九十八分，与小朱并列第二。物理九十二分，第四名；小朱是第一名，九十四分。唉，就差两分！"鸡仔不服气。"已经不错了。"虎爸开心地表扬。"明明可以超过小朱，那道选择题我是会做的，不知怎么，鬼使神差就做错了，扣了三分。"鸡仔满是后悔与自责。"没关系，只要能找到失分的原因，及时吸取教训，下次一定没问题，爸爸看好你。"虎爸哼起了小曲。

他们刚出电梯，一股诱人的饭菜香飘来。"真香啊！"虎爸和鸡仔异口同声。"爸爸，成绩先不要告诉妈妈，吃过晚饭再说。进门后，我做一个鬼脸，你像平常一样。"鸡仔把五官都拧到一起。"听你的。"虎爸含笑点点头。

"妈妈。"大门打开后，鸡仔响亮地喊。"回来啦！咋像一只调皮的小猴子？"兔妈还在炒菜，看到鸡仔古怪的表情说。"没什么。"鸡仔嘿嘿一笑，立即跳到沙发上，打开兔妈的手机，背起了英语。兔妈向虎爸投来诧异的目光，虎爸微微扬了扬眉，目光中藏着喜悦，兔妈会心地浅笑。

香喷喷的饭菜并没有锁住鸡仔的心神，他一会儿抬头看看圆球形吊灯，关心一下会不会有灰尘落下；一会儿挪一挪椅子，调整一下坐姿；一会儿挠一挠后背，赶走一只淘气的小虫。虎爸和兔妈兀自吃饭，仿佛没有看见这一切。

"妈妈，还是告诉你吧。今天有好多事……"鸡仔再也绷不住了，放下了碗筷，把时间凝固在滔滔不绝的讲述中。兔妈也放下碗筷，静静地倾听，在时光的流动中展现出最美的笑颜，随着鸡仔的讲述而散发出幸福的光彩。

虎爸心中一惊，从鸡仔的眉飞色舞中，清晰地感受到不断膨胀的气息。那气息带着骄傲，恣意飞扬，填满了整个房屋，让人被压迫得喘不过气来。虎爸和兔妈对视一眼，莫名的紧张涌上心头。兔妈也深感，千万不能乐极生悲，眼眸里七彩的泡泡被虎爸的目光刺破。

"儿子，儿子。"虎爸轻柔的声音极具穿透力，很快形成一堵墙，鸡仔的思维被彻底堵住。他张着嘴巴，数学尖子颓废的表情卡在了喉咙口，清澈的眸子里流露出疑惑。"儿子，对于考试成绩，爸爸妈妈都很满意，但你万万不可骄傲自满。你应该认真思考一下成功的原因，总结经验，以后才能更好，而不是躺在成功上遐想。""对对对，不可大意，不可骄傲。"兔妈也随声附和。"哦。"鸡仔的目光在闪烁中黯淡下来，膨胀的气息被针刺破，慢慢瘪了。

"你这次确实考得好！妈妈给你点赞。但你若想优秀的话，必须持续好，好得让人心悦诚服。"兔妈对鸡仔说。

"败了咱不馁，胜更不能骄。"虎爸面色温和，"分数固然

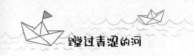

重要，学会弄懂才是本质。学习应脚踏实地，一步一个脚印，才不至于摔得鼻青脸肿。爸爸妈妈期待你在学习的道路上走稳走远，期待你不断收获一个又一个新的、更大的惊喜。""我会努力的。"鸡仔点点头。

虎爸轻柔的声音载着温暖，似一个个明亮的音符，轻快地跳进了鸡仔的心里。那些音符不断排列，站成了一曲优美的旋律。

鸡仔——

片片雪花不知被谁勾住了心，不顾一切地往玻璃上跳，晶莹的身躯瞬间消融。而我们也被雪花摄住了魂，心不约而同地蹦向了窗外。

政治老师正眉飞色舞地讲解着，可我们的目光已投向窗外。昨天看过天气预报的人都知道，今天白色精灵将成群结队地来访人间。若是在政治课前下雪，那心心念念的体育课就上不了了。此时，我们无不祈祷着这群小家伙不要太冲动，别迫不及待地忙着下来。可是天空已沉下了脸，阴森到令人恐惧。我们还怀揣着那几乎破灭的希望。

可它们还是来了。不经意看向窗外时，政治老师似乎不舍得将视线挪开，随即嘴角上扬："下雪了！"乍一眼，似乎什么都没有，一切像往常一样，但是如果你眯起眼睛，会看见雪花密密地碰撞在一起，簇拥着飘落。

女生们都抢着做"陶渊明"，寄情于山水，一看见新鲜景物，便全身心舒畅起来。看那陶醉的模样，仿佛她们都成了用心领悟大自然的文人雅士。而男生看到这雪景，不由得唉声叹气："这死白颗粒，又打扰我们上体育课了！"我就是其中一个，不过表情不能太夸张，否则会被人看作一个不懂欣赏美、怨天尤人的悲观主义者。

终于下课了，全体同学欢呼着涌出，似乎早已找好了所要观察的对象，只不过目的不同罢了。男生是看看雪下得大不大，女生则一心一意感受着雪的降临带给她们的欣喜。这时，马老师来了，手中拿着一沓考卷……一切都在意料之中，无可抱怨，天下所有的老师都这样，没有一个能够"超凡脱俗"。连一向乖巧的女生也不由得露出失落的表情。亏你们看这"罪恶"的雪看得这么津津有味，大难临头，不还是得与男生结成统一战线——抵制老师占用体育课！

马老师看着窗外，这绝不是赏雪，只是为"把试卷发下去"找一个最老套又最实用的借口。他蓬松的头发卷曲着，淡灰边框眼镜架在鼻梁上，双手拿着被卷成圆柱形的考卷。他回过头，黝黑的皮肤与周围白茫茫的雪形成鲜明对比。他半眯着眼，与我们对峙了三点五秒，空气凝固了。"还想过一次瘾吗？"天籁般的嗓音令我们一时手足无措。"好的！"关键时候总是有勇敢的人站出来，大家的胆子也大了起来，纷纷附和，我们三三两两簇拥着下了楼。

雪花大大方方地落下，步子极轻，以至于落在我们头上，我们浑然不觉。只要你潇洒地甩一甩头，雪便不客气地离开你的黑发，与大地亲密接触去了。值得一提的还有大胆创新的零摄氏度，刚开始听说，以为只是个无名小卒，虚张声势罢了，直到今天，我才对它有了新的认识，准确地说，还有些敬畏。虽然穿了几乎密不透风的防风衣，可寒气似乎无孔不入，总能穿透一切来到身体的各个部位，令人发抖，我不得不将帽子拉链拉得严严实实。小丰穿着号称"东北大袄"的外套还嚷嚷着冷，脚在裤管里颤抖着，龇着牙，手插在口袋里，脑袋尽量缩回衣领中，哈着白气。手最

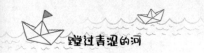

可怜了，生生地被寒冷吞没，被风咬得通红，全无知觉，伸到尚有余温的脖子里，似乎被放上了一块冰。

我们迎着雪，在操场上奔跑。雪直直地撞在镜片上，打在脸上，想和你来个亲密接触。一沾上，便在嘴边融化了，有点儿甜甜的味儿。

二十七、一加一等于二

"爸爸，我成'网红'了！"鸡仔清澈的双眸放出光彩，客厅的每一个角落似乎更加明亮。

"'网红'？什么情况？怎么会跑到网上？"虎爸满腹狐疑，是什么让鸡仔如此兴奋？

"哦，不，不，嘿嘿，是在校园内红！"鸡仔嘴角上扬，流露出自信。

走过小寒，开始"数九"，天越发冷。寒风裹着夜色，贴着窗户舞蹈，不时得意地吹出一声口哨。寒意透过窗户、墙壁，无声无息地向屋内侵袭，企图把空气与水汽一起冻成冰。而此刻，虎爸的额头却渗出微汗，仿佛正行走在结冰的河面上，不知道哪一脚后，冰就破裂了。大约七八岁时，他就曾经在"三九"严寒天，踩在结冰的河面上行走。在小伙伴们惊恐和敬佩的目光中，他弓着腰抬起左脚，在冰上试探一下，确定安全后，左脚把整体一点儿一点儿拉到冰面，腰慢慢直了起来。向前一步、两步……就在他神采飞扬地招呼小伙伴们时，"咔"的一声脆响后，"扑通"，他掉到了冷得刺骨的河水里。

虎爸的担心可不是多余的，骄傲与大意是鸡仔的头号大敌，不知道哪一脚后，就会摔得鼻青脸肿。前些日子，鸡仔的成绩可谓跌宕起伏。英语和语文都考过全班第一，可没过多久便双双跳水至二十名开外，连他自己也承认这水跳得波澜壮阔，大呼受不了。

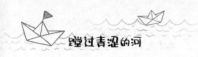

眼看着就要期末考试了，可不能再躁动了。

"爸爸，2018 年数学卷考了一百分。"放学途中，鸡仔在播报一天的学习情况时，轻描淡写地飘了一句。一百分？没错，虽然鸡仔的声调与语气都没有强调。进入初中后，鸡仔便与一百分分了手，如今重逢了。"嗯，不错，希望继续保持，切不可骄傲。"虎爸尽量保持语速平缓，可手指不由得在方向盘上轻轻拍了几下。"放心吧，试卷不难，其实也没有什么值得骄傲的。"鸡仔继续播报。

"考一百分值得表扬，标志着你的学习状态进入了一个新的时期，说明你对知识的掌握比以前更熟练，考试时更专注更细致，一定要保持好这个状态。"虎爸忍不住又补充一句，他发现自己的声音有些颤抖。鸡仔没有应答，右手捂着口袋，出神地望着车窗外。

因为考了一百分而这样骄傲？可在回家的路上时，他没有感觉到鸡仔滋生这样的情绪啊！难道是故作镇静，现在堰塞湖坝垮塌了？难道是自己最后补充的一句，起了反向推波助澜的作用？当时好像确实有点儿不太正常，是自己太激动了，一时没有注意。可这又与"网红"，不，是"校园红"，有什么关系？虎爸的脑子高速运转，极力寻找原因。

"什么'校园红'？"虎爸问。鸡仔没有回答，低下头，闪烁的灯光顺着他的黑发滑落到地上，又弹起，有的跳进了棉衣口袋。棉衣口袋刚刚张开嘴，恰好放进鸡仔纤细的五指和几束灯光。他小心地掏出一张叠得整整齐齐的小纸片，四四方方，和眼镜镜片差不多大小。这完全不是鸡仔的正常习惯，那纸片应该是皱巴巴的一团才对。什么东西？虎爸有些惊讶，思绪在脑海中乱撞。

"爸爸，我证明出了一加一等于二！"鸡仔的微笑洋溢着自信。他把纸片轻轻展开，平铺在桌面上。动作庄重，神情虔诚，仿佛是在打开一件神圣的物品。不过，那是一张极其普通的横线格纸片，是从数学作业本上撕下来的，下沿呈锯齿形，还缺了左角。纸片上整齐地排列着两列五行算式，数字与字母虽有些模糊，但看得出很工整。

"什么意思？"虎爸一时没弄明白怎么回事。"就是证明出了一加一为什么等于二。"鸡仔极其认真地说。"天哪，证明出一加一等于二？完成了哥德巴赫猜想？让我瞧瞧！让我瞧瞧！"虎爸这才回过神来，低下头，靠近了些。那些数字与字母更清晰了，俊秀的身影争着跑进虎爸的视线。他挠挠头，揉一揉眼再看，好像是那么回事。就这么简单？绝不可能，可也确实挑不出什么毛病。

"怎么样，爸爸？"鸡仔清澈的眼里充满了期待，在他的心中，虎爸可是全家数学领域的权威。"这、这个……从你证明的过程看，好像是没有问题。对于这个世界级大难题，我不敢判断你是不是正确。"虎爸嘴角漾起笑容，那是从心底涌起的。"其实吧，我也觉得比较悬。虽然同学们都说对，可老师并没有肯定。不过也无所谓，若是正确的，那我就伟大了；若不正确，也可以证明这是一个悖论。"鸡仔底气十足地说。

"你说得很对！"虎爸竖起了大拇指，"答案对错本身其实并不重要，重要的是探索的勇气、破解的方法和解题的过程。学习就是要打开思路，创新方法，用已知的知识探索未知的问题。你能有这个思路，就很了不起，希望你把这种状态带到学习的各个方面。现在最重要的是把基础打牢，到大学以后，可以尝试用更多的方法证明一加一等于二，攻克这个世界难题。"

鸡仔笑出声来，嘶哑的声音像一只鸭子欢快的叫声。"一加一等于二需要证明吗？"兔妈温柔的声音飘过来。"不需要。"虎爸和鸡仔一本正经地回答。"那你们两个还在嘀咕啥呢？一个鸡蛋加一个鸡蛋不就是两个鸡蛋吗？"兔妈说。"那一个人加一

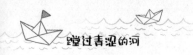

个人呢?"虎爸问。"三个人。"鸡仔笑着说。他小时候,虎爸好像就问过他这个问题。"没正经,一个土豆加一个辣椒呢?"兔妈问。"两个东西。"虎爸嘿嘿地笑。"不对,不能做。小学老师说过,同单位才能相加减。"鸡仔大声说。"错啦!答案是一盘青椒土豆丝。"兔妈笑盈盈地端来一盘色香诱人的青椒土豆丝,"奖励爱动脑子的好孩子,你攻克哥德巴赫猜想时,可一定要记得它的功劳。""谢谢妈妈!"鸡仔笑着说。在青椒土豆丝升腾的热气里,他仿佛看见自己站在数学之巅。

上午第二节课是数学课,老师抱着一沓试卷,快步走进教室。"来了来了!"总有热心的"小灵通"通报,闹哄哄的教室倏地安静。鸡仔想,这是谁突然按下了静音键,画面在动,声音全无。老师进门的刹那,卷起的一阵寒气让鸡仔倏地打了一个冷战。在她举起试卷的瞬间,同学们的呼吸声此起彼伏,鸡仔试图用屏住呼吸把自己藏起来。

"本次模拟考试,总体情况着实不理想。"老师没有发怒,低沉的声音却更具杀伤力,"有些同学自恃有几分小聪明,考试马虎大意;有些同学成绩一直理想,这次突然摔跟头;有些同学……"老师又说。妈呀,怎么说来说去都像自己,自己到底是在哪一个"有些同学"中?鸡仔把脸贴在了桌面上,偷偷用余光瞄了瞄,哇,倒了一大片,除了肥仔没心没肺地笑,也许肥仔正希望大家都和他一样挂上红灯笼。训话结束,试卷一组一组向后传。鸡仔拿到试卷一看,100分。100分?他揉一揉眼,嘿嘿,100分!尽管如此,阴郁的气氛下,他也没敢咧嘴,只是在心里暗自乐呵。评讲试卷时,鸡仔听着听着就感觉无趣了,太简单了,浪费时间就是自杀啊,得找点儿事干。对,就来证明一下一加一等于二吧,这才对得起自己这个聪明的脑袋。

鸡仔翻开数学作业本，打算撕下一张纸。"刺啦"，纸刚被撕开一点儿，鸡仔立刻停住，用余光瞟了老师一眼，老师没有注意到他。"刺啦"，他再观察，不好，老师发现了，正看这边。咦，好像又没有，这不，目光已经移开了，虚惊一场。纸终于被撕下来了，尽管是锯齿形，还缺了一角，但他很满意，声音在可控范围内。作为曾经的"方程小王子"，他觉得用方程来解，最恰当不过了。假设一加一等于 M……

老师评讲的声音依旧低沉，沉得把学生的心拖入一个黑暗的时空。大多数同学都病恹恹地耷拉着脑袋，那些复杂的公式和神秘的图形，结成一张可怕的网，束缚了他们的手脚，束缚了他们的思维。寒风贴着窗户，惊奇地看见一个戴着眼镜的男孩，眼里却闪着异样的光彩，笔尖带着他的手在纸上欢快地舞蹈。

M 等于二，证明出来了！鸡仔瞪大眼睛，内心狂跳起来。他看见一束光透过窗户，均匀地涂抹在黑板上。光线突然像海浪一般晃动起来，一本包装精美的图书渐渐清晰。书的封面分明就是鸡仔的照片，书自动翻开，扉页上写有哥德巴赫、华罗庚、陈景润、鸡仔，光环下，他们的名字熠熠生辉。

教室里嘈杂起来，聒噪之声不绝于耳。鸡仔定了定神，哦，不知什么时候下课了。"小朱，看看我的证明题。"他立刻把这张纸递给小朱，极力掩抑内心的狂喜。"哇！不会吧，你证明了一加一等于二？"小朱惊呼起来，引来一批围观者。"怎么可能？让我看看。""学霸"小沈嘴角挂着让人捉摸不透的笑。他挤进人群，漫不经心地抄起纸片，左看看，右瞧瞧。

教室竟然是安静的，在时间"嘀嗒嘀嗒"前行的脚步声中，大家注视着小沈。小沈的左侧嘴角轻轻抽动，眉宇微拢，几次欲言又止。突然，他的一个深呼吸，打乱了所有人的呼吸节奏，短

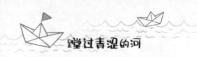

短几十秒，教室内的呼吸成了同一个频率。"好，好，好像没啥毛病，看来是对的。"小沈脸色黯淡了。

不得了了，鸡仔证明出了一加一等于二。他是怎么做到的？厉害了，难怪这么难的数学试卷，他考了满分。教室里炸开了锅，沸腾的声音把鸡仔抛向空中，一浪高过一浪，同学们的身影越来越小。

这个好消息，应该告诉老师。鸡仔把纸条捏在手里，拨开声音，拔腿向办公室跑去。这一段两面白墙夹着灰白水磨石地面的狭窄通道，他用脚丈量了无数次，一百十五步左右，今天却感觉特别长，长到让他不能立刻站在老师面前，高举代表荣誉的纸片；又觉得特别短，短到他来不及组织好向老师报告的语言，来不及模拟被老师表扬后的神情。

"报告！"鸡仔的身体已赶在声音前进入办公室。"老师，我证明出了一加一等于二！"鸡仔满脸期待。"呵呵！""呵呵！"办公室里的老师用亲切的笑声欢迎他的到来。"哦，是吗？"老师还因为那场考试而提不起精神，接过鸡仔手中的纸片，"哟，还列了方程啊，有点儿意思。不过，我更喜欢看到你考满分。期末考试就在眼前，不得低于九十八分哟。"

"知、知道了。"老师不置可否的评论，让鸡仔稍有不安。他像迎着风高飞的风筝，风力减弱后，陡然垂直落下一大截。他拿回纸片，对折又对折，小心翼翼地放进了棉袄的大口袋。虽然没有得到老师的肯定，但也没有被否定啊！鸡仔想到这里，脸上很快恢复了阳光。

夕阳的余晖斜落进办公室，触碰到鸡仔洋溢着自信的笑脸，更添了一份暖。鸡仔循着余晖遥望天际，晚霞挥动着绚丽的纱巾，夕阳像个红红的气球，在云里若隐若现，为大地披上了一袭胭脂红外衣。教学楼和楼旁的大树都被镀上了一层金色，余晖钻过树叶的细小空隙，洒落在草地上，盛开出一朵朵金色的花，像童话一般精致，又像梦一样美丽。

"鸡仔，牛啊，证明出了一加一等于二。"鸡仔走出办公室门时，有声音从金色的夕阳中飞来。

五班的鸡仔证明出了一加一等于二，八年级的鸡仔证明出了一加一等于二。这消息像风，吹遍了校园。

鸡仔——

一张叠得极为讲究的小纸片，被我轻放在口袋的最底端。仿佛那不是纸片，而是一块熠熠生辉的奖牌。

不知怎么回事，我竟痴迷上了证明一加一等于二。这个令人叹为观止又遥不可及的明珠，竟散发出如此耀眼的光芒，连我这个乳臭未干的初中生也被深深吸引了。

它微妙又宏伟，简单而复杂，浅显却深奥。看着这个命题，这个连一年级小学生都能脱口而出的算式，我突然有些陌生，束手无策。对它的证明，像汪洋大海中的一滴晶莹的水珠，又像是宇宙中迷航的飞船，无迹可寻。

这是一节无聊的数学课。数学老师又开始疯狂地评讲，梳理一次函数及其图像。阳光斜射入教室，将热量散入每个角落，令人忍不住要打个哈欠。我木讷地盯着黑板，老师正用一支红粉笔指着黑板。忽然，她停了下来，将刚才所讲的内容记录在黑板上。粉笔触碰黑板的声音似乎是催眠曲。片刻，我便百无聊赖起来。就在这时，那颗明珠在我的脑海深处发出的光芒，照亮了整个神经脉络。

既然无所事事，那就证明吧！我从抽屉中拿出一本右下角已

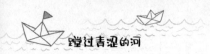

泛起波浪的英语本，用直尺按住，沿着尺子边，将纸的一角慢慢撕下。要证明一加一等于二？我的手颤抖着，该如何用一支笔来解剖这个明珠，取出其精粹呢？思索片刻，我突然想起自己拥有一把"屠龙刀"——列方程。有了它，一切问题都可以迎刃而解。今日，我能用它闪着寒光的锋芒砍出数学界的奇迹吗？

最后两个算式，我是按捺着狂跳的心写下的，每一步似乎都天衣无缝。这精粹难道如此轻易地被我撷取了？处于全球巅峰的数学泰斗都没能解决的难题，被我解决了？太不对劲了吧！不过，这时的欣喜还是大过了疑惑。"下课去验证吧！"我将这张薄如蝉翼，对我而言却是无价之宝的纸片对折再对折，小心翼翼地放入口袋的最深处。

"叮……"下课铃响了。我立刻跑到好友小朱那儿，打开纸片，一行行清晰的数字流淌出来。小朱一看"设 1+1=m"，立马明白我是妄想摘取数学界的明珠了。可他还没来得及嘲笑我，立马呆住了。"这证明都是滴水不漏，你真证出来了啊！"他惊呼。这一叫，引来了很多围观者。我成了宇宙的中心，万物随我运转。"学霸"小沈推了推眼镜，也呆若木鸡。"没有什么问题！"看来我是证明出来了。

我证明出一加一等于二了！我成了班上的焦点！很多同学过来问我，想看看我的手迹，我毫不犹豫地递过去。他们的每一声尖叫，都让我热血沸腾。

夕阳的余晖照亮了我狂喜的脸，背上的书包轻得像要飘起！我怀着欢愉的心情，在老地方等老爸来接。一束车光映入我的眼帘。接着，憨厚的车身、熟悉的金黄出现了，车稳稳地停在我的身边。我快速打开车门，老爸对我一笑，车子行驶在车流中。

"老爸，我证明出了一加一等于二！"回到家，我再也忍不

住欣喜。"什么？这么厉害！"老爸先是惊讶，随即绽放了笑容，眼中洋溢着说不出的幸福。我靠着老爸厚实的肩膀，左手伸进口袋，口袋里很暖和，连纸片也暖暖的。我小心地打开，老爸好奇地低下头，一行行数字似乎在挠他痒痒，他情不自禁地笑了起来。

"看上去是对的。不过，你可能用结论证明了结论。"老爸说。"怎么可能？这里面根本没有！"我不以为然，但脸部肌肉还是抽搐了一下，极不愿意承认我的明珠成了石子！我不敢多看一眼，但最终我睁大眼睛，鼓起勇气地重新看了过程，果真从其中一步看出了问题，我的确用结论证明了结论！

这明珠耀眼的光芒，瞬间被黑暗吞噬了……

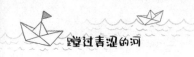

二十八、期末考试前夕

正午时分，太阳的热情被点燃了，明晃晃的手带着温情轻抚大地。远处湖上氤氲的雾霭已消散殆尽，天地间倏地清朗起来。视野的尽头，山已不再是朦胧的写意水墨画，山的轮廓与脉络都被神来之笔精心勾勒得异常清晰。

辽阔的天空偶有几片云，慵懒的身影飘浮在如湖水一般澄澈的蔚蓝上，愈发洁白。阳光在天地间拉起了一根根极细的亮闪闪的丝线，热量便通过这些线源源不断地输送过来。大地渐渐温暖了，飞鸟的歌声更清亮了，而人也就混沌着，恍惚面对着春暖花开。

"叮咚"，轻而脆的微信提示音清晰地划过时空，把混沌撕开一条缝，手机屏点亮了眼睛。"唰"，人脸识别成功，手机锁屏被解开了。虎爸懒洋洋地打开微信，是家长群的通知，数学老师发的消息进入眼帘："周末错题集反馈，鸡仔……不认真，有只抄了题却没做的，有抄的题目都是简单的。错题的功能不能忽视，希望引起家长的注意。"虎爸倏地清醒。

是鸡仔吗？虎爸揉一揉眼睛，是鸡仔！他的名字排在第一个，比午后的阳光还要刺眼。这还了得，刚有了进步就马虎了？难道就如这错乱的天，中午像是跨入阳春三月了，傍晚又是四九寒冬？虎爸的脑子"嗡"的一声，心跳骤然加速，血液迅速涌向周身，手心沁出汗，面孔涨得通红，胸部被一股浊气堵住，几乎喘不过气来。可是，他想想又不对，检查周末作业的时候，没有发现问

218

题啊。十五道错题的确做了，而且字迹端正，图形画得也很美观，只是数量确实是老师要求的下限，至少十五道，鸡仔就做了十五道。因为什么被老师点名批评？或许是老师对鸡仔寄予了厚望，用这种方式在考前敲打他一下。想到这里，虎爸的情绪平复了许多。

"爸爸，今天被数学老师批评了。"放学途中，鸡仔的声音很响亮。他斜靠在后座上，跷起二郎腿，一副悠闲舒适的姿态。

"哦，什么情况？"虎爸很随意地跟了一句，悄悄地竖起了耳朵。鸡仔上车便坦白了，这份诚实让他欣慰，完全抵消了他所犯的错误。也许，错误本身也不太严重。

"鸡仔，周末作业怎么回事？抄那些简单的题，于你而言，有何意义？"中午自习时，鸡仔被数学老师"请"到办公室。"我、我、我最近没有难题做错。"看着老师严肃的表情，鸡仔低着头，小声解释。"以前也没有？全都掌握了？"老师的目光更加严厉。鸡仔像一只斗败的公鸡，头垂得更低了，一个字也不敢往外吐。

"很好，既然这么有把握，期末数学考试必须是班级前三，或者总分年级前五十，不然就要处罚你。"老师不轻不重的话，一字一字钻进鸡仔的耳朵。班级前三？怎么可能！除了"学霸"小沈，还有走读班的四位同学。年级前五十，那就更不可能了，除了七年级的第一次考试，每次都差好远呢。鸡仔内心极为不满，可又不敢说，咬了咬牙，默默地走出办公室。看着鸡仔蔫蔫的步履和瘦长的身影，老师冰封的表情瞬间融化了，微微向上的嘴角漾成一朵花。

窗外，星星点点的灯光点缀着浓浓的夜色。远处购物广场墙上的大型电子屏播放着拜年送礼物的广告，店铺门口陆陆续续挂上大红灯笼，年味儿越来越浓了。期末考试的脚步也越来越近了，虽然悄然无声，却能从学生、家长、老师的神情变化中感觉到它

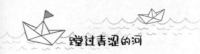

强大的存在。家庭作业的内容开始与前段时间有所区别，不再是大量的试卷、大量的背诵，常常是自主复习。自主复习很要命，这种可有可无的作业，在鸡仔的眼中就是无。虎爸高度警惕，及时帮他查漏补缺，不断提醒他注意重点。家长签字成为一个重要载体。

虎爸检查完鸡仔的家庭作业，刚好晚上九点。鸡仔又翻出所有的数学作业，寻找做错的难题。"怎么？准备重做？"虎爸问。"嗯。"鸡仔点点头。"昨天让你多做几道，不听，现在重做了吧，以后对自己的要求要严格。"虎爸边说边在家校联系本上签下一行字：

"离期末考试还有六天，要充分利用好冲刺的黄金期。复习期间，老师的每一句话都是重点，每一道题都要掌握。发现问题要及时解决，切不可懈怠！ 2019 年 1 月 14 日。"

"爸爸，你知道今天的物理作业是什么吗？"鸡仔反复嚼着一块牛排。"什么作业？"虎爸反问。"哈哈，是复习明天的考试科目！"鸡仔有些得意。"是吗，给物理老师点个赞！"虎爸眯起小眼睛。"快点儿吃，一块牛排嚼这么久！还要再复习复习，历史要计入总分的，考前准备工作要做好。"兔妈又一次提醒。"牛排嚼不烂。"鸡仔伸长脖子，硬生生地吞了下去。"这次买的牛排不算好，筋太多。"虎爸说，"儿子，咱学习可不能夹生，一定要彻底消化，做到学透弄懂。""吃块牛排也能联系到学习上！"鸡仔做了个鬼脸。"妈妈说得对，今天书面作业少，你要集中力量强化一下历史，做到开卷考试闭卷学，切不可辜负物理老师的良苦用心。"虎爸提醒。

"史、地、生开卷考，看似简单，若不重视，也很难考好。答卷时，审题要'细'，思路要'清'，答题要'准'，切不可随意！2019 年 1 月 15 日。"检查完家庭作业，虎爸又在家校联系本上写下了考前寄语。

"儿子，历史考得怎么样？"鸡仔刚进家门，兔妈的声音就拥抱上去。"还好吧。"鸡仔边换鞋子边说。"还好是怎么个好法？"兔妈的问题紧追不放。"和小朱对了一下答案，目前两人扯平。"鸡仔的眼里闪着光。"嗯，好好好。"小朱可是尖子生，能和他扯平，应该不错，兔妈满意地点点头。

"字写得好吗？"虎爸总是很冷静，写好字是前提。"老爸，别总揪着我的字不放，小朱的字还没我写得好呢！"鸡仔嘴里叽里咕噜。"写好字反映的是态度，你能写好，为什么不写好？再说试卷的整洁美观可是会直接影响你的得分的，尤其是作文。"虎爸提高了音量。"是的，一定要写好字。"兔妈跟着说。"知道了，历史考试，字写得应该还行。"鸡仔悻悻地说。虎爸的这条红线，他是触碰不得的。

虎爸在家校联系本上写道："近两日有些浮躁，字也飞起来了。冲刺在即，切不可掉以轻心，否则将前功尽弃！2019 年 1 月 17 日。"

一片枯黄的梧桐叶卷起了一角，皱巴巴的，如已然老去的脸，明显小了很多，也轻了很多。它打着旋儿，慢悠悠地在空中划出了孤独的身影。没有人注意到它与哪根枝丫分离，也没有人关注它飘落何处。也许它会把自己安葬在某个隐蔽的角落，和泥土融合，等待下一次轮回。也许，它会被清洁工抓进垃圾桶，最后被付之一炬，在烈火中永生。

这是第几片落叶了？虎爸的思绪飞得太远。他看了看手机，快六点了，鸡仔还没有打来电话。会不会出了什么事？看着夜色中穿梭的车辆，虎爸有点儿发慌，心如一片悬在半空中的枯叶。终于，手机屏幕点亮，出现了一个熟悉的号码，是小朱婆婆的电

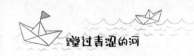

话，虎爸总算放心了。"喂，爸爸，还是老地方吧？哦，挂了啊。"虎爸还未来得及说话，电话那端的声音就消失了。"这孩子。"虎爸微笑着摇了摇头，目光投向鸡仔来的方向。

五分三十秒后，一个瘦长的身影背上驮着大大的书包，出现在虎爸视野的边缘。是鸡仔，比昨天快了十六秒，虎爸内心最柔软的地方被牵动，一股暖意驱走了方才的惆怅。鸡仔先越过南北向街道，再进入东西向街道，昏黄的灯光把他的影子一会儿拉长，一会儿又压短。三个来回后，他便来到了车前。

"爸爸。"开门声与鸡仔的声音同时响起。"嗯，儿子！"虎爸发动了汽车。"爸爸，我、我今天起义了。"鸡仔关上车门，言语中似乎还有些激动。"起义？什么起义？"虎爸一头雾水，这孩子不会是又犯错误了吧？车缓缓启动后加速前行，卷起一片不知何时落下的梧桐枯叶，它淹没在车流中。夜风被这对父子吸引，贴着车窗跟着跑，它看见父亲慈祥的脸上洋溢着微笑，听见孩子的故事。

考试越来越近，数学老师的要求达不到怎么办？这两天，鸡仔一直为这件事而烦恼，他想到了老师热切期盼的眼神。不行，必须向老师表明，说前三名考不到，力争第五名，这样才不会让老师失望。可老师不同意怎么办？会不会发火？还有一节课就要放学了，星期一早晨就考数学，再不说就没时间了。不管了，鸡仔一咬牙，迈开了脚步。他拖着脚步，移向办公室。又是一次脚步的丈量，可今天他挪了很长时间，节奏紊乱。他一会儿热得冒汗，一会儿冷得哆嗦，似乎经历了夏冬的交替。

"老、老、老师。"好不容易到了办公室，鸡仔又不知怎么开口。"什么事？"数学老师放下笔，左手推了推眼镜，镜片后的目光让鸡仔感到温暖。他挺了挺胸，说："老师，前三名我考不到，争取前五名。""为什么这样说？"老师的声音温柔得可以融化室外的寒冰。"因为、因为高手太多了。"鸡仔说得认真。"呵呵，谦虚起来了。你就是高手啊！这几次不是都考得不错吗？"老师轻轻地笑了。"我怕万一，万一考不到，又让您失望。"鸡仔挠了挠头，每每此时，头皮就会发痒。"只要你认真考，发挥出正常水平，老师相信你一定能考进前三名。"老师站起来，拍拍鸡仔的肩膀。

　　"老师说得对，爸爸完全同意，数学可一直是你的强项啊！后来呢？"虎爸问。"后来，我也不好说什么，就走了。反正是说清楚了，不过我也会尽力争取的。"鸡仔说。"对！加油！你要记得，你是班上第一个尝试证明一加一等于二的学生。有勇气如此，何愁难关不能攻克？"虎爸哼起了歌。"我知道，但还是不能太大意。"鸡仔也哼起歌来。

　　夜风也被感染了，它唱着悠扬的歌，一会儿飞到车左侧，一会儿又蹿到车右侧。直到汽车闭上眼睛，它也不忍离去，最后和虎爸撞了个满怀。"真冷！儿子，撸撸脸，别着凉。"虎爸拎起书包，太沉！他把书包背在胸前，不错，省力又保暖。"只有遇见，不说再见，海角天涯追幸福。"风儿唱着自己的歌，转身寻找下一个幸福的故事。

　　"妈妈，我今天起义了。"鸡仔吃晚饭时，突然不咸不淡地冒出一句。"什么？"兔妈一愣。"也没什么。"鸡仔兀自吃饭。"嗯。"兔妈看看虎爸。"呃，就是和老师干了一架。"虎爸朝鸡仔眨眨眼。鸡仔差点儿喷出一口饭。"怎么样？分出胜负了吗？"兔妈好奇地问。"应该算平手，是吧？"鸡仔看着虎爸。"平手，绝对平手。"虎爸满脸真诚。"扑哧！"兔妈笑出声来，"编，接着编。""妈妈，情况其实是这样的……"鸡仔又一次回到下午的情景。"老师说的，

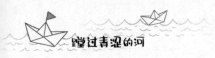

还会错吗？你完全有这个实力，加油！"兔妈微笑着说。

检查完本学期最后一次作业，虎爸在家校练习本上工工整整地写下："提醒自己，注意卷面整洁，写好每一个字。静下来，集中注意力，正常发挥即可，相信自己，一定能行！2019 年 1 月 20 日。"

鸡仔——

"你这次必须考进前三，不然就一学期站教室后面上课。"数学老师不缓不急地说。

前三？！我又自豪又有些担惊受怕。自豪是因为老师对我的期望值高，担惊受怕是因为前几次大考我的成绩令数学老师非常失望，这次是否会重蹈覆辙？

一下课，小朱便推了我一下："小子，考不到班级前三——站后面去！"他戏谑地说了一句，"别忘了，不光是我们自己班，还有走读班的人啊！"又补了一句。这倒着实提醒了我。我将目光转向他，停留了一会儿又转回来。对啊，还有四个走读班的人呢，他们的数学总比我好吧。这么说来，我最多弄个第五吧，怎么可能考进班级前三呢？"你去帮我求个情呗！"我拉住小朱，用哀求的目光看着他。他思考片刻，大眼睛一转："要不第二节课带你去数学老师的办公室吧？"我的心情放松下来，急切地等待着第二节课的结束。

走到办公室前，我又为当初鲁莽的决定而后悔了。面对这扇脱漆的木板门，我就像面对一座大山，无法跨越。推开这扇门，我就会暴露无遗地站在数学老师面前，我所谓的形象就荡然无存了，可能还会遭到老师的嘲笑；退回去，若考不进前三，又要让老师失望，我心里总觉得不安。我进退两难，心里压上了一块大

石头，压得我气喘吁吁。

还是进去提一下比较好，俗话说，识时务者为俊杰啊！再说我一个堂堂男子汉，连这个小问题都对付不了？我鼓起勇气，轻轻拨动了门锁，"刺啦"，门不解风情地发出了警报声。老师肯定注意到这里了，事已至此，我只能硬着头皮推门进去了。我强装镇静地走到熟悉的办公桌前，双手背在身后，十指紧紧握住。数学老师正埋头批改作业，似乎没有察觉到我已走到她跟前。阳光照射在绿色的盆植上，显得格外生机勃勃，这使我轻松了许多。

"你来干什么？"老师慢条斯理地问。"考前五行不行？"我豁出去了。短短的几秒钟内，是令人恐惧的死寂，窗外的风呼呼地跑了进来，想冷却一下紧张的气氛。

"什么？干吗考前五？给自己留个余地？"她抬起头，似笑非笑地看着我。"因为这次考试要加上走读班的四个同学。"我故意将"走读班"三个字咬得极重，好像他们所向无敌。"走读班？走读班又怎么样？你为什么不能考前三呢？"老师还是一脸轻松，手上的红笔停了下来，她推了推眼镜，似乎要开始长篇大论。"呃，因为班上已经有沈、符两员大将了，再加上走读班，肯定……"未等我说完，数学老师就抢过话："没关系，凭你的实力，能考前三，我相信你能行。"她的一番话令我无话可说，心里似乎又有些甜，老师在心里还是认可我的。

夕阳的余晖斜落在走廊上，将我包裹，全身暖暖的……

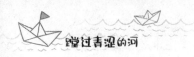

二十九、研学归来

太阳已打扮成童话中的模样，有诗意的红、天真的圆。它倚在西边灰白相间的高楼旁，用温柔的手给大地涂抹上一层薄薄的、透明的金色。路边垂柳柔嫩的枝条上抽出了鲜亮的绿芽，芽上裹着一层细密的绒毛，似婴儿可爱的脸蛋。暖风牵着柳条悠悠地晃动，恬静如画的傍晚时光泛起阵阵涟漪。

夕阳的柔光，载着暖意，氤氲进凝视远方的眼睛里。"爸爸！"鸡仔的笑脸如午后的阳光一般灿烂。虎爸咧开了嘴，还没有来得及应答，鸡仔就消失在硕大的夕阳中。他揉一揉眼睛，如血的残阳已经被地平线整齐地咬掉一小口。虎爸再一次打开手机，距离五点半还有三分钟，应该快到了吧。想到这里，他的心晃动起来，晃得眼中景物乏了韵味。

三月十七日上午，老师在微信中通知，本次游学圆满结束，请家长们于下午五点半左右到学校南门接孩子。接下来是一连串"谢谢""老师辛苦了"。反向看，就像是鱼吐出的气泡。终于有消息了，虎爸也开心地吐出一个同样的气泡。五点半左右，比原计划晚了整整半个小时。同时，是左还是右？虎爸也着实搞不清楚。下午三点后，他就不停地看时间。时间却并不着急，故意缓缓地、缓缓地走。快到五点时，他再也按捺不住了，霍地站起。"时间还早呢！"兔妈的声音还没有来得及追上虎爸的身影，便被大门死死地关在屋内。

　　"叮咚"，虎爸迅速打开微信。老师在"研学之行"的微信群里提示，汽车还没有下高速，大约六点到。六点！还得再晚半小时？又是大约，虎爸叹了一口气。他没有办法阻止地平线把太阳一点儿一点儿吞下。他知道，一旦夕阳完全消失，夜色就会从某个神秘的空洞中弥散开来，如病毒一般迅速繁殖，由远及近，由淡到浓，直至吞噬一切。那时，他就看不清鸡仔灿烂的笑脸，看不清鸡仔蹦蹦跳跳地下车了。

　　"爸爸，下周末学校要组织去南京研学，两天时间，自愿参加。"晚饭时，鸡仔轻声说。他觉得自己最近没有特别出色的表现，那么是否会如去年赴北京研学那次一样遭到拒绝？不去北京倒也无所谓，反正小朱也不去，而此次去南京，小伙伴们都已经商量好了，他若是掉了链子，那可真是令人难过的事。虎爸沉浸在饭菜的美味里，似乎没有听见，一段排骨啃完了肉，还咬碎了骨头。"多吃点儿肉。"又一块红烧排骨踩着兔妈的筷子，跳入鸡仔的碗里，躺在另外两块排骨旁。"爸爸，我可以去吗？"鸡仔抬起头，清澈的目光里充满了期待。"为什么不可以？"虎爸笑盈盈地说。"真的？爸爸，你真是太帅了！"鸡仔激动得跳了起来。"好好吃饭，吃完了认真做作业。"虎爸说。"没问题。"饭菜明显加快了从鸡仔嘴里到胃里的速度，一段又一段光溜溜的骨头蹦到桌面上。

　　关于研学之行，虎爸上午就知道了，与小朱妈妈交流，得知小朱参加，对于鸡仔去还是不去，他反复地斟酌。正举棋不定时，兔妈来电话了。"忙什么呢？"兔妈问。"不忙，正想着你。"虎爸回答。"说正经的。"兔妈嗔怪。"报告，刚才没有说完，被你打断了，正想着你儿子呢！"虎爸笑着说。"别贫，班级群里的消息看到了吧？"兔妈说。"看到了，正想这事呢。你是怎么想的？"虎爸问。"让儿子出去转转也是好的，可他行吗？"

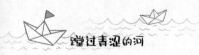

兔妈说。鸡仔行吗？这也正是虎爸所担心的。

虽然十五岁了，但鸡仔几乎没有离开过虎爸和兔妈两天，去年夏天去阿姨家"七天乐"，是有阿姨贴心照顾的。不然，就以他的自理能力，家长怎么能放心？吃饭，需要虎爸监督才能吃得快、吃得饱；睡觉，都是兔妈摊好被子，虎爸帮着关灯；穿衣，经常有衣服披着、衣领竖着的时候；洗漱，往往形式大于内容；洗澡……唉，你说，能行吗？若是不去吧，定是要伤了他的心，苦大仇深的表情和蔫了吧唧的状态叫人心疼。北京之行他没有参加，虎爸给他做了很久的思想工作，他的情绪才慢慢平复。

"去、去吧。"虎爸咬了咬唇，"小朱也去，让他去玩玩吧，说不定也能增长一些见识。""可是，生活上，他离得开我们吗？"兔妈叹了一口气。"别的孩子行，他为何不行？儿子终究要长大的，应该让他独自历练历练了。反正有老师在，正是一个好机会。"虎爸发现，自己的语气竟然很坚定。"嘴上说得好听，其实最不放心他的就是你。你决定了，我也没有意见。"兔妈有点儿赌气地说。兔妈挂断电话后，虎爸突然心一慌，手机差点儿从手中滑落。

研学之行的前一天晚上，虎爸翻来覆去睡不着，脑子里天南地北地乱想，看似非常清晰，其实又很模糊。时间久了，他感觉浑身有说不出的不自在，干脆起床看看兔妈为鸡仔准备的物品是否完备。打开行李箱，看着摆放整齐的生活用品，虎爸才突然发现，其实自己并不完全清楚鸡仔出行必备的物品。以往他出差，也都是兔妈张罗着，他只要默念"伸（身）手要（钥）钱"就万事大吉了。如今，除了身份证、手机，钥匙和钱，其他的东西也无所谓了。也许不久，一部手机便能走遍天下。

说到手机，虎爸心里也有说不清的滋味。按理说，孩子难得出去，带部手机听听歌、拍拍照也在情理之中。当然也免不了打打游戏、上上网，这是一定会犯的错。都是从孩子过来的，谁还没有犯点儿小错的时候？还不是都健康长大了吗？看着鸡仔渴望的眼神，虎爸决定允许他带手机，再说也能随时通通话。可老师突然在微信中要求，除了负责的小组长，其余同学一律不准带手机，并强调游学是参观学习，不是玩手机。虎爸说："儿子，老师既要求又强调，不准带手机。""可是小朱他们都偷偷带了，我只想听听歌，他们还准备联机玩《王者荣耀》。"鸡仔着急地说。"爸爸知道你是好样的，从上次手机摔掉后，一直没有玩过网络游戏，值得表扬。你就忍忍吧，反正只是听听歌，被老师抓到了，反而不好。"虎爸说。"那好吧。"鸡仔眼里充满了失望。

窗外，万籁俱寂，黑夜也沉沉地睡了，只有璀璨的路灯站成一条条纵横交错的光线。虎爸想，人生的旅途充满了太多的未知，他愿做一盏默默站立的路灯，永远为鸡仔照亮前行的道路。"咯咯咯"，笑声打断了虎爸的思绪。他握住锁把，用力拉紧门，再慢慢向下打开锁，轻轻推开卧室门。鸡仔正张着嘴，呵呵地笑。没心没肺的家伙，祝你旅途愉快，希望你永远健康快乐……虎爸想着想着，睡意也涌了上来。

鸡仔不在家，难得的逍遥的二人世界。虽说老夫老妻了，但虎爸也想趁机浪漫一把，重新找回年轻时的感觉。他打算和兔妈出去转转，在明媚的春光里享受一下独处时光。去哪儿呢？他和兔妈商量，近的地方意义不大，远的地方又懒得动身。最终决定，鸡仔不在，去哪儿也没有什么意思，还不如宅在家，什么事也不做，晒晒太阳，看看书，享受简单的清闲。于是，哪儿都没有去。可清闲并没有让时光蒙上诗意，没有鸡仔的扑腾，虎爸总是提不起精神。打开电视，看了一会儿，换了好几个节目，都觉得无趣。泡上一壶绿茶，总感觉缺了点儿什么味儿。打开书，看一会儿，

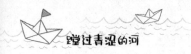

又觉得生涩难读。他在客厅里来回踱了几圈，透过落地窗远望，几天不注意，城市又有了大变化。远处新建的楼又长高了，已经挡住了他在十六楼的视线，从此他再也看不见远方的湖和湖边隐约的山了。

"叮咚"，虎爸摸摸口袋，没有手机。"叮咚"，提示音又一次响起，他才发现手机正躺在沙发的角落。他懒洋洋地走过去，漫不经心地打开微信。"儿子的照片！儿子研学的照片！"虎爸兴奋地喊。"是吗，快让我看看！"兔妈跑来，一把抢过手机。在阶梯教室的第三排的角落，鸡仔探出半个脑袋，虎爸和兔妈看不清他的表情，但能感受到他的快乐。老师留言："学生正在大学校园内听励志演讲，演讲的大学生是学生的校友。""听得蛮认真的嘛！"兔妈脸上荡漾着笑容。"是吗？再让我看看，再让我看看！"虎爸夺回手机。他左看右看，也没有瞧出认真在哪里。

兔妈盯着手机，在手机淘宝的世界里畅游。女人也是奇怪，枯燥的商品能看上一整天也不厌烦。虎爸脑子在胡思乱想，可眼睛一直盯着手机，盯着那块黑色的屏幕。他期待"叮咚"的提示音把它点亮，期待能有一张更清晰的鸡仔的照片。可老半天也没有反应，手机屏的黑色围绕中心奔跑起来，越来越快，形成旋涡，虎爸被卷了进去。"看好微信，有照片就叫我。"兔妈的声音把虎爸从旋涡里拽了出来。"嗯。"虎爸喘了口气，手机紧紧地握在手中。

"来了，来了！"不知谁喊了一句，打断了虎爸的思绪。他仰头眺望，一辆蓝色大巴披着金色的落日余晖，在信号灯处笨拙地转弯，转过弯后咆哮着慢慢驶近。"吱——"尖锐的刹车声后，大巴稳住了身子。虎爸被等待的家长簇拥着，涌向大巴。"嘿，这边！""丫头！丫头！"孩子的家长们绽开了笑脸，不停地喊。

虎爸把本来就长的脖子拉得更长，前门，后门，一个孩子一个孩子地盯着。终于，后门出现了小朱的脑袋，紧接着，鸡仔也被拽了出来。黑色薄羽绒服驮着黄色双肩包，圆形黑色边框眼镜已经偏离了工作岗位，滑落到鼻尖，纤细的手举着一架带螺旋桨的橘黄色飞机模型。"嘿！嘿！"虎爸挥舞着手。鸡仔并没有听见，和小朱有说有笑，越走越远。

人多声杂，应该是没有听见。虎爸想着，赶紧跑过去。"儿子！"虎爸摘下鸡仔的双肩包。"爸爸！小朱，再见。"鸡仔眼里满是留恋。"研学怎么样？玩得开心吗？"虎爸问。"那当然。"鸡仔说。"有没有想爸爸？哪怕是一点点？"虎爸问。"没有。"鸡仔脱口而出。"一点点也没有？"虎爸知道，说想肯定是假话，自己小时候不也是这样？"是的，没有，小朱也没有，大家都没有。"鸡仔说。

夜色悄悄地散落在天空，大地浮起无数灰色颗粒，视线朦胧起来。虎爸打开车灯，汽车轻盈地奔往家的方向。"儿子，这次研学，印象最深的是什么？"虎爸问。"宾馆睡觉！"鸡仔笑了起来。"睡觉？研学的项目都没有印象？"虎爸感到奇怪。"有是有，不太深，就天文学院还有点儿意思。你知道我和谁一个房间吗？"鸡仔话锋一转。"小朱？"虎爸想，既然这么开心，一定是和好朋友一个房间了。"不是，是小袁。"鸡仔语气里有些遗憾，"我没有和小朱分到一起，刚有换房的冲动，老师一句'想换的跟我住'，吓得我立刻闭紧了嘴。"

"睡觉有什么印象深刻的？"虎爸问。"嘿嘿，睡哪张床，用哪个杯子，谁先洗澡，等等，都是我安排的，意外吧？"鸡仔自豪地说，"没想到我和小袁聊得也很投机，有说不完的话。还有，本来睡觉时间到了，可外面还有声音，大家都没有睡。我们关上灯后，又溜到小朱的房间，玩了好久……"

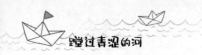

　　夜色越来越浓，天地混沌一片。车灯劈开一条道路，向着家的方向。手机来电铃声响起，虎爸用余光一扫，是兔妈打来的。"儿子，接妈妈电话。""妈妈。"鸡仔甜甜地喊。"到哪里了？"手机里传出兔妈温柔的声音，也飘来了熟悉的饭菜香……

鸡仔——

　　快乐的时光总是短暂，心心念念的研学已经过去了，一如昨夜裹着暖意的春风。

　　春风拂过，绿了柳，红了花。而我的研学呢？一场梦后，最为清晰的却是研学之夜。第一次远离父母的夜晚，我竟不再胆怯，更是有了冲出樊笼的喜悦。

　　酒店走廊是深红色的，纹理清晰，与我以前对宾馆的刻板印象一致。插入房卡，浴灯、廊灯、床头灯瞬间亮起来了，金黄色的光晕使我的骨头有些酥软。整个棕红的色调让我有些说不出的感觉，是畅快，是轻松，是愉悦，还是对这个夜晚的珍惜？

　　对面的小袁可能因为白天太过劳累，一头栽进深褐色的床单里。我换上拖鞋，将两个人的包放在了电视机前的长桌上。我指着床头柜下的塑料拖鞋，对小袁说："你就睡右边，我睡左边。待会儿，我先洗澡。洗澡时，记得先换塑料拖鞋。"说完，我先去烧了壶开水，再将浴室的淋浴打开，水流的声音不急不缓，不冒失，不冲动，不张扬，又不羞涩。霎时间，我简直要为这井井有条的部署鼓掌了。

　　洗漱完毕，兴奋之情却丝毫未减。我们盘坐在床上，饶有兴致地闲聊着白天的研学旅行、博物馆、竹林七贤、天文学院等。我暗自庆幸，仿佛是上天故意将我们分配在了一起。我们像是多年未见的老友，诉说着久别重逢的欢悦，又像是一见倾心的新知，

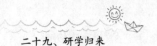

感慨着心有灵犀的默契。时间总是过得飞快，转眼已是晚上九点半，我们只能不舍地熄了灯，希望最快乐的时光能在梦里延续。

"砰"，走廊里的关门声让我们迅速清醒。"这么晚还串门吗？""那是夜猫子吧！""可能是查房的呢。""要不你开门看看？"小袁有些好奇，我本是懒得起床，转念一想，本该画上句号的一天会不会有新的续篇？我顿时睡意全无，便开了廊灯，蹑手蹑脚凑近了猫眼。

小伙伴们的窃窃私语声，在空气里四处弥散。原来大家都没有睡呢！我们的心又随之荡漾起来……

快十二点了，真的要睡了……

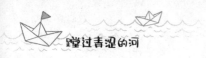

三十、春暖花开（尾声）

“轰隆隆！”什么声音？打雷了？虎爸怀着激动的心情，循声望向窗外。雨点倏地大了，瓢泼一般，窗外的景色虚幻起来。春雷！连日的阴雨拖缓了春天的脚步，却无法羁绊春天的到来。万物都将在这吼声中醒来，大自然将迎来满目的新绿。

迎着暖暖的阳光，虎爸带着兔妈和鸡仔来到湿地公园，用春天的气息洗去学习与工作的疲惫。风温柔地氤氲着暖意，还没有花的影子，石楠殷红如血的嫩叶沿着鹅卵石小道流淌。鸡仔的脸上漾起了笑容，突然迈开长腿奔跑起来，不知是追着风，还是追着风里的暖。“儿子，等等我！”虎爸迅速赶了上去。阳光里，两个斜长的影子，与路边的红叶赛跑。两个背影一样高，影子一样长，兔妈似乎辨别不出哪个是虎爸，哪个是鸡仔。

“妈妈。”恍惚间，甜甜的喊声从阳光里钻出，一个小男孩蹦蹦跳跳地向兔妈跑来。男孩的黑发在阳光下泛着光泽，目光和阳光一般透明、清澈。“妈妈，这是什么花？”小男孩胖胖的小手捏着两片红叶。红叶嫩得鲜亮，如这明媚的春光。这不是叶吗，兔妈正想回答。虎爸走上前，蹲下来，笑着说：“傻孩子，这是嫩叶。”“嫩叶怎么是红色的？”男孩噘着小嘴。虎爸说：“这种植物的名字是红叶石楠，属蔷薇科，它因嫩叶鲜红而得名。”“哦，原来是嫩叶啊，不过它红得这么艳，应该是叶子中的花吧。”男孩狡黠地争辩。“嫩叶如花，青春最美。岁月无情，年轻真好。”

兔妈不禁感慨。"花儿再好看，也没有妈妈美丽。"男孩乖巧地扑到兔妈怀里。

兔妈张开双臂，只有满怀的阳光。她揉一揉眼睛，虎爸和鸡仔已经跑远，左边的背影瘦弱一些，应该是鸡仔。时光如白驹过隙，一晃又长了一岁。鸡仔小时候，她和虎爸牵着他的手，经常徜徉于这片天地。那时，没有升学的压力，没有青春期的躁动，时光简单慵懒，鸡仔天真烂漫。风的手拨动了情的弦，兔妈的眼睛湿润了。

从一个春天走进另一个春天，去年种的一株兰花还没有开放，鸡仔已经和虎爸一样高了。兔妈看鸡仔的目光从俯视到平视，再到仰视。遇见的人都说，这孩子个子肯定高，瞧那腿那么长，瞧那手那么长。每每此时，虎爸都期望鸡仔能有一个更大的发展格局、更高的人生境界。

"爸爸，快看，好美啊！"鸡仔惊奇地喊。小路的尽头，河岸边，垂柳细长的枝条上均匀地缀上了圆点儿。虎爸睁着近视的小眼睛，一棵柳树就是一扇门帘，门帘在柔风中轻摆。跑近了，他才发现那是柳叶芽。叶芽刚刚冒出两片，毛茸茸的，鲜亮的绿色跳动在金色的阳光里。"这、这应该用怎样的句子描绘呢？"虎爸竟一时语塞。"碧玉漾起一帘幽梦，春风拂过万物苏醒。"兔妈在柳树旁脱口而出。

"厉害了，厉害了，让我也想想。"鸡仔抓抓脑袋，"凝固的流星雨，璀璨的中国梦。""好，好！"兔妈的掌声响起。"碧玉幽梦，流星凝固，都是大诗人啊！"虎爸说，"每一颗柳芽都苏醒了一个梦。儿子，你的梦是什么？""我要努力，要考出好的成绩，超过小朱。"鸡仔眼中满是自信。"有志气，加油，儿子！"兔妈绽出花儿一样的笑容，醉了虎爸，醉了春天。

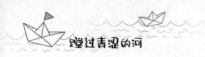

　　月光下的湿地公园静谧成一首诗。"嗞嗞嗞"，柳叶芽不断地抽长，越长越大，两片或许太重了，落到了地上。原来是两个娃娃，胖乎乎的，穿着绿色的衣裳，蹦蹦跳跳地挡住了鸡仔前行的道路。"爸爸、妈妈，有妖怪！"鸡仔对着虎爸和兔妈的背影大喊，可他们似乎没有听见，越走越远。"嘿，别喊啦！我们不是妖怪，我是努，他是力。"一个娃娃说。"你不是说要我们吗？我们来了，带上我们吧。"另一个娃娃说。"什么？你们是'努力'？"鸡仔的大眼睛更大了。"是的，你要说到做到。"两个娃娃异口同声。"我怎么带呢？"鸡仔抓耳挠腮。"不行的话，我们也不强求。"一个娃娃说。"说出的话，我一定做到。"鸡仔坚定地说。抱，不行。背，也不行。放在哪里呢？"学习要放在心上，当作自己的事，切莫做样子。"虎爸的声音响起。对，放在心里，把努力放在心里。想到这里，两个娃娃倏地变成绿色的笔画……正是"努力"二字，那些笔画又欢快地钻进鸡仔的鼻孔，一路奔向心脏。"呵呵""呵呵"，鸡仔痒得不行，笑个不停。"你看，出去一趟，儿子睡觉都笑了，笑什么呢？"兔妈说。"也许是梦见超过小朱了。"虎爸说，"睡吧，反正是美梦。"

　　兔妈就是想笑，抑制不住，发自内心地想笑。她发现鸡仔的书桌上贴着两个字——努力！是竖着写的，绿颜色，胖乎乎的圆润字体，特别可爱。这孩子，真的变了。"那两个字你看见了吗？"兔妈跟虎爸咬耳朵。"什么字？"虎爸目光迷茫。"书桌上的绿字，嘿嘿。"兔妈忍不住又笑了。"哦，看到了，有两天了，儿子长大了呗。"虎爸外表看似平静，内心涌动着波涛。

　　"2019 年 3 月 30 日，晴，10—18℃，空气质量优，空气湿度60%，紫外线指数2，最弱。"手机屏上黄色的小太阳映入眼帘，虎爸的心立刻暖了起来。他听见了花开的声音，听见了鸡仔欢快的笑声。

　　窗外，多情的风用温柔的手撩动大地。它把花儿含在嘴里，花儿更娇艳了。它把大树抱在怀里，大树便满身新绿。它把风筝高高举起，孩子们便高声欢呼。这个周末天气宜人，春暖花开季，出游正当时。去山上转转吧，虎爸兴奋地想。他前几日就和兔妈商量过了，只要条件允许，每个周末都带鸡仔去外边走走，不负明媚春光，不负青春年华。

　　"儿子，今天出去玩玩吧。"虎爸说。"去湿地公园吗？"鸡仔问。"不是，"虎爸说，"远一点儿吧，到山上去。""那可不行，我要做作业。"鸡仔面露难色。"磨刀不误砍柴工，放松放松，学习效率也会提高。"虎爸笑着说。"儿子，就当是陪爸爸妈妈了，看，面包、水果、饮料都准备齐全了。出发吧，来一次说走就走的旅行。"兔妈燃烧起曾经的激情。"好吧，不过还是要早点儿回来。"鸡仔说。虎爸和兔妈响亮地击掌。

　　汽车载着欢乐，在阳光里穿梭，竟然一路绿灯，很快驶离拥挤喧闹的街市。刚出城，他们的目光就撞上了一大片油菜花。那是一条铺在河岸上的黄地毯，河水也被映得金碧辉煌。"儿子，快看，油菜花！"兔妈兴奋地喊。"什么？"鸡仔摇头晃脑地从歌声中回过神时，油菜花已经离开了视野。"出门多看看外面的景色，不要总戴着耳机听歌。"兔妈遗憾地说。"没关系，前面多着呢。"虎爸安慰。

　　这是一条直通山区的新路，像一条闪光的黑丝带飘在空旷的原野上。汽车在柏油路面上狂奔起来，泥土的芬芳扑面而来。二十分钟后，汽车拐入山脚下。"这么快！"兔妈说。"到了？"鸡仔问。"呵呵，厉害吧，快到了。"虎爸有些得意，若不是走这条新路，还得再跑四十分钟。

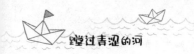

　　进入山道，一路上所见最多的就是垂丝海棠。那纤细的柄摇着粉红的花，缀满了枝条，几树相连，便是一片粉红的霞。"妈妈，你看那棵海棠好特别，花圆滚滚的，像挂满了一树红灯笼。"鸡仔说。"那是花骨朵呗，开放后就一样了。"兔妈说。"为什么就它开得慢？"鸡仔问。"这个嘛，可能有多种情况。"虎爸的声音飘到了后座。"也许它的品种如此，也许那块土地的营养跟不上，也许它有些因慵懒而慢了步伐，也许它没有听见那声春雷。""数你想法多。"兔妈笑了。"我想，应该是它不努力。天才在于勤奋，勤能补拙，如果它一直努力奔跑，为何会落在大部队后面？"鸡仔说。"此处应该有掌声。"虎爸说。"啪啪啪"，兔妈鼓起了掌。

　　车在一个依山的水库边停下，鸡仔第一个跳到车外，迎着暖风奔跑。碧波荡漾的水面，载着粼粼的金光，一道一道向远处弥散。对岸雾霭氤氲，树木婆娑，看不清远山的轮廓，绿色在蓝天下呈现出不同的层次。放空心灵，定能在这绿水青山间洗净铅华。

　　"爸爸，快下来。"鸡仔的喊声打断了虎爸的冥想。水库沿岸建有"之"字形黑色木栈道，鸡仔的影子斜落在木栈道旁河水边的圆形石块上，向前一块一块欢快地跳跃。"来了，来了！"奔跑起来，虎爸仿佛回到了童年，没有压力，没有负担，只有阳光、蓝天、青山和碧水。"你们慢点儿啊！"兔妈拎着水果在后面追赶。

　　"哇，好美啊！"在木栈道环山的拐角处，鸡仔停住了脚步。山的另一面，竟完全是另一种景象，满目金黄。油菜花涂抹出惊人的色彩，那鲜亮的黄一棵挨着一棵，一块接着一块，一片连成一片，顺着山势绵延，一眼望不到边。山下，蓝天、白云、绿树和金黄色的油菜花碰撞在澄碧的水面，像是把这天地所有的美景都浓缩成一幅生动的画。"这一大一小，发什么呆？"兔妈气喘吁吁地赶到，"啊，啊，这么美的油菜花！""没想到吧，要不是我跑过来，也许你们就看不到这美景了。"鸡仔自豪地说。"是是是，就数你功劳大。"兔妈笑了。"只要勇于探索，就会发现更多未知的美。"虎爸让声音在山水间回荡。

"爸爸，蜜蜂！快看，好多蜜蜂！"鸡仔尖叫。"嘘，让我拍一张照片。"虎爸连忙掏出手机。鸡仔蹑手蹑脚，探着脑袋观看。那蜜蜂牵着虎爸的手，转过来，又转过去，始终无法聚焦。是蜜蜂有意戏弄，还是它知道我的存在，虎爸想。他把自己想象成一株油菜花，站在黝黑的泥土里，仰望碧蓝的天空。他将拍照的动作定格，以姜太公钓鱼的心态守候。"咔嚓"，虎爸露出了微笑。他打开照片——绽放的花朵，花瓣黄得刺眼，一圈雄蕊绕着雌蕊高高凸起；没有展开花瓣的，像一个个小号的含苞的郁金香。

"爸爸，这蜜蜂好滑稽。"鸡仔说。一只花瓣大小的蜜蜂在油菜花的上空，头顶、面部、背脊、腹部和细脚的绒毛上都沾着块状的花粉。"嗯，和你一样邋遢。"兔妈说。"这可不是邋遢，典型的劳动模范！小小的身躯，满满的收获。"虎爸连连赞叹，"儿子，儿子……""知道了，像蜜蜂一样勤劳，努力学习！"鸡仔把声音丢在身后，向山坡上跑去。"这个家伙！"虎爸摇摇头。兔妈笑个不停。

山坡并不高，鸡仔没几分钟就到了坡顶。坡顶有一小块平坦的空地，四周有稀疏的褐色枯草，和鸡仔一样高。他随手一折，"咔"，草断了，中间空心，里面白色。他握在手上，舞出几道优美的弧线，又扔了出去。断草飞到不远处，轻轻地落在野花丛中。花有黄白两种，形状相似，都是五片椭圆的花瓣，白花稍大一些。花儿一朵挨着一朵，白得耀眼，黄得炫目，灿烂而芬芳。"哦，只要努力，野花也有自己的春天！"鸡仔说。

花丛旁，躺着几块褐色石头，石头上布满了裂痕。鸡仔飞起

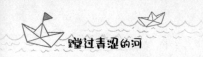
一脚，石头表面分裂成很多块小石子。鸡仔突然想起一个以前看到的问题，现在似乎有了答案——

当石头遇到风，是石头坚硬，还是风更锋利？

附录

孩子，我想对你说

亲爱的儿子：

时光飞逝，一转眼，你就长成了如今的模样——英俊潇洒，快乐阳光。

每当看见你年幼时的笑脸，那份纯真与无瑕都会让我热泪盈眶，那时的你就是爸爸的小天使。说实话，爸爸有点儿舍不得你长大，那样的话，我便可以把你抱在怀里，高举过头顶；那样的话，我便可以背着你疯跑一阵，然后和你齐齐倒在柔软的沙发上，哈哈大笑。然而，你终有一天会羽翼丰满得可以搏击长空，我不敢想象那一天的到来将令我怎样手足无措，我想我定会落下泪水。

永远记得我俩在北京科技馆和动物园游玩时，你累得趴在我的肩头，胖乎乎的脸蛋轻磨着我的耳鬓，微微的鼾声让我心醉。幸福消弭了所有的倦意，提着相机背着你欢乐一天，我依然步伐轻盈。还记得爸爸妈妈牵着你胖嘟嘟的小手走在夏夜浅浅的柔风里吗？那时你迈着蹒跚的步履，看见路边小哥哥、小姐姐敏捷地跳跃，你跃跃欲试后目光中流露出美慕。还记得每次套被子前，你总会蹦蹦跳跳地躺在中间，让爸爸妈妈裹着你和你甜甜的笑声，荡秋千一般摇晃。还记得你和妈妈到北京，登上长城时，一边流着眼泪，一边开心地打电话告诉爸爸，北京的太阳有毒，眼睛都哭了。这些记忆，珍藏着我们一家无数快乐时光！

也许会有那么一天，爸爸再也不能当你心目中的太阳，不能

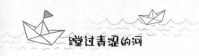

陪伴你在学习的道路上前行，也背不动高大的你了，甚至会模糊一些记忆，但只要见到你，见到你清澈的目光，如初的笑容必然由衷地绽放，幸福已然在我们的心底酿成岁月的沉香。

说心里话，你虽然有些调皮，但本质上是一个乖小孩，从牙牙学语到蹒跚学步，从初入幼儿园到小学毕业，你的每一步都走得轻盈而坚实，你乐观、直率而阳光，爸妈因为有你而倍感欣慰！

现在，你踏进了青春的花季，她的美丽曾经使你迷失方向。2018年的那声春雷后，身体的突然成长让你焦躁不安，明亮的眼睛蒙上了灰暗的色彩，学习成绩一落千丈。爸爸对好友们发布闭关消息，全身心陪伴你成长，从写好每一个字开始。你做作业时，我站在你身边不停地提醒，纠正书写习惯。从龙飞凤舞到工工整整，那是一个漫长而痛苦的过程。闲暇时光，爸爸泡上一壶工夫茶，与你一起品茶，一起阅读，一起写作。短短一年后，你成功了，考试成绩进入了年级前二十，对作文从讨厌到喜欢，并多次获奖，还在《莫愁》等报刊发表作品，爸爸为你骄傲。

然而，今后的路更需要你独立行走，雏鹰只有离开鸟巢才能迎来更加广阔的天空。青春路上鲜花伴随荆棘，需要你有所考量和辨别。为此，爸爸送你三个"静（净）"。首先，遇事要冷静，没有跨不过的坎，回头去看看，那些曾经难以逾越的大山不过是一朵小小的浪花。有情绪时一定要找到合适的出口去释放，爸爸是你永远的倾听者。其次，学习要安静，静下来才能听得真切，想得细致，答得准确，才能更好地规划学习方向，反思学习问题，总结学习方法。再次，为人要明净，不让心灵蒙尘，正直、善良，常怀感恩之心，善待他人，善待世界。

儿子，希望你守住本心，做最好的自己，莫负这青春韶华！愿你的青春是一抹暖阳，热情奔放；愿你的青春是一泓清泉，清

漱甘甜；愿你的青春是一株鲜花，热烈芬芳。

爱你的虎爸

2019.5.30

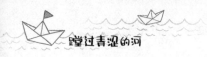

后记

  写完《春暖花开》，时光已从一个春天悄悄走进另一个春天。同样的春雷阵阵，同样的鸟语花香，却有着完全不一样的感觉。

  虎爸与鸡仔的故事是寻常人家父与子之间教育和生活的真实映射。一年前，鸡仔刚刚进入青春期时，虎爸并没有过多地在意发生在他身上的变化，学习、生活都按照惯性前行。那声春雷后，虎爸突然发现鸡仔变了，躁动、易怒、叛逆、撒谎、贪玩，明亮的眼睛蒙上了灰暗的色彩，学习成绩一落千丈。

  几轮暴怒、责罚，反而让鸡仔隐藏得更深，没有收获半点儿成效。初中是关键时期，任其发展显然不行，看书、上网、咨询朋友，都没有可以借鉴的经验，虎爸常常着急得夜不能寐，后来决定全程陪伴鸡仔学习，帮助他慢慢改掉坏习惯。于是，虎爸对好友们发布闭关消息，闭关持续了很长一段时间。

  平时，虎爸陪伴鸡仔学习，引导他在学习的道路上勇往直前；节假日时，一起打羽毛球、到公园赏花、登山望远。

  春去春回，鸡仔已经与虎爸一般高了，学习、生活也逐步回归正常，考试成绩进入了年级前二十，并进入了曾经以为高不可攀的走读班，还在报刊上发表了自己的作品。陪伴儿子的同时，虎爸也写了二十多万字的小说、散文，多篇见诸省级以上报刊。

  回顾陪伴的过程，从《灰色的天空》到《春暖花开》，这些故事诉说了父与子三百多个日子的苦与乐，这苦与乐也是他们人

生道路上最大的幸福与财富。陪伴是最长情的告白，面对种种美好，鸡仔情不自禁地拿起笔，用稚嫩的文字，记录了成长的美好画面。

至此，虎爸与鸡仔的故事讲完了，它已沉淀在父与子的记忆里，散发出岁月的醇香。

读者问，后来呢？

后来啊，鸡仔考上了当地最好的高中。

再后来，鸡仔考取了知名的 211 大学。

虎爸坚信，还有更多美好的"后来"……